漱石がいた熊本

村田由美 著

風間書房

はじめに

夏目漱石は、大正五（一九一六）年一二月九日、満五〇歳まで一カ月足らずというところで亡くなった。その五〇年の人生で、生まれ故郷の東京を離れて暮らしたのは、松山時代一年、熊本時代四年三カ月、ロンドン二年で、熊本時代が最も長い。しかし、漱石研究の中でも長い間、熊本時代の漱石は顧みられなかった。私自身、熊本に生まれ育ち、大学で漱石を研究しながら、熊本と漱石について特別に考えることはなかった。

　あるとき、漱石研究者として著名な熊坂敦子教授から「あなた熊本だったわね。野出《のいで》峠の写真を撮ってきてくれない？」と頼まれた。当時の私は『草枕』の「峠の茶店」のモデルが「鳥越《とりごえ》」の茶店以外にあることさえ知らなかった。

　写真を撮るという使命を帯びて帰郷した私は、無謀にもギアのない、いわゆるママチャリで友人を誘い、サイクリング気分で出かけた。鼻歌まじりは市街地だけで、ギア付き自転車に乗っている友人を尻目に、私は山道に入るとほとんど自転車を押しながら歩かねばならなかった。苦労の末に野出峠に着いた。

　ぽつんとみかん畑の中に建つ石碑には「峠の茶屋跡」と彫られていた。当時撮った古い写真を見ると「１９６６」の数字が見える。漱石没後五〇年を記念して建てられたものだったのだが、そんなことも気づかなかった。遠くに有明海が光っていた。教授からは熊本の古い地図や漱石旧居についての調査も依頼されたが、私の関心はなかなか熊本には向かなかった。

しばらく研究からも離れていた私が熊本と漱石について本格的な調査を始めたのは平成七（一九九五）年、熊本近代文学研究会での共同研究だった。翌年の「漱石来熊百年」に向けて地元ならではの研究をしようという試みだった。私は初めて熊本大学に残っていた五高資料の調査に入った。漱石研究ではすでに荒正人の『増補改訂 漱石研究年表』（集英社、昭五九・六）という詳細な研究があり、新たな資料など期待していなかった。しかし、人間のやることに完璧ということはないのだろう。ぽつぽつと新たな「事実」が現れた。

それからはや二〇年。蝸牛の歩みのように私の調査は続いている。

目次

はじめに………i

一　暮らし

熊本到着

①心にとどめた新坂の風景………3
②「森の都」とは言っていない………6
③借家の少なさに不快さも………9

住居

①引っ越しの顛末――七軒のうち三軒が現存………12
②「敗屋」こそが光琳寺町の家………15
③間数の多い合羽町の家………18

④曲折経て残る大江村の家………21
⑤空襲で焼失した井川淵町の家………24
⑥増築された内坪井町の家………27
⑦唯一漱石の希望で転居した北千反畑町の家………30

暮らしぶり

①所得税一八円で「長者」の一人に………33
②東京と熊本の風呂事情………36
③漱石が吸った煙草………39
④本当は犬派だった漱石………42
⑤年賀式に愛媛中校長・住田も出席………45

戦争

①日清戦争の凱旋出迎え………48
②徴兵忌避は漱石だけではない………51
③調子外れで軍歌を歌う………54

二　家族

漱石誕生

正月生まれの金之助……59

父母

①父（上）――父に抱いた複雑な感情……62
②父（下）――後年変化した父への思い……65

夫婦

①結婚式（上）――明治二九年六月一〇日挙式説……68
②結婚式（下）――婚礼は九日夕、一〇日夕は雨……71
③挙式六日後に明治三陸地震……74
④オタンチンノパレオラガス……77
⑤妻を詠むまなざし……80
⑥鏡子の「身投げ」は事故……83
⑦筆子の誕生と乳母車……86

三　教師生活

松山時代

①松山では校長排斥運動に嫌気……91
②「愚見数則」で心情を吐露……94
③二九歳の春、熊本へ……97

英語教師

①期待を受け五高の英語教師に……100
②尊敬された真面目な英語教師……103
③敬服する学生たち……106
④福岡、佐賀の中学校参観（上）……109
⑤福岡、佐賀の中学校参観（下）——英語力低下を憂える……112
⑥五高入試（上）——応用利かぬ英語を嘆く……115
⑦五高入試（下）——聴き取り問題の重視……118
⑧漱石の済々黌講師説は誤り……121

⑨熊本時代に英文学評論を三本発表……124

端艇部部長

①スポーツマン漱石……127
②新聞に「夏目部長」と明記……130
③部長辞任のいきさつ……133

学校人事

①漱石が行った人事（上）——恨みは買っていない……136
②漱石が行った人事（中）——「教師放逐」を建議……139
③漱石が行った人事（下）——能力・人柄重視……142

学校行事

①開校紀念式「祝辞」（上）——代筆論争……145
②開校紀念式「祝辞」（下）——間違いなく発想は本人……148
③立錐の余地もない「近来稀の運動会」……151
④済々黌と鹿児島県尋常中の大騒動……154

⑤行軍演習だった修学旅行……157
⑥各地で生徒の歓迎を受けた修学旅行……160
⑦最初の修学旅行で天草島原へ……163
⑧拝賀式での不敬事件……166
⑨五高での天然痘騒ぎ……169
⑩自炊記念日で熊本、鹿児島県人が衝突……172
⑪招魂祭――五高生も撃剣披露……175

四　旅行・俳句

旅行
①新婚旅行で福岡の名所旧跡へ……181
②久留米旅行と「漱石の道」……184
③「草枕」の旅（上）――出発日は二八か二九か……187
④「草枕」の旅（中）――野出にもあった峠の茶屋……190
⑤「草枕」の旅（下）――「小天」が舞台と地元は直感……193

⑥耶馬溪の旅……196
⑦阿蘇登山、通説「四泊五日」の真偽……199
⑧「二百十日」には「出張記録」が使われた……202

俳句

①漱石が聞いた午砲……205
②紫溟吟社（上）——内坪井町の家で誕生……208
③紫溟吟社（中）——陸軍、町方の有志も参加……211
④紫溟吟社（下）——選句はしても指導はせず……214
⑤紫溟吟社の終焉……217
⑥もう一人の漱石……220
⑦紫溟吟社以前（上）——無名氏、失名は漱石……223
⑧紫溟吟社以前（中）——「枕水」は安東真人か……226
⑨紫溟吟社以前（下）——名を伏せた理由……229
⑩漱石が詠んだ自転車の句……232
⑪藤崎宮大祭の藤祭りを詠む……235
⑫五高雑詠に確かな漱石の足跡……238

⑬多く詠まれた「水前寺」「江津湖」の俳句………241
⑭俳句より漢詩を披瀝………244

五　漱石をめぐる人々

書生

最初の書生・俣野義郎………249

狩野亨吉

①漱石、中川の要請で五高に赴任………252
②漱石との交流を記したメモ………255
③一高校長へ転任………258

寺田寅彦

①点を貰いに漱石を訪問………261
②明治の熊本で青春謳歌………264

③俳句で結ばれた師弟の縁……267

山川信次郎
①一高転任へ漱石が尽力……270
②醜聞事件で一高を去る……273
③五高に再奉職、そして再び東京へ……276

森鷗外
鷗外来熊、一日半の滞在で史跡巡り……279

六 英国留学と帰国後

英国留学
①「高等学校教授初」の留学は誤り……285
②豪雨の合間、列車で熊本を発つ……288
③往復書簡にみる夫婦の絆……291

④申報書（上）——留学生活の転換を示す……294
⑤申報書（下）——過酷な留学生活を証明……297
⑥子規の訃報に「慚愧の至」……300

帰国後

①漱石、惜しまれつつ五高辞職……303
②「三四郎」は漱石が見た熊本時代の五高生……306
③熊本体験が名作誕生へ……309

あとがき……313
熊本時代の年表……317
参考文献……326

一　暮らし

熊本到着①

心にとどめた新坂の風景

明治二九（一八九六）年四月一三日（月曜日）、漱石は池田停車場（現上熊本駅）に降り立った。一〇日に松山の三津浜港を出発し、門司に向かう船中で出会った水落露石《みずおちろせき》・武富瓦全《がぜん》とともに、都府楼跡、太宰府天満宮・観世音寺を見物し、久留米で一泊した後の熊本入りだった。

駅には五高教授で友人の菅虎雄が出迎えた。漱石は第五高等学校の東方にあたる、飽託《ほうたく》郡黒髪村大字宇留毛四三〇番地（現熊本市中央区黒髪六―一一―二四）にあった菅の家でしばらく過ごすことになる。この菅の家は長い間、五高の西方、熊本市薬園町六二番地の家と言われてきた。しかし、平成二九（二〇一七）年、尚絅大学学長森正人氏が、菅虎雄の妹ジュンの尚絅女学校時代の学籍簿を発見したことで判明した。

この四月一三日はどのような日だったのか。気象庁のデータによると最低温度は一二・六度だが、最高気温二七・一度という夏日。平均気温二〇・八度と初夏の陽気だ。夜になって雨が降り出しているので、雨降り前の湿気の多い一日だったのかもしれない。四月七日の「九州日日新聞」には「千原の桜」がぼつぼつ咲き始め、次の日曜には満開か、という記事が出ているから、市中は桜が

漱石が降り立った当時の池田停車場
（JR 九州熊本支社所蔵）

満開だったはずだ。

漱石は、初めて熊本に降り立ったときの印象を九州日日新聞の記者に聞かれて、次のように語っている。「先づ第一に驚いたのは停車場前の道幅の広い事でした。然《そう》して彼《あ》の広い坂を腕車《くるま》で登り尽して京町を突抜けて坪井に下りやうといふ新坂にさしかゝると、豁然《かつぜん》として眼下に展開する一面の市街を見下して又驚いた。而《そ》していい所に来たと思つた」（「名家の見たる熊本」「九州日日新聞」明四一・二・九）。

九州鉄道が熊本まで開通したのは、明治二四（一八九一）年七月一日のこと。熊本市外の春日村と池田村に停車場が建てられた。当初、この池田停車場は春日停車場に比べて利用が少ないと見込まれていたため小さい駅だったが、開業直後から貨物乗客ともに予想外に多くなり、すぐに拡張問題が起こる。春日停車場に増築されるはずだった上・中等客の待合室を池田停車場に造ることになった。その完成が明治二五年五月一〇日。現在、市電の駅舎として一部分が移築保存されているクラシックな外観は大正二（一九一三）年改築のもので、漱石が降り立った駅舎ではない。

漱石が通った新坂は、池田停車場から内坪井町にいたる道路の途中にあり、明治二五年四月五日に着工。一〇〇日の工事期間で完成する予定だった。京町本丁から駅までの道路は八月三〇日に完成したが、坪井に下りる道の用地買収が進まず、工期は大幅に遅れた。ついには「公用土地収用規則」が執行され、池田道路の開通を見るのは明治二六（一八九三）年二月五日のことである。新しくできた坂だから「新坂」である。今も、京町からこの坂を下ると突然、目の前に熊本市街が広がり、はっとする。空気の澄んだときには遠く阿蘇を見晴らすことができる。

新坂から望む熊本市街の風景

漱石は、前述の「名家の見たる熊本」で、熊本市街と阿蘇の山々の様子を、目前にしているかのように語っている。熊本を離れて八年近くたってもなお、その風景は鮮やかに漱石の心の中に残っていたのだ。

「森の都」とは言っていない

漱石が、熊本に初めてやってきたとき「森の都」と言った、という話はまことしやかに語られ、いろいろなところで目にする。しかし、そのような文献はいっさい残っていない。では、なぜ漱石が「森の都」と言ったことになっているのだろうか。熊本と漱石について調べていると必ずぶつかる疑問だ。

熊本ゆかりの文学研究で知られた山崎貞士氏は『新熊本文学散歩』（平六・一〇）で平野流香の『肥後史談』（昭二・一二）を指摘している。平野の「夏目さんと熊本を結びつけて考える時、どうしても思ひ出さずに居られぬのは、先生の熊本に対する第一印象の言葉である。上熊本から京町台を通つて、一目に熊本の町を見下した時、『あゝ森の都だな』と思つたといふ事を、当時の『文章世界』か何かの上で云つて居られたのを、見たことがある」という文章をひいて、「漠然」とした話だが「信憑に価するもの」と肯定的に紹介した。

しかし、平野流香がいう「『文章世界』か何か」というのは、明らかに記憶違いで「九州日日新聞」（明四一・二・九付）に掲載された「名家の見たる熊本」のことである。新坂から一望した熊本

雲片々

平野流香

七、夏目さんと熊本

大正９年10月13日付「九州日日新聞」掲載の平野流香の記事

森の都の象徴、熊本城。天守閣は西南戦争時の明治10年に消失し、昭和35年に再建された。漱石は見ていない。

の風景を漱石は「市街の尽くるあたりから、眼を射る白川の一筋が、限りなき春の色を漲らした田圃を不規則に貫いて、遙か向ふの蒼暗き中に封じ込まれて居る、それに薄紫色の山が遠く見えて、其の山々を阿蘇の煙が遠慮なく這ひ廻つて居るといふ絶景、実に美観だと思つた」と褒めた。しかし、「森」はどこにも出てこない。

むしろ、「五足の靴」の九州旅行をしていた与謝野鉄幹・北原白秋ら五人が明治四〇（一九〇七）年八月一二日熊本にやってきた時の紀行文「五足の靴」の方が「森」を描いている。漱石と同じく、新坂からの眺めを「坂の上から下の市街《まち》を展望すると、まるで森林のやうである。が、巨細に見ると、瓦が見えて来る。」『あゝ、熊本は此数おほい樹の蔭に隠れて居るのだな。』と思ひながら、彼方の空を眺めると、夕暮れの雲が美くしく漂つて居て、いたく郷愁を誘はれる。」

平野流香の文章の初出は「九州日日新聞」の大正九（一九二〇）年一〇月一三日「雲片々」と題する随筆の「七」。それが昭和二（一九二七）年まとめられて本になった。昭和三（一九二八）年に作られた、熊本県立第二高等女学校（のち第一高等女学校と合併し第一高等学校となる）の校歌には「森の都の森の樹も」と歌われる。尾上柴舟の作詞である。

さらに翌年「九州日日新聞」紙上で募集され、熊本市歌となったその二番の歌詞に「森の都と世に謳われて」とある。この頃にはすでに「森の都」という呼び名が広まっていたということだろう。そしてこれらの歌によってさらに「森の都」は定着したのだろう。

有名な寺田寅彦の「天災は忘れた頃に来る」という言葉も、実は本人の書き残したものにはない。弟子の中谷宇吉郎は寅彦の言葉として紹介しながら、寅彦がどこにもその言葉を書き残していなかったのに気づき慌てた話を残している。寅彦が書いたものの中にあると信じ切っていたのだという。人間の思い過ごしとは恐ろしいものだ。中谷はそれでも日頃から先生がそう言っていたとして、「先生がペンを使わないで書かれた文である」（「天災は忘れた頃来る」「西日本新聞」昭三〇・九・一一付）と述べている。

「森の都」はいい言葉だ。しかし漱石が「ペンを使わないで書かれた文」とは言えない。

熊本到着③

借家の少なさに不快さも

漱石が、やってきた明治二九（一八九六）年の熊本はどのようなところだったろうか。

国立国会図書館デジタルライブラリーに『熊本県統計書』がある。その明治二九年の統計調査によると、本籍人口四万六四〇一人（男二万二七四九人、女二万三六五二人）、現住人口は五万一一〇〇人となっている。これを、平成三〇（二〇一八）年四月の熊本市とそのまま比較すれば、一四分の一。しかし、当時の熊本市の面積は六・〇一平方キロメートルで、現在の六五分の一しかない。おおよそ白川と九州鉄道の線路に挟まれた狭い区域で、北端は出町、南端は迎町、東端は新屋敷町、西端は小沢町と『統計書』に記載されている。

第五高等学校は、飽託郡黒髪村、池田停車場（現上熊本駅）も同郡池田村、春日停車場（現熊本駅）は同郡春日村。いずれも熊本市外である。この飽託郡の現住人口が一三万三五八二人。乱暴な言い方だが、熊本市と飽託郡を合わせると、現在の熊本市の区域にかなり近くなる。それでも現住人口の合計は一八万四六八二人、現在の四分の一である。ちなみに明治二九年の福岡市の現住人口は五万九三六〇人（『福岡県統計書』）。この頃は長崎市が九州で最も人口が多く、福岡市と熊本市は

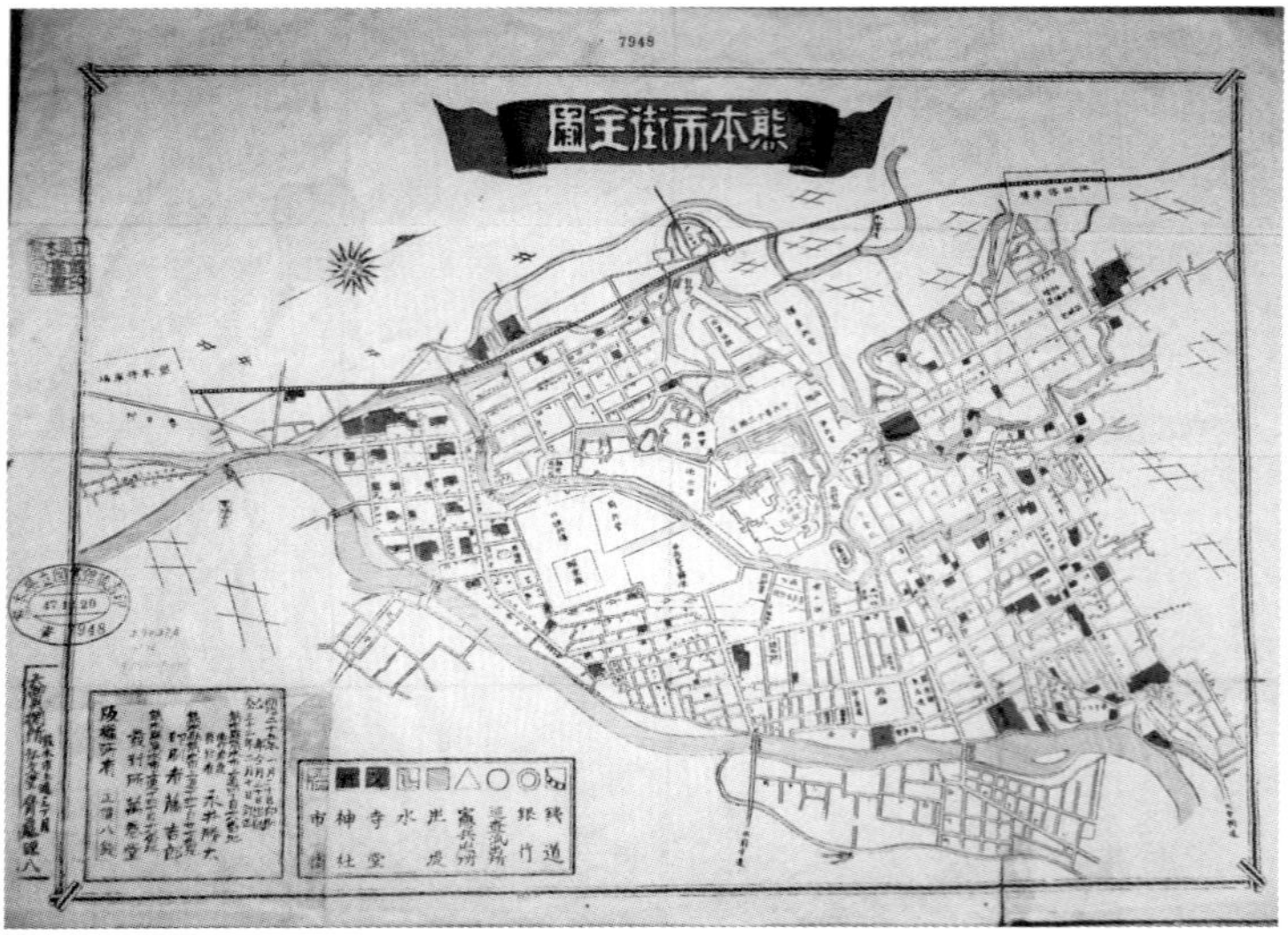

明治 32 年当時の熊本市街全図（熊本県立図書館所蔵）

抜きつ、抜かれつのいい勝負だった。

　忘れてならないのは、熊本のシンボルともいえる熊本城がないことだ。城は、明治一〇（一八七七）年の西南戦争で焼失している。残っていたのは宇土《うと》櫓《やぐら》などわずかな櫓だった。このとき熊本城下の六五％の家屋が焼失あるいは破毀《はき》されたという。さらに明治二二（一八八九）年七月二八日、金峰山付近を震源とするマグニチュード六・三という大地震が起きた。八月三日にも激震があり、県下で家屋の全・半壊は二五六戸（熊本市は五四戸）に及んだ（『新熊本市史』）。

　漱石の着任は、この地震から七年後のことである。漱石が熊本で最も不愉快なこととして挙げた、借家の少なさやその作りのぞんざいさの原因は、西南戦争や災害によるところが大きい。

幸いなことに、同年七月黒髪村に完成した第五高等中学校（明治二七年から第五高等学校）は赤煉瓦の近代建築で、この地震にびくともしなかった。しかしさすがに平成二八（二〇一六）年四月の熊本地震で倒壊は免れたものの、大きな被害を受けて復旧中である。

市の中心部である熊本城の広大な敷地には兵舎が建ち、山崎町には練兵場があった。後には、これらの軍用施設が熊本市の発展を阻害するものとして、その移転問題が熊本市の一大事業となるのだが、熊本が「軍都」と呼ばれる所以《ゆえん》でもある。現在の市役所の場所には監獄所があった。

明治二四（一八九一）年に熊本の第五高等中学校に赴任したラフカディオ・ハーン（小泉八雲）は、ひたすら西洋化しようとしている熊本の町を「巨大で、醜悪で、兵隊だらけの町」として嫌悪したという（アラン・ローゼン「ハーンの熊本時代―再評価の試み」）。しかし、ハーンが見たときと同じように「兵隊だらけ」の町でもあったはずの熊本を漱石は「嫌悪」してはいない。そのことは、大変興味深い。

住居①

引っ越しの顛末――七軒のうち三軒が現存

漱石が、熊本で住んだ家は、七軒。そのうち三軒が現存し、当時と同じ場所に二軒が建っている。これは、稀有《けう》なことである。漱石の住んだ家で他に残っているのは、愛知県犬山市の「博物館明治村」に移築された千駄木の家だけだ。この家は、鷗外も一年余住んだことで有名だ。

漱石が熊本で転居を繰り返したことを、あたかも漱石が「引っ越し魔」であるかのように言う人は多い。しかし、引っ越しをするにはそれなりの理由がある。

まず、しばらく寄寓した菅虎雄《すがとらお》の家を出て初めて借りたのが、「敗屋《はいおく》」と呼ばれる家である。しかしこれは借りた早々から「漸くの事一週間程前敗屋を借り受候へども何分住み切れぬ故又々移転仕《つかまつ》る覚悟」（明二九・五・一六付、横地石太郎宛書簡）と、不都合があったようで、次に移ったのが通称光琳寺町の家と呼ばれる家。これは、熊本における漱石研究の先駆者である蒲池正紀《かまちまさのり》氏の精緻な研究によって突き止められた「下通町一〇三番地」の家である。

この家で漱石は中根キヨ（通称鏡子）と結婚した。しかし、「前が墓場である上に、ここで妾《めかけ》が不義をしてお手打ちになった」（夏目鏡子述『漱石の思い出』）「不気味」な家だというので、新婚旅行から帰って間もなく合羽町《かっぱちょう》に移る。「名月や十三円の家に住む」と詠まれた家である。この家は、明治三〇（一八九七）年七月、漱石の父直克の死去にともなう上京の際、引き払った。明治の人は二カ月も家を空けるのに、借家を借りたままになどしない。九月、熊本に帰ってきた漱石は大江村の家を借りる。当時、宮内省に出仕して空き家だった落合東郭《とうかく》の家である。家の前が一面の畑で、その先に桑畑が広がる景色のいい所だった。この家は、東郭が熊本に帰ってくるというので、急遽《きょ》家探しが始まる。

夏目漱石内坪井旧居（熊本市中央区内坪井町）

明治三一（一八九八）年三月、転居したのが井川淵町の家である。明午橋際の川べりの家で、「間に合わせの転居」（『漱石の思い出』）だった。しかし、ここで漱石夫婦に大事件が起こる。鏡子の白川落水事件だ。このことについてはまた詳しく述べるが、川の近くから一刻も早く引っ越す必要があった。そこで教頭として五高に赴任していた狩野亨吉《かのうこうきち》が、自分が住んでいた家を漱石に明け渡した。現在、夏目漱石内坪井旧居として公開されている内坪井町の家だ。しばしば第五旧居と書かれるが、厳密に言うと六番目の家。ここには、最も長く一年八カ月ほどいた。

「敗屋」の家から数えた漱石旧居イラストマップ
（森下修〈ひとちいき計画ネットワーク〉提供）

この家から最後の北千反畑町の家に転居した理由だけは不明であるが、持ち主である磯谷《いそがえ》家に伝わる話では、出勤の道すがら、新築中の二階建ての家を見て、是非住みたいと、完成してすぐに漱石が借りに来たのだという。

これが漱石の引っ越しの顚末《てんまつ》である。五高記念館に生徒の保証人として教師の住所が記されたものがあるが、漱石と関わりのある人の住所を書き抜いていくと、ほとんどの教師が住居を転々としているのがわかる。菅も薬園町から黒髪村宇留毛へと転居している。同じく漱石の赴任前に転任した大幸《おおさか》勇吉が一年半に三カ所、同僚の化学教師・篠本二郎が三年間に四カ所の住所が確認できる。この書類はすべての住所が記されているわけではないから、もっと多いことも考えられる。決して漱石だけが引っ越して回ったわけではないのである。

住居②

「敗屋」こそが光琳寺町の家

「光琳寺町の家」といえば、熊本で漱石が最初に住んだ家となっている。その呼称は漱石がこのころ書いた書簡の住所を「熊本市光琳寺町」と書いたことに由来する。一般には、熊本市の銀座通りに面したホテルサンルート熊本（熊本市中央区下通一丁目七番一八号）あたりにあったとされ、そこに記念プレートがあることを知っている人も多いだろう。しかし、ここにあったのは、厳密には二番目の家である。

この「光琳寺町の家」の場所が特定されたのは、昭和四四（一九六九）年のこと。当時、熊本商科大学（現熊本学園大学）教授であった蒲池正紀氏が、熊本大学に残されていた生徒の保証人として記された漱石の住所に着目し、そこに書かれていた「下通町一〇三番地」が「光琳寺町の家」であることを突き止めたのである。そしてそこが現在のどの場所で、その家がどのような間取りであったのかを、精緻な調査によって特定し、その家に住んでいた人々への取材によって明らかにした。

学生時代、蒲池氏の『草枕私論』（もぐら書房、昭四八・一）のこのような調査に驚きながら、心にひっかかるものがあった。「下通町一〇三番地」の家は確かに光琳寺の北隣ではあるが、なぜ漱

明治の光琳寺町一帯。上端が上追廻田畑町、下端は下通
（甲斐青萍「熊本明治町並図屏風」部分、個人所蔵、撮影・伊藤重剛）

石は住所を「光琳寺町」と書いたのだろう。漱石の書簡を読むと、この「下通町の家」に移る前に二週間ほど「敗屋《はいおく》」と呼ばれた家に住んでいることがわかる（明二九・五・一六付、横地石太郎宛書簡）。これはいったいどこなのか。

『草枕私論』冒頭の「熊本と夏目漱石　序説」という文章に目を引かれた。そこには、蒲池氏が新聞に光琳寺町の家を特定した記事を載せた際、柚原益樹という熊本大学でドイツ語の講師をしていた人から手紙がきて漱石の住居が蒲池氏の特定した家から「小路一つ隔てた同じ町内の向こう側で、通りに面した西側」にあったと主張したことが書かれていた。

蒲池氏は、柚原氏の証言を紹介しながらも、漱石が「光琳寺町より」と書いた家は「下通町」の家であることを主張した。蒲池氏は、もしかすると柚原氏の主張する家は漱石書簡にいう「敗屋」かもしれないといいながら、江藤淳『漱石とその時代』の記述を根拠に否定した。そして「光琳寺町の家」を「まぼろし」とした。

平成一八（二〇〇六）年、第五高等学校（五高）の校友会雑誌『龍南会雑誌』二〇六号に、松岡譲の講演記事があるのに気づいた。松岡は、漱石の娘筆子の夫であるが、昭和三（一九二八）年『漱石の思い出』のための取材旅行で鏡子とともに熊本へ来たとき、五高の生徒に乞われて五月一六日講演を行った。そこには、漱石の旧居を訪ねたことが書かれていて、菅虎雄の家から出たあと「次は光淋（琳）寺町で――西洋（静養）軒の直ぐ近く――で、今は入口が異つて居て、元のは之を曲つた裏手の所に入口があつた」「その次は下通町のモスリン屋の隣で……」とあったのだ。「下通町」の前に住んだのが「敗屋」、これが「光琳寺町の家」なのだ。まぼろしではなく、確かに漱石は「光琳寺町」に住んだのである。それが柚原氏の主張した家であったとすれば合点もいく。漱石は近接する下通町に移っても書簡ではつい「光琳寺町」と書いたのだろう。

当時の光琳寺町がどのようなところであったかを知るのに最適な資料がある。甲斐青萍《せいひょう》の「熊本明治町並図屏風」（個人蔵）である。上追廻《おいまわし》田畑《たばた》町と下通町に挟まれた狭い区域が光琳寺町だ。

住居③

間数の多い合羽町の家

荒正人の『漱石研究年表』によると、明治二九（一八九六）年九月七日、新婚旅行から帰った漱石夫婦は、入籍している。結婚式を挙げた下通町一〇三番地の家（通称光琳寺の家）は、「すぐ前が墓場である上に、ここで妾が不義をしてお手打ちになった」という噂があり、「住んでると不気味な家」（夏目鏡子『漱石の思い出』）だというので、家が見つかり次第引っ越すことになる。

九月下旬に引っ越したのが合羽町《かっぱちょう》二三七番地（現熊本市中央区坪井二丁目九番）の家である。昭和五五（一九八〇）年に取り壊され、現在は、駐車場になっている。新築間もない家だったが、鏡子の言うところによれば「がさつ普請」で間数の多い家だった。

漱石はこの転居を正岡子規に知らせる書簡に、「熊本の借家の払底なるは意外なりかゝる処へ来て十三円の家賃をとられんとは夢にも思はざりし」（九・二五付）と述べ

名月や十三円の家に住む

という句を書き送った。

この家の間取りについて、「夏目漱石内坪井旧居」の元館長であった木村隆之氏が調査している。

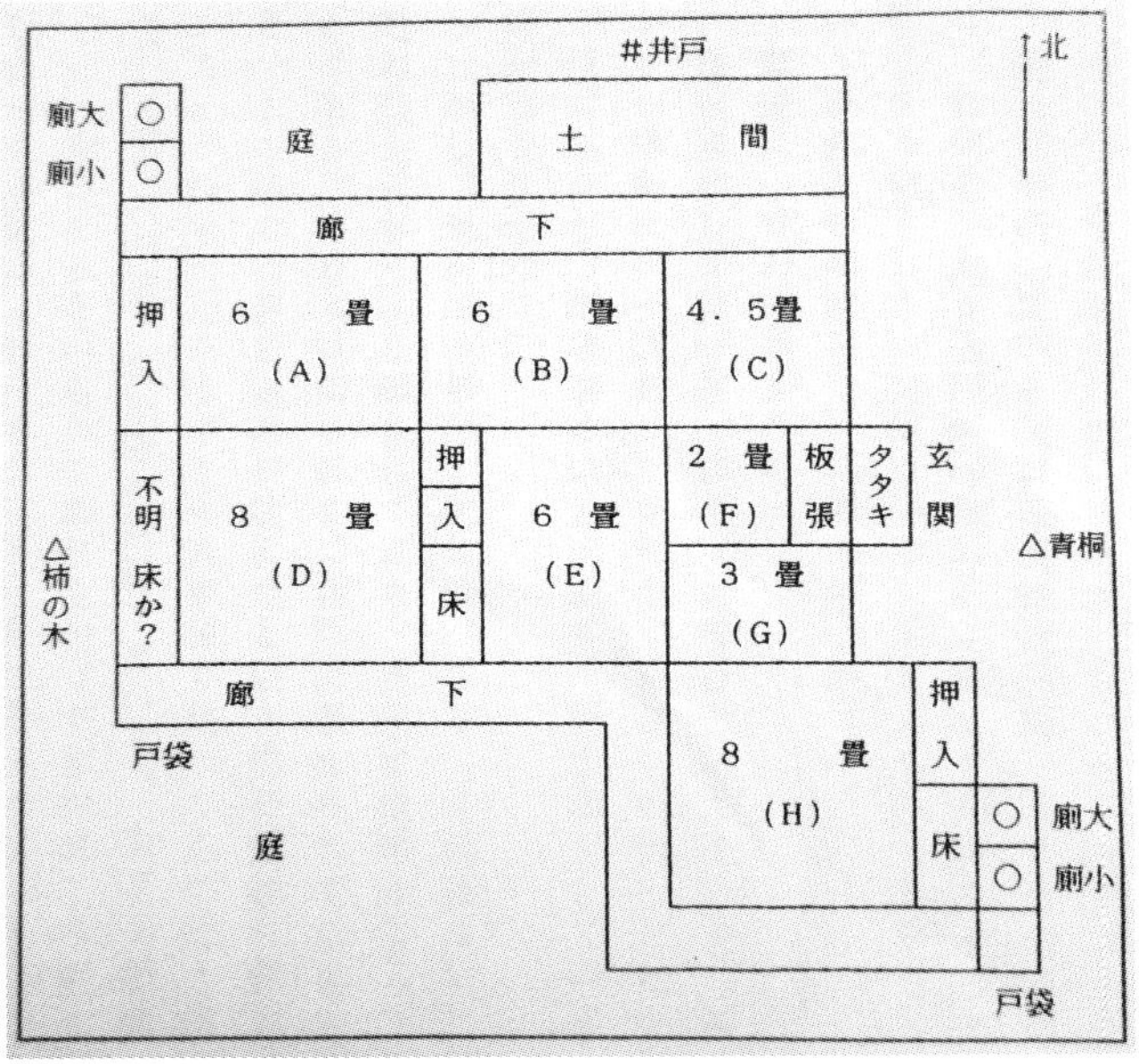

木村隆之氏が調査した合羽町の家の間取り（「詩と真実」1977年11月より）

氏は、この家に昭和二三（一九四八）年八月から三〇年七月まで住んでいたという人と、間借りしていた人を訪ね、その記憶を頼りに見取り図を作成した。上図が『詩と真実』（平九・一一）に掲載されたものである。右下隅の南側八畳の部屋（H）は、増築されたもので、漱石の時代にはなかったが、確かに間数は多い。

　こうした調査は、時間がたつにつれて関係者を探すことが困難になる。木村氏の調査は貴重である。いつの調査か不明だが、記憶によるものだから、不正確さはあるかもしれない。『漱石の思い出』によると風呂もあったはずだが図にはない。しかし、これ以上のものが出てこない限りは、最も事実に近いものとして継承していかなければならない。

この合羽町の家には、同僚の歴史の教師・長谷川貞一郎がしばらく下宿した。長谷川は、帝国大学時代の同級生で明治二八（一八九五）年八月に五高の教師となり、大正七（一九一八）年まで勤めている。下宿料は五円。気心の知れた同僚でもあった。五高での記念撮影の時には漱石は、この長谷川の隣で写っている写真が多い。

熊本で初めての正月を迎えたのがこの家である。鏡子が張り切ってご馳走を作ったのに、年始客が押しかけて、料理が足りなくなってしまう。正月早々漱石は怒り出し、長谷川が仲を取りなした。鏡子は意地を張って元日の夜から一二時までかけて金団《きんとん》を作ったという。さすがの漱石もこれに懲りて、「正月は家にいないに限る」と「次の年から正月にかけて、たいてい大晦日あたりに旅行に出ること」（『漱石の思い出』）になる。

明治三〇年四月には、友人の山川信次郎が英語教師として赴任し、漱石の家に下宿した。五高には、漱石を五高に招いた菅虎雄もいる。幼なじみの篠本二郎もいた。松山時代との大きな違いとして、熊本時代にはこのような気を許せる人々が漱石の周囲にいたということもあげられる。

住居④

曲折経て残る大江村の家

明治三〇（一八九七）年七月、父直克死去のため、漱石は鏡子とともに上京した。しかし、鏡子が流産し、九月一〇日漱石は鏡子を東京に残し、熊本に帰ると飽託郡大江村四〇一番地（現熊本市中央区新屋敷一丁目一六番地）に転居した。

そこは当時皇太子（のちの大正天皇）の傅育官《ふいく》（教育係）として宮内省に出仕していた落合為誠《ためのぶ》（東郭《とうかく》）の留守宅だった。隣は、落合東郭夫人次子の実家・男爵元田永孚《ながざね》の屋敷で、息子・永貞が住んでいた。家賃は七円五〇銭だった。

元田永孚は、熊本の近代文化功労者として知られる。文政元（一八一八）年生まれ。明治四（一八七一）年から二〇年間、明治天皇の侍読《じとう》（学問を教授すること）を務め、「教育勅語」の起草・発布に大きな役割を果たし、明治二四（一八九一）年に東京で亡くなった。

鏡子は一〇月二五日頃、この元田永孚の息子・永貞夫婦と落合東郭の母親の三人が熊本へ帰るのに連れ立って、帰ってきた。鏡子は、「たいそう景色のいいところで、家の前は一面に畑、その先が、見渡す限り桑畑が続いて（中略）秋の景色はまた格別」（『漱石の思い出』）だったと述べている。

大江村の家で暮らしていた（左から）書生の土屋忠治、漱石、鏡子、お手伝いのトク。中央に小犬。トクの膝の上に猫がいる（『漱石写真帖』より）

冬は「みたこともないような大きな氷柱《つらら》が、水車のあたりに」下がったという。

当時、白川を越えれば、熊本市郊外になる。あたりは長閑な田園風景だった。現在、市電が通っている大甲《たいこう》橋は、大正一三（一九二四）年七月完工なので当時はない。五高に行くには明《めい》午《ご》橋か、子飼《こかい》橋〈個人造の橋なので賃料が必要だったかもしれない。明治三三（一九〇〇）年の洪水で流失した〉を渡ることになる。

家は昭和四六（一九七一）年、水前寺成趣園近くに移築、保存されている。幸いなことに今回の熊本地震にも倒壊しなかった。第二次世界大戦中にも戦火から免れ、水前寺に移築される前は、熊本中央病院の院長の宿舎などに使われていた。それはどういう経緯だろうかと考えていたとき、『湧水』という熊本近代文学館友の会発行の文芸誌（平二六・一二）を見て驚いた。この大江旧居に住んでいたという尾崎敦子さんの随筆が載っていたのだ。

尾崎さんは昭和二一（一九四六）年の大晦日から二八（一九五三）年初頭までこの家に住んだという。それというのも、尾崎さんの祖父が落合東郭で、そこは父親の生家だったからである。両親、妹弟とともに台湾から引き揚げてきた。五高資料によると尾崎さんの父・落合和男氏は五高出身で、熊本に帰ってからは五高教授に任命され、五高廃止後は熊本大学の化学の先生として務めた。

大江の家の周りはほとんど焼き尽くされていたのに、庭木もそのまま残っていた。裏庭に井戸があり、「井戸小屋の向こうには大きい榎《えのき》がしげり、その先には三の井手とかいう小川が流れ、シジミがよくとれた」。南側には、梧桐《あおぎり》が数本、右隅に白木蓮の大木があって花時には、水道町あたりからも白い花の塊が見えたという。敷地内には神棚のある小さな祠《ほこら》や、四畳半ほどの離れがあった。『漱石の思い出』に登場する二人の書生が住んだ離れ、お手伝いのテルが早起きになれるようにと祈った祠だ。

昭和二七（一九五二）年頃、熊本中央病院建設の話が持ち上がり、ちょうど子供たちの進学を控えていた落合家では、「替え地と新築の家を用意して」「現在より狭くなる土地との差額は現金で支払うという条件」（落合秀「山茶花」）で家を譲った。落合秀氏は尾崎さんの母で、多くの随筆がある。

住居⑤

空襲で焼失した井川淵町の家

狩野亨吉《かのうこうきち》は明治三一（一八九八）年一月、漱石らの尽力によって五高の教頭として赴任する。狩野は熊本時代のメモを残していたが、そのメモでわかったことは、漱石との交流だけではない。ちょうどそのメモの始まり、明治三一年四月一日に「退出後夏目の家移を見舞はんとて行きたるに岩田さきにあり」と、漱石の「家移」つまり引っ越しの記述がある。岩田は同僚のドイツ語講師岩田静夫のことである。

この引っ越しは「井川淵《いがわぶち》町の家」のことだ。大江村の家は持ち主の落合為誠《ためのぶ》（東郭《とうかく》）の急な帰郷により、引っ越しを余儀なくされた。落合は、三月九日、宮内省文事秘書局をやめ、三月二九日付「九州日日新聞」にはすでに帰郷し、落合の妻の実家である元田家、つまり大江村の家の隣家にいることが報じられている。このとき、まだ、漱石が引っ越し先を見つけられなかったということだ。漱石がとりあえず間に合わせで白川右岸の井川淵町の家に移った事情がここからわかる。それが四月一日だったのだろう。

落合は四月四日には熊本県尋常中学済々黌の教諭になり、翌三二（一八九九）年八月には五高の作文科の教師になり、明治三三（一九〇〇）年には国語科・漢文科の授業を受け持っている。漱石とおよそ一年間同勤だったことになる。

　この井川淵町の家は二階建てで、二階から白川に架かる明午《めいご》橋がすぐ近くに見えた。のちに鏡子と熊本を訪れた松岡譲は「二階に上がると明午橋が目の下で、板橋を踏む下駄の音が手にとるように聞こえる」（『ああ漱石山房』）と書いている。大きな榎《えのき》があったという。間数が少なかったため、大江村の家で同居していた俣野《またの》義郎《よしろう》と土屋忠治《ただはる》は、夜は座敷に寝た。鏡子の「白川落水事件」はこの家で起きた。熊本での重大な事件だが、そのことについては稿を改める（八三頁参照）。

井川淵町の家（『漱石写真帖』より）

　この家は、昭和二〇（一九四五）年七月一日の「熊本大空襲」で焼失し現存しない。荒正人の『漱石研究年表』では井川淵八番地が現在の「井川淵町一番三十号にあたるが、道路となる」と書いている。これに対して熊本大学法学部教授だった田中久智氏は昭和五九（一九八四）年六月一九日付の「熊本日日新聞」において井川淵町八番地を検証し、一番三〇号ではなく一番三二号であるとした。その当時は、三井源造氏の家が建っていたが、今はない。

この家で土屋と俣野は卒業式を迎えるが、卒業する前のこと。濱崎曲汀の「熊本時代の夏目漱石」(『文藝春秋』昭九・六)によると、漱石が卒業祝いに西洋料理を食べさせてやるので、友人を二、三人連れてくるように言ったという。俣野はちょうど不在で、土屋はさっそく法科の三浦義信、医科の高橋文六の二人を誘い、漱石に連れられて洋食屋に行った。漱石に「僕のようにして食わんと笑われるよ」と言われて三人は何でも漱石のするとおりにしてやっとの思いで食べた。その時の勘定が四円五〇銭。あまりの高さに驚いたという。

その帰りに「東京大相撲」が興行中だったので漱石と共にそこに入った。漱石はそのとき十枚目あたりにいる「梅ヶ谷」「常陸山」を「将来有望な力士」だと褒めたと書かれている。その「東京大相撲」は「九州日日新聞」によると明治三一年四月二日から一三日まで興行されたことがわかる。当時の横綱は小錦、大関が朝汐と鳳凰だった。漱石の予測通り、常陸山も梅ヶ谷も明治三七(一九〇四)年横綱になり、ともに名横綱として相撲界に名を残した。漱石は相撲好きだったが、なかなかの目利きでもあったようだ。

住居⑥

増築された内坪井町の家

漱石は、明治三一（一八九八）年七月二五日頃、狩野亨吉《かのうこうきち》が住んでいた内坪井町七八番地（現熊本市中央区内坪井町四—二二）の家に引っ越した。狩野は二五日から帰郷するため、二三日にすでに旅館・研屋《とぎや》支店に移っていた。鏡子の事故（白川落水事件）から二カ月余たっていたが、白川から離れた安全な所に引っ越す必要があった。

現在、夏目漱石内坪井旧居として保存されている。漱石が住んでいた時と同じ場所に建っている旧居は、全国的に見ても、ここと、漱石が熊本時代最後に住んだ北千反畑町の旧居の二カ所しかない。

鏡子は内坪井町の家について、「熊本にいた間、私どもが住んだ家の中で一番いい家」で「五、六百坪も屋敷の地面があったと思いますが、桑畑があったり、庭も相当広かった」（『漱石の思い出』）と述べている。ただ家は「さほどに広くありませんでした」とも。

この家には、寺田寅彦が週に二度も三度もやって来た。「立田山麓の自分の下宿からは随分遠かつたのを、丸で恋人にでも会ひに行くやうな心持で通つた」（「夏目漱石先生の追憶」『漱石全集』別巻）と述べた家が内坪井町の家である。寅彦は、漱石に物置でもいいから書生としておいて欲しい

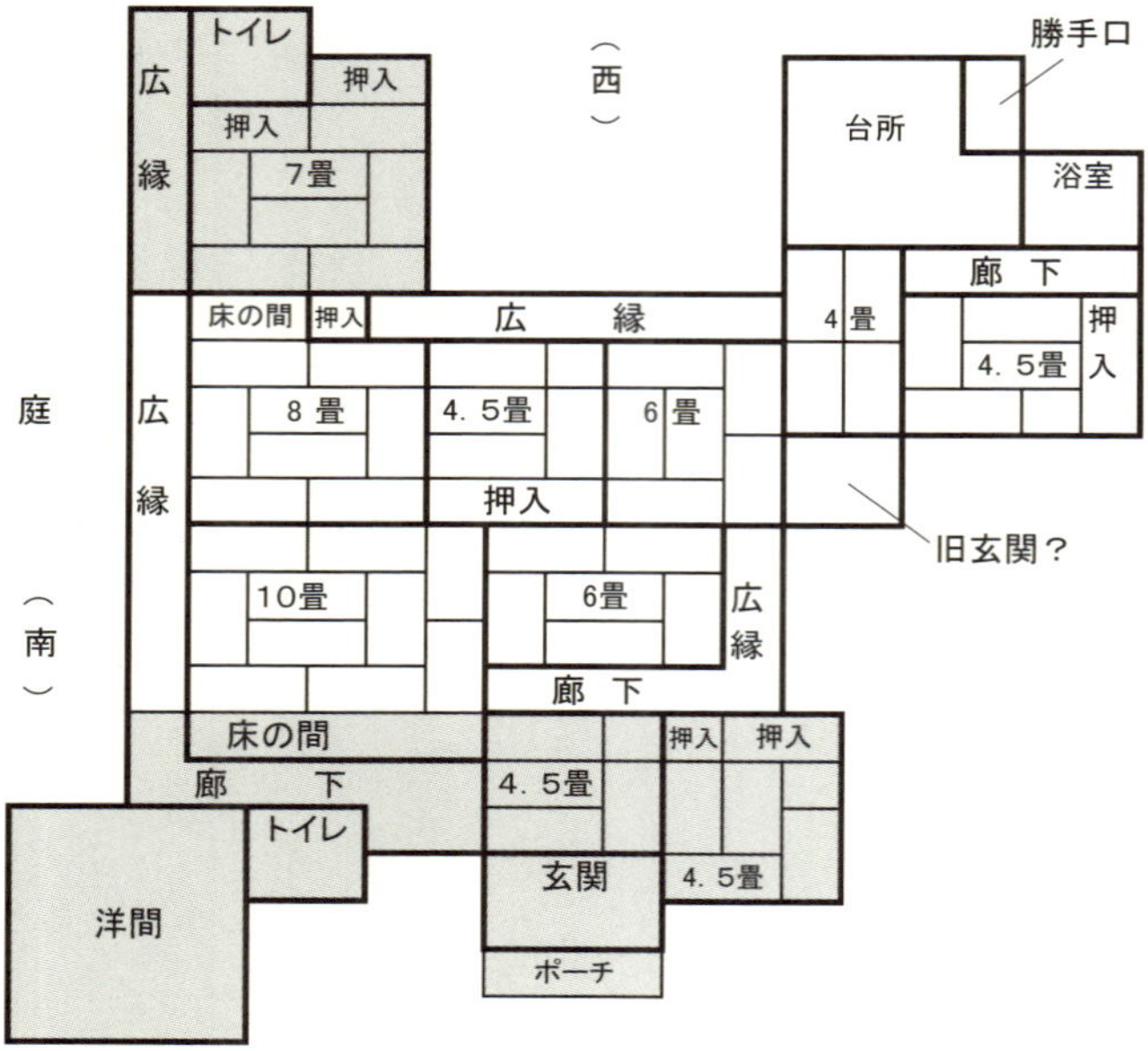

夏目漱石内坪井旧居見取り図

※夏目漱石内坪井旧居提供の資料を基に筆者が作成

■ 増築か？

と頼んだことがある。その時、物置なら空いているから来て見ろと言われて案内されたが、あまりに汚いため、しょげて退却してしまった、という。寅彦の回想にも、鏡子の『漱石の思い出』にも書かれている。

その物置は、現在も残っている。鏡子は「前の持ち主が軍人さんかなんかで、厩《うまや》と馬丁《ばてい》のおるところだったのをものおきにしたもの」で「たいへんがっちりした堂々たるもの」だったと伝えている。

旧居について、洋館の部

分が大正四（一九一五）年に増築されたということは知られている。しかし、ぐるりと家の外を回って、物置を確認したとき違和感を覚えた。北側に勝手口にしては立派な入口があったのだ。こちらが玄関ではないかと疑念が起こった。果たしてその思いは、荒木精之氏の文章を読んだとき明らかになった。

荒木氏は早くから熊本の文化遺産に注目し、その保存に尽力した人だが、漱石旧居についても力を注いだ。内坪井旧居がまだ富士銀行の支店長宅だったころ、初めてその中に入った。そのときの様子が「漱石の熊本旧居を見る」（「随筆くまもと」昭四三・一）に書かれている。支店長が家の旧態について説明してくれた。「中廊下から東の方は、本玄関も洋間の応接室も、子供部屋か書生部屋らしい四畳半の部屋も、便所もあとで建て増ししたもの」という。「西側の一部屋」も増築ではないかとのこと。荒木氏もそのとき「なるほど旧態に戻してみると書生などおける広さではなさそうだ」と納得している。

現在の内坪井旧居は、洋間を除いても相当の広さがあり、漱石が書生をおく部屋がないと断るのは、腑に落ちない。「旧玄関はこちら」と言って案内されたという。旧居で見せて貰った間取り図で確認すると、やはり北側に玄関らしきものがある。そこが玄関だったのだ。荒木氏は、押し入れだったところが廊下になっているところもあると記している。こうした事実は、時間が経つにつれて関係者がいなくなりわからなくなる。旧居も平成二八（二〇一六）年の熊本地震で被災した。ぜひ専門家が調査して、増築箇所を明らかにし、せめて図面にでも表していただけるとありがたい。

住居⑦

唯一漱石の希望で転居した北千反畑町の家

明治三三（一九〇〇）年四月漱石は、熊本で最後の家に引っ越す。「敗屋《はいおく》」から数えると七番目の家。藤崎八幡宮近くの北千反畑町七八番地（現熊本市中央区北千反畑町三ー一六）で、磯谷《いそがえ》家の貸家だ。磯谷家に伝わる話では、漱石が五高に通う道すがら、二階建ての家ができるのを見て、ぜひ二階を書斎にしたいと、完成を待って借りに来たのだという。他の家が余儀ない事情で引っ越したのに対して、唯一漱石自身の希望で引っ越したのがこの家だ。作家の村上春樹氏が、気に入り、何度か訪れている。四月五日付で村上霽月《せいげつ》と狩野亨吉《かのうこうきち》に転居通知を出していることから、引っ越しは四月と思われる。「春の雨鍋と釜とを運びけり」はこの引っ越しを詠んだ句である。気象庁のデータによると四月に入ってから五日まで雨が降ったのは一日のみ。引っ越しは春期休業の始まりでもある四月一日（日）と推測される。

漱石は二階家が気に入っていたようだ。井川淵町の家も二階建てだった。大江村の家から立ち退きを求められ、間に合わせに探した家だったが、二階建てに魅力を感じたのではないか。漱石はここでも二階を書斎にしていた。後に東京で本郷西片町（現文京区）に家を借りたが、そこも二階建てだった。漱石研究者の石崎等氏は、この家に住まなければ『三四郎』で広田先生の引っ越しの際、いち早く借家に到着した「三四郎と美禰子《みねこ》が、二階から白い大きな雲を一緒に眺めながら初めて親しく口をきき合うという名場面はありえなかった」（『夏目漱石博物館』）と述べている。

漱石が住んだ北千反畑町の家（『漱石写真帖』より）

北千反畑町の家は、熊本地震で被害を受けたが、幸いなことに以前のまま建っている。この家を含めて、熊本には漱石が住んだ家が昔のまま三軒も残っている。これは稀有なことだ。東京都新宿区では、平成二九（二〇一七）年九月、漱石生誕一五〇年を記念して、漱石が最後に住んだ南早稲田の家の書斎を「漱石山房」として再現した。昭和二〇（一九四五）年に空襲で焼失したものを、漱石の長男純一氏への聞き取りや、写真などをもとに造られたという。

苦労の末に再現された書斎だが、北千反畑町の家の二階（漱石の書斎）は、昔のままの形で残っている。この家には、漱石が去った後、京都帝国大学教授や大阪大学教授になった高田保馬（経済学）が五高生の時に下宿した。高田は明治三五（一九〇二）

年三部に入学したものの退学し、翌年一部に入学。同四〇（一九〇七）年に卒業している。当時はドイツ語教授ナタンヨー・フィリップ・フォン・ウエンクステルンが借りていた。高田は玄関横の一室を間借りした。ウエンクステルンは明治三六（一九〇三）年から四一（一九〇八）年まで五高で教鞭を執った。ここには、それと知ってか知らずか、何人もの五高生が下宿した。高田も後に漱石の教え子だった行徳俊則に聞いて知ったのだという（五高同窓会「会報」）。

漱石は、七月には文部省から留学命令を受けて熊本を離れるため、この家には四カ月弱しか住んでいない。しかし、飼っていた大きな洋犬に手をかまれたのはこの家での出来事だ（四二頁参照）。

漱石が北千反畑町に引っ越して間もない四月一三日、中川元《はじめ》校長に第二高等学校への転任命令が出た。同一九日には退任式が行われ、教頭の桜井房記が校長に就任した。中川が熊本を離れたのは二二日。二四日付の「九州日日新聞」には「午前十時池田発の汽車にて当地出発赴任せり第五高等学校の職員生徒諸氏一同は停車場迄見送れり」とある。折から熊本は伊藤博文、井上馨の来熊で喧噪《けんそう》のさなかだった。

漱石は二四日には教頭心得を命じられる。五高での立場は次第に重くなるが、漱石を最も高く評価した中川の離熊は、漱石を五高につなぎ止める重しが軽くなったことでもあった。

暮らしぶり①

所得税一八円で「長者」の一人に

熊本時代の漱石を調べるため、しばしば当時の新聞を見る。しかし限られた時間の中で必要なことを探そうとするので、その時関心のなかったことは見落とすことも多い。効率の悪さはこの上ないが、新聞を見返す度に新たな発見もある。

そんな中で見つけた興味深い記事がある。明治三〇（一八九七）年五月二〇日付「九州日日新聞」第一面に掲載された「明治三十年所得納税人名調」である。この中に夏目金之助の名前を発見した。山川信次郎、菅虎雄、桜井房記など五高の先生の名前もある。新聞掲載は翌年もあるが三二（一八九九）年以降はない。

当時の「所得税法」によると「所得金高一箇年三百圓以上アル者」は所得税を納めなければならなかった。同居の家族で所得のあるものは「戸主」の所得に合算された。ただし、「軍人従軍中ニ係ル俸給」「官私ヨリ受クル旅費傷痍疾病病者ノ恩給金及孤児寡婦ノ扶助料」「営利ノ事業ニ属セザル一時ノ所得」は所得税の対象外とされた。

月給二五円以上が対象になる。五高の先生たちの名前が載るのは当然と言えば当然のことだ。ここに校長の中川元《はじめ》の名前がないのは、熊本市以外の市町村が含まれていないからである。中川は、飽託郡黒髪村に住んでいた。

所得税率は五等級に分かれ、第一等は所得金高三万円以上で一〇〇分の三。第二等が二万円以上で一〇〇分の二半。第三等が一万円以上で一〇〇分の二。第四等が一〇〇〇円以上で一〇〇分の一半。第五等が三〇〇円以上で一〇〇分の一となっている。漱石は月給一〇〇円だから、所得税は一八円。これを二回に分け、九月に九円を、翌年三月に残りの九円を納税した。

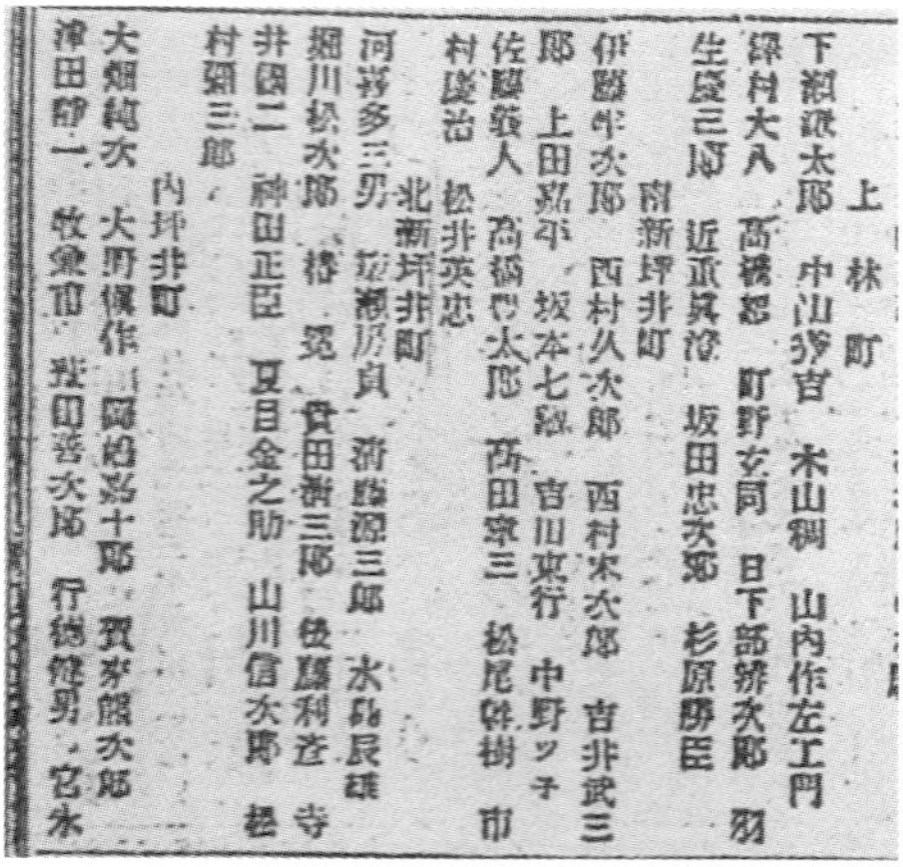

「明治三十年所得納税名調」に夏目金之助・山川信次郎の名がある（「九州日日新聞」明30·5·30付）

現在と異なり、その年の所得の予算金高と種類を書いて毎年四月三〇日までに「居住地戸長ヲ経テ郡区長」に届けなければならなかった。

熊本市で名前が挙がっているのは六九四人。現住人口約五万二〇〇〇人に対して一・三％しか所得税を納めていないことになる。当時の税の大半は地租と酒造税だった。

この所得税は「選挙権」にも関わる。明治三三（一九〇〇）年に改正されるまで、直接税一五円以上払う者でなければ選挙権はなかった（改正後は一〇円）。松山時代の漱石は月給八〇円だから、税金は九円。つまり選挙権はない。選挙権がいかに特権階級のものであったかを思い知らされる。

当時の人々がどれくらいの給料をもらっていたかは新聞や県の統計資料で知ることができる。明治二九（一八九六）年の小学校教員の平均給与が月約八円、農作年雇いの男性は一年に約二八円、女性は約二〇円。下男の月給は約四円、女中は約二円。和服仕立は日給三五銭、洋服仕立は五五銭、大工・左官は三五銭。月一〇円稼ぐためには休日なしで働き続けなければならない。それから考えると漱石の給料がいかに高いかわかる。漱石が、実家への仕送りや、学費の返済がなくなったことで、学生たちに救いの手を差し伸べたのも頷ける。

夏目家が庶民に比べるとかなり高給取りであったことは間違いない。しかし、漱石が留学命令を受けて熊本を引き上げる際、「無一文で、熊本を出るときでさえ、旅費や何かで金が足らず、私の父（中根重一）から六十円か百円かを借りて上京した」（『漱石の思い出』）という。宵越しの金は持たないという江戸っ子の美風なのか。漱石だけでなく、友人たちとの金銭の貸し借りはしばしば見られる。

暮らしぶり②

東京と熊本の風呂事情

漱石に関するエピソードを読んでいて、気になる話があった。それは漱石の家にお風呂がなかったという話だ。熊本で生まれた娘、筆子がインタビュー記事（「夏目漱石の『猫』の娘」）で明かしている。

初めてお風呂が取り付けられたとき、家中はしゃぎ回り、漱石も、何度も書斎から出て来ては様子を見ていたという。しかし、お手伝いさんも初めてお湯を沸かすので見当がつかない。手を入れて、もう良さそうだと、書斎の漱石に知らせると、待ちに待っていた漱石が、風呂に飛び込んだ。とたんに「冷たい」と飛び出して裸のまま部屋に戻ってきた。お湯を下からかき混ぜなければならないことをだれも知らなかったのだ。素っ裸で飛び跳ねている漱石を見て、子供たちは大笑い。漱石も怒るのを忘れて腹を抱えて笑ったという。これは、漱石が療養先で吐血した修善寺の大患（明治四三年）以後のこと、つまり早稲田南町の家になる。漱石が亡くなるまで借家住まいだったという話と、お風呂の話は、驚きと共に記憶に残った。

しかし、博物館明治村に保存されている千駄木の家（明治三六～三九年居住）には内風呂がある。

ここで漱石は『吾輩は猫である』や『草枕』を書いた。筆子が幼かったから記憶になかったのだろうか。築一三年の家は傷みもあって、漱石は湯殿の壁や硝子窓の修理を家主に願い出ている。修理が行われたかどうかはわからないが、森まゆみは『千駄木の漱石』（筑摩書房、二〇一二・一〇）で「（湯殿は）あるにはあったが、風呂を立てるのはうんと手間がかかったので、銭湯に行く方が多かったと思われる」と述べている。漱石より前に、この家に住んだ森鷗外家族も銭湯を利用したという。『吾輩は猫である』には銭湯の場面が面白おかしく描かれており、漱石はしばしば銭湯に通ったようだ。

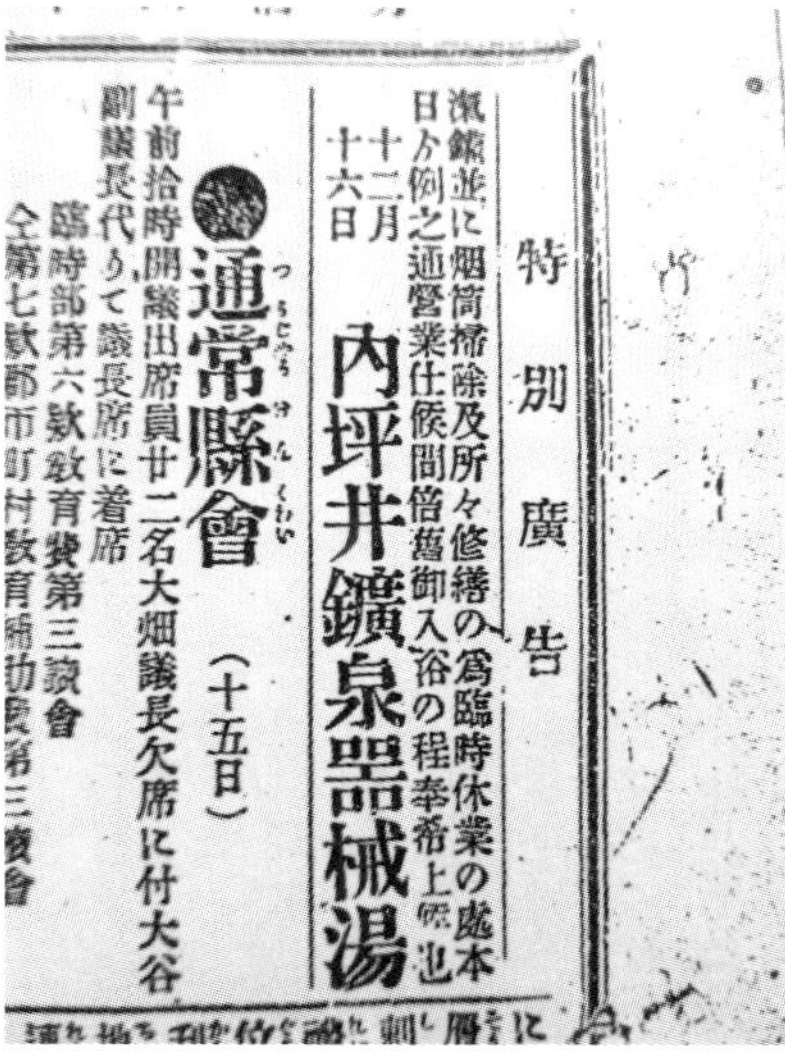
特別廣告
内坪井鑛泉器械湯
鑛並に烟筒掃除及所々修繕の爲臨時休業の處本日ゟ例之通營業仕候間倍舊御入浴の程奉希上候也
十二月十六日

通常縣會（十五日）
午前拾時開議出席員廿二名大畑議長欠席に付大谷副議長代りて議長席に着席
臨時部第六款教育費第三讀會
全第七款郡市町村教育補助費第三讀會

「器械湯」の広告を掲載した明治31年12月16日付「九州日日新聞」（熊本市歴史文書資料室所蔵）

では、熊本の家ではどうだったか。下通《しもとおり》町一〇三番地の家、合羽《かっぱ》町《ちょう》の家、内坪井町の家には湯殿があった。木村隆之氏の調査による合羽町の家の見取り図には湯殿はない（一九頁参照）。しかし、『漱石の思い出』によると内風呂があり、家で入浴していたことがわかる。内坪井町の家でも同様だ。現存の大江村の家には、湯殿はないが、台所にしては少々広すぎる土間があるので、湯殿があったのではないかと想像される。

東京の生活では、しばしば、鏡子も漱石も銭湯に行ったという記述があるのに、熊本での生活では一度も書かれていない。

熊本時代の漱石の句に「器械湯の石炭臭しむら時雨」という句がある。明治二九（一八九六）年の作である。注には「器械湯は石炭を焚いて沸かす湯か」とある。正岡子規に宛てて一二月送られた句稿の中に入っている。「九州日日新聞」には時折「器械湯」の広告や記事が載っている。これはボイラー式の銭湯のことと考えられる。「内坪井鉱泉器械湯」「立町器械湯」「上職人町の器械湯」、「駕丁の中村器械湯」が散見される。明治三〇（一八九七）年一一月一一日付「九州日日新聞」には、七月以降石炭が値上がりしたため、坪井地方の湯銭を大人七八厘から一銭五厘に引き上げようとしていることが報じられた。しかし、値上げに反対して組合を脱退する銭湯が続出して見送られている。

熊本で漱石が銭湯にはいったかどうか、気になるところだ。

暮らしぶり③

漱石が吸った煙草

明治三三（一九〇〇）年三月七日「未成年者喫煙禁止法」が公布された（四月一日施行）。未成年者で喫煙した場合は、煙草、器具を没収。「親権者」あるいは「親権ヲ行フ者ニ代リテ未成年者ヲ監督スル者」でありながら喫煙を制止しなかった場合は「一円以下の科料」。未成年者と知りながら煙草または器具を販売した者は「十円以下ノ罰金」という法律だ。明治九（一八七六）年に成年は満二〇歳と決められた。

この法律は、未成年者の健康被害を懸念して制定されたが、その効力については危ぶまれていた。三月四日付「九州日日新聞」には法律の力で「矯正し得るや否やは識者の懸念する所」として「行政官」だけに任せるのではなく「親権者」は無論のこと「学校教員」は「自ら喫煙の風習を打破し実践の例を示さざるべからず」という論評が掲載された。施行目前の三月二八日には法律上の拘束より、教員による「修身道徳」の教育こそ必要とも述べられた。一方、三月三一日にはいち早く禁煙を行い成果を上げた熊本師範学校の記事も紹介された。

四月一八日には「喫煙禁止違反」の見出しで、初の違反者として一九歳の少年を実名報道している。警官の叱責と没収がどれほどの効力であったかは疑問だ。明治の喫煙事情はどのようなものだったのか。

漱石の教え子である寺田寅彦は、「喫煙四十年」という随想で「はじめて煙草を吸ったのは十五、六歳頃の中学時代」だったと述べている。その頃「中学生で喫煙するのはちつとも珍しくなかつたし、それに父は非常な愛煙家であつたから両親の許可を得るには何の困難もなかつた」という。革製の煙草入れ、「真《しん》鍮《ちゅう》の鉈豆煙管《なたまめきせる》」を買ってもらったが、煙草を吸い慣れるには苦労もあった。吐き気を克服して「平気で鼻の孔から煙を出すやうにならないと一人前になれないやうな気がした」と寅彦は書いている。

煙草は一六世紀末に日本に伝わり、もっぱら刻み煙草を煙管で吸った。日本の細切り煙草は独自の進化を遂げたという。寅彦が、紙巻き煙草に変えたのは中学の高学年の頃のことだ。

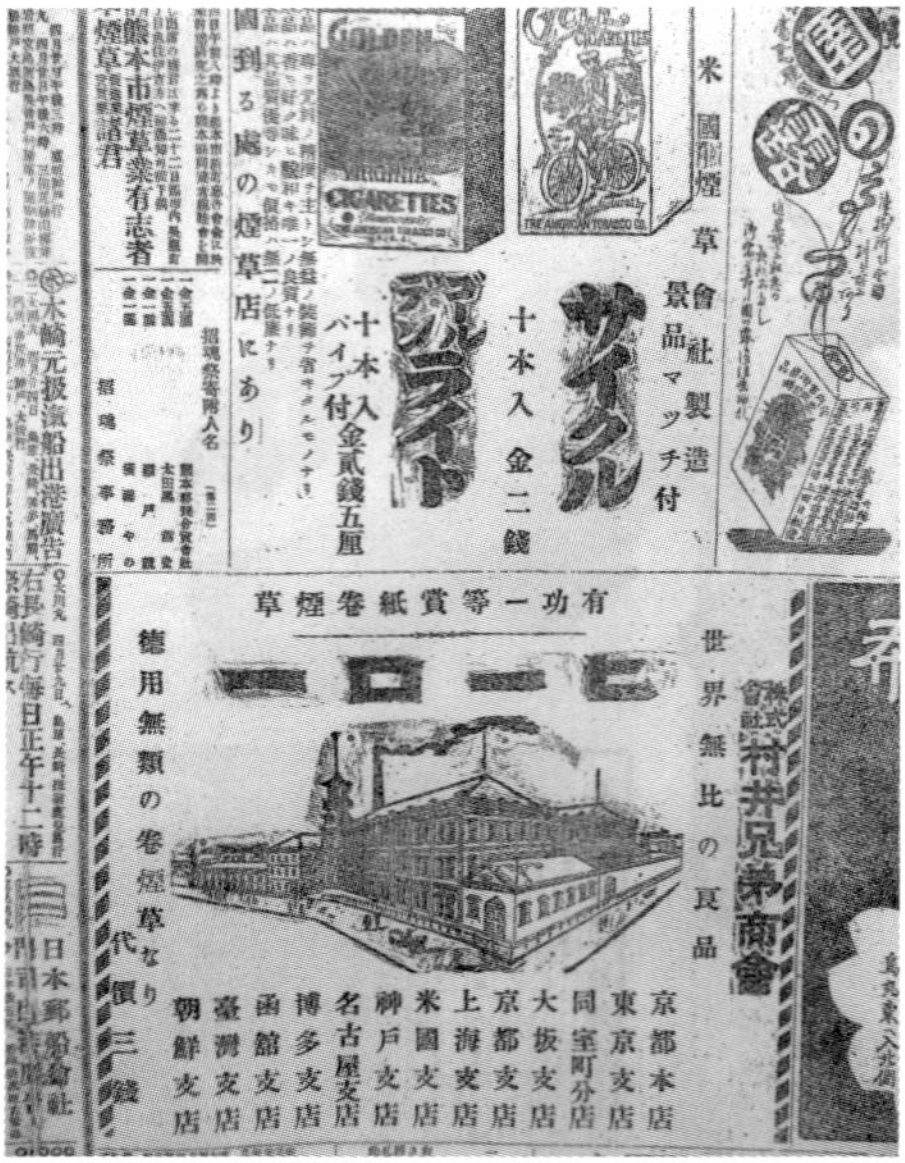

明治33年4月20日付「九州日日新聞」に掲載されている、たばこの広告（熊本市歴史文書資料室所蔵）

明治三二（一八九九）年一月一八日付「九州日日新聞」には「日本の喫烟家」という記事がある。

それによると明治天皇が百本五〇円の「トリンフォース」という煙草を一日一〇本前後、皇太子（大正天皇）は一〇〇本二五円の「ヴィクトリア」を一日三、四本。伊藤博文は一〇〇本一〇円の「ヴィクトリア」を一七本などとある。

漱石も煙草を吸った。談話「文士と酒、煙草」では病中もやめず、朝の目覚めにも、食後にものむと答えている。シガー（葉巻）が好きだが安くないので、「敷島《しきしま》」を「日に二箱」とも。鏡子が買い置きしていたので家で吸うのは「朝日」だった（「文士の生活」）。「朝日」は二〇本八銭、「敷島」は一〇銭だった。しかし、これは明治三七（一九〇四）年大蔵省専売局が煙草の製造販売を一括して行うようになってからのことである。熊本時代には「朝日」も「敷島」もまだない。

鏡子の弟中根倫《ひとし》の回想では、漱石が明治三〇（一八九七）年夏に上京した際、鏡子から五円貰うと「西洋煙草」を買ってきたという。「九州日日新聞」には当時、二大勢力を誇った東京の岩谷商会と京都の村井兄弟商会の広告をはじめ様々な煙草の広告が掲載されている。漱石は、熊本でどんな煙草を吸っていたのだろう。

暮らしぶり④

本当は犬派だった漱石

漱石は、明治三八（一九〇五）年一月『ホトトギス』に発表された「吾輩は猫である」で一躍有名になる。主人公となった猫は生涯名前をつけられず、明治四一（一九〇八）年九月一三日亡くなり、早稲田南町の家の裏庭に埋められた。その後も猫は飼われ続けた。

しかし、漱石は「犬派」だった。『硝子戸の中』（大正四年）に「ヘクトー」という犬の死が書かれている。鏡子の『漱石の思い出』には、熊本時代に飼っていた犬の話が載っている。内坪井町にいたとき、よそからもらった大きな犬で、やたらと人に吠え立てて近所の憎まれ者だった。ある時、通行人に噛みついて警察沙汰となったが、狂犬病の疑いがないということで警察官から「こんど噛みついたら撲殺する」とおどされて無罪放免となる。

漱石がたいそうかわいがり、お手伝いのテルも犬好きだったため、次の引っ越し先である北千反畑町の家にも連れて行った。ところが、今度は先の警察官の妻に噛みつき、再度警察に連行される。しかし、今度も狂犬病でなかったため放免となり、漱石もテルも大喜びした。

ところがこの犬、ある日謡《うたい》の会で夜遅く帰ってきた漱石に吠えつき、着物の袂《たもと》と袴《はかま》の裾《すそ》を破る始末。「飼い犬に手をかまれる」とはこのことと鏡子に笑われ、漱石も苦笑いした。

この犬は、五高で書記をしていた余田司馬人がドイツ人からもらったものだった。あまりに吠えるので困っていたのを漱石が聞きつけてもらい受けたのだという（濱崎曲汀「熊本時代の夏目漱石」）。漱石が熊本を去るとき、この犬を譲り受けたのが、同僚で化学教師の神谷豊太郎だった。神谷によると「非常に大きな、毛の長い、恐ろしい様子をした犬」で「夏目の獅子狗《ししいぬ》」と呼ばれた赤毛の洋犬だった。

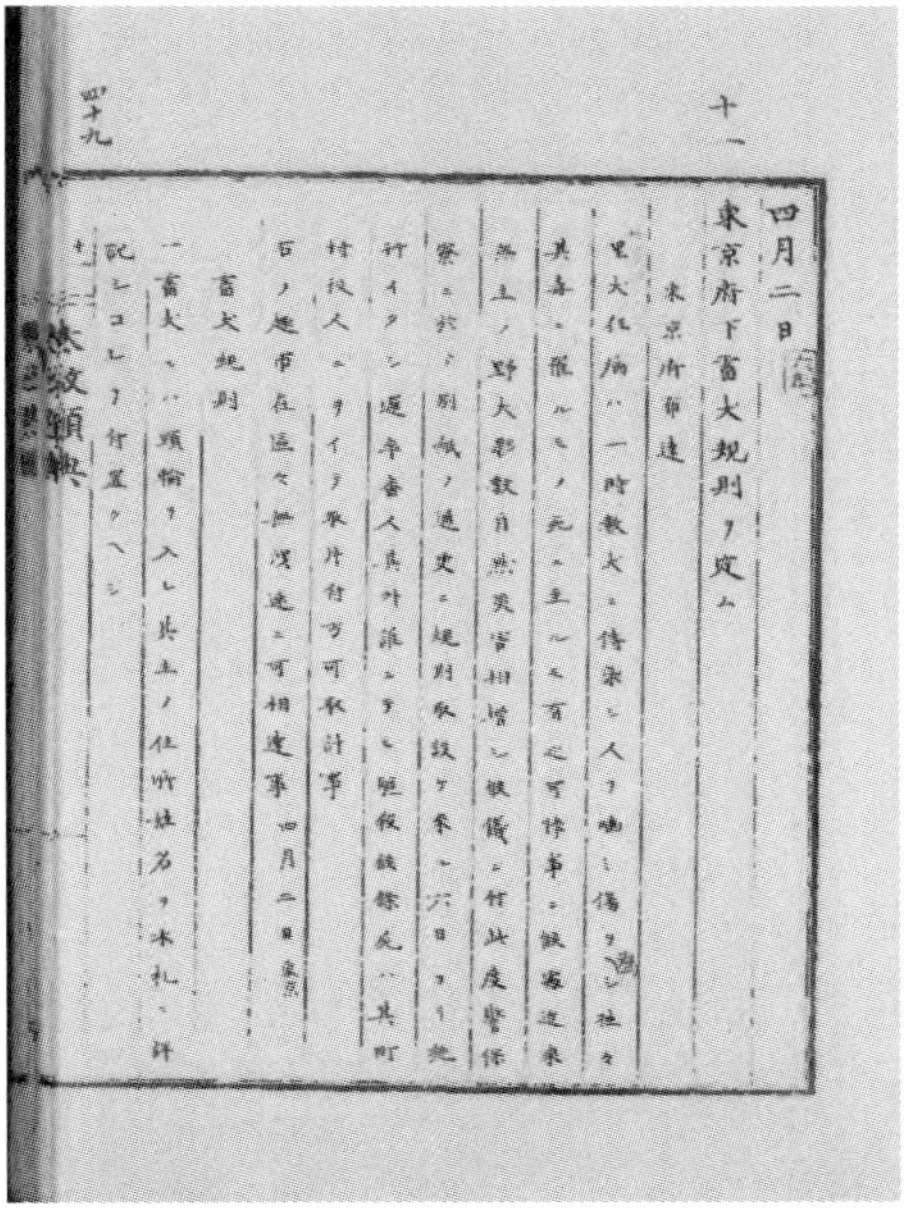
四十九
十一
四月二日
東京府下畜犬規則ヲ定ム
東京府布達
畜犬規則

明治６年の東京府の畜犬規則（国立公文書館デジタルアーカイブより）

このほかに大江村の家で撮られた写真（二二頁参照）には、漱石夫婦の間で座布団に座った小さな洋犬が写っている。「ジャックラッセルテリア系統の犬」（横山俊之『元祖・漱石の犬』）らしいが、この犬に関する記述は一つもない。

洋犬は、一六世紀の南蛮貿易によって多く流入し、明治時代には日本在来犬を駆逐するほど勢力を拡大した（谷口研語『犬の日本史』）。当時は洋犬やその雑種を「カメ」と呼んだ。これは英米人が犬に「Come here」と呼びかけるのを日本人が「カメや」と聞き誤ったためという。そのカメを日本人はありがたがり、日本在来犬を「悪犬」のように殺してしまった。

日本に初めて「畜犬規則」ができたのは明治六（一八七三）年四月。東京府が出したものだが、各府県がこれにならう。飼い犬には、首輪と飼い主の住所氏名を明記した木札をつけること。札のない犬は「無主《むしゅ》の犬」と見なされ、殺処分となった。狂犬病の犬はその飼い主が殺処分するか、または警察官が撲殺する。漱石の犬が警察署に連行されたのは、この法律によるものだった。狂犬病でなかったために撲殺を免れた。この規則は「里犬」として地域に住んでいた日本犬を駆逐した。明治一四（一八八一）年には「無主の犬」を殺処分にするという条文は削除された。「九州日日新聞」には時折「狂犬病」にかかった犬が「撲殺」された記事が掲載されている。

洋犬は高い値で売買された。ヘクトーは謡の師である宝生新から譲り受けた雑種だった。漱石も洋犬好みだったようだ。

暮らしぶり⑤

年賀式に愛媛中校長・住田も出席

明治三三（一九〇〇）年一月五日付「九州日日新聞」に年賀式の記事が載っている。熊本県書記官田中坤六、熊本市長辛島格、熊本県議会議員岡崎唯雄、熊本市議会議長吉永為己の四人が発起人となって「新年回礼」を略し、二日、県会議事堂に会して挨拶を交わしたという。政・財界をはじめ、教育・医学・軍関係など二一〇名が集まった。五高関係は中川元《はじめ》校長、桜井房記教頭、校医柿田末四郎の三人であった。

「新年回礼」とは年始廻りのことだ。これを簡略化しようという動きは以前からあった。三二（一八九九）年一月一日付「九州日日新聞」の九面には「恭賀新年」の文字の下に六六〇人の名前が掲載され、「本広告ヲ以テ年首相互ノ回礼ニ代ユ」と記載されている。発起人は三三年の年賀式の四人のほか、中川校長など一〇人が名を連ねている。名刺広告の巨大版という体裁で、多くの五高教授陣の名前もあり、その中には夏目金之助や山川信次郎の名もある。この広告は三三年の新聞では欠落が多く確認できない。広告では効果がなく、冒頭のような県会議事堂での年賀式になったのかもしれない。

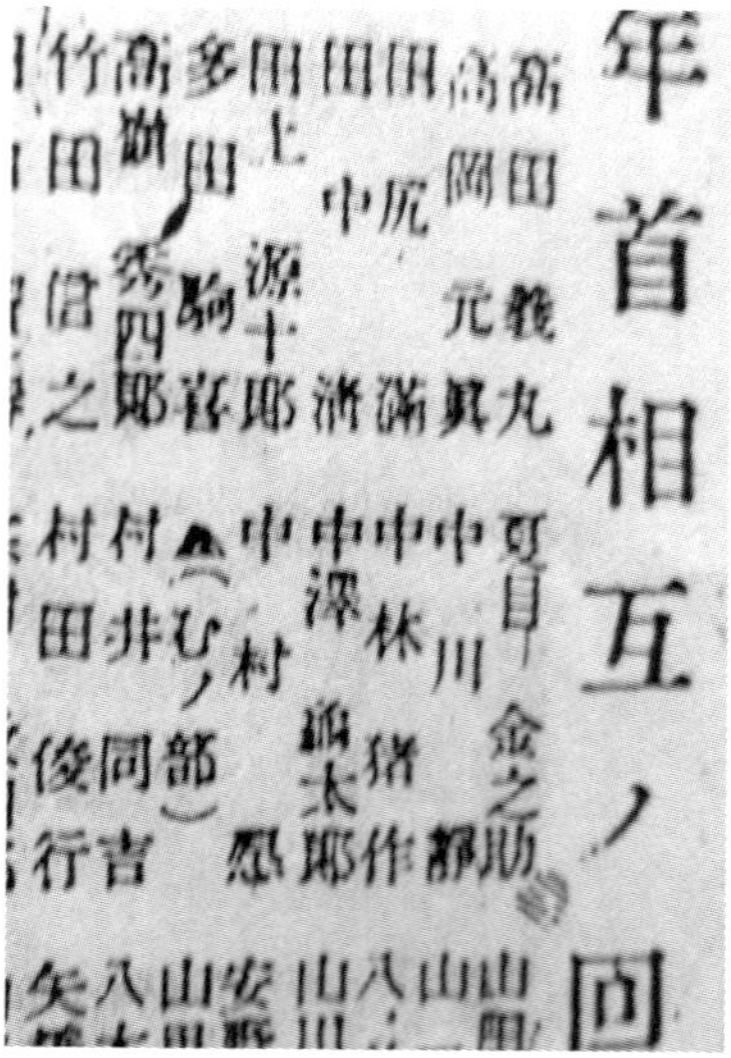
年首相互ノ回
夏目金之助

明治 32 年 1 月 1 日付「九州日日新聞」（熊本市歴史文書資料室所蔵）に載った年始広告。右端に夏目金之助の名がある

新年回礼は、明治期までは盛んに行われていた。年賀状は遠くにいる人にだけ出すもので、正月三が日から一〇日過ぎまで、親戚、友人、職場の上司への挨拶回りで、普段は静かな往来も、正月には賑やかだったという。明治三〇（一八九七）年一月、漱石宅に年始客が殺到し夫婦喧嘩の種となったのも、こうした風習があったからだ。これを簡略化したのが年賀式だった。

この年賀式出席者の最後に住田昇の名が見える。住田は、漱石が愛媛県尋常中学校に勤務していたときの校長である。漱石は松山で生徒による校長排斥運動にうんざりして熊本にやってきた（九一頁参照）。『坊っちゃん』の校長のモデルとも言われる。

その住田は、明治三一年七月、熊本県視学官として赴任したのだ。この時、四一歳。住田は熊本との縁が深い。明治一六（一八八三）年東京師範学校を卒業後、熊本県師範学校の一等教諭になる。同一八（一八八五）年山形に転じ、二二（一八八九）年に再び熊本県尋常師範学校教頭になり、翌年校長となった。しかし、明治二五（一八九二）年末、郡教育会で「教育家の二大弊」と題した講演が、文部省や県を非難したように受け取られ、傍聴していた五高校長嘉納治五郎が詰問した。これが契機となり住田は翌年二月、愛媛県尋常中学校へ転任し、漱石と出会うことになる。そして不思議な因縁で再度、漱石のいる熊本へ赴任した。

住田は明治二一（一八八八）年から三七（一九〇四）年、熊本で病没するまで日記をつけており、その一部（松山時代）が新垣宏一氏によって公表された（「住田昇の松山日記について」）。残念なのは日記全体が翻刻されなかったことだ。ちなみに住田の熊本時代の回礼には、一日で七〇余名の名が記載されている。住田は五高建設に際しても一〇円の寄付をしている。日記によると明治二四（一八九一）年一〇月賞勲局から「木盃壹固下賜」されている。

漱石は回礼を嫌った。年賀式が行われた三三年正月、漱石が同僚の奥太一郎、小島伊佐美らと日奈久温泉に行ったと伝えるのは、濱崎曲汀（「熊本時代の夏目漱石」）だけだが、この年だけ家で正月を過ごしたとは考えられないので事実と思われる。

戦争①

日清戦争の凱旋出迎え

明治二九（一八九六）年六月五日付「九州日日新聞」に「混成旅団の凱旋（第一回）」という記事が載っている。日清戦争に出征した、五日到着予定の部隊が、四日午後六時四〇分春日駅（現熊本駅）に着いたのだという。将校一五人、下士以下三二八人、馬匹二二七頭とある。

予定の早まった凱旋の急報に、歓迎委員は大慌てで市内に国旗を掲げ、夜間は日の丸提灯を点灯するよう触れ回り、停車場外と石塘口《いしどもぐち》に「大緑門」を作り、新橋口に大国旗を交叉して兵士たちを迎える準備を整えた。兵士たちが到着するや、駅では花火が上がり、音楽隊が軍楽を演奏し、迎えの群衆は万歳の声を上げた。第六師団が駐屯する山崎練兵場への沿道には数千人の歓迎者が出迎えたという。

日清戦争は、朝鮮の甲午《こうご》農民戦争に端を発し、明治二七（一八九四）年八月一日に宣戦布告、同二八（一八九五）年四月一七日下関で講和条約調印、五月八日条約の批准書交換で終結する。『新熊本市史』第六巻では、戦争のため出征していた第六師団の凱旋は明治二八年五月二五日から始まり、七月七日には一段落したと書かれている。

明治 32 年、現在の熊本市の辛島公園の場所に整備された征清記念碑公園
（昭和 10 年頃撮影、熊本市歴史文書資料室所蔵）

しかし、二八年一月に威海衛《いかいえい》（山東半島東部）で勝利した混成第一一旅団は占領軍としてそこに留まっていた。それが三国干渉によって山東半島を放棄し、帰国となったのである。

『龍南会雑誌』四八号（明二九・六・二八）には「六月七日、第十一旅団司令部熊本に凱旋す。我校の教職員学生一同、之を城外の濠側に歓迎せり」と、午後四時に学校で整列し隊伍を組んで出迎えたことが記される。伊瀬知《いせち》好成《よしなり》少将以下司令部の諸官が、城内に入ったのは七時過ぎだったと記されている。漱石もそこにいたはずだ。

ただし「伊瀬知少将以下」というのは誤りで、五日の新聞によると伊瀬知ら旅団司令部の凱旋は「本日午後五時三十六分帰着予定」とある。六日の新聞で少将が宿屋に宿泊したことも報じられている。五高生が歓迎したのは、新聞で「第五回の凱旋」と報じられている総人員五二三人、馬匹一四五頭の部隊である。連日、八〇〇人余の凱旋が続く中、情報が交錯したのだろう。旅団凱旋は一五日の野戦病院の凱旋で結了した。

漱石は松山時代にも、生徒たちと松山連隊の凱旋を出迎えている（荒正人『漱石研究年表』）。荒は、同僚・弘中又一の手記を根拠に、明治二八（一八九五）年七月一三日のこととしている。

「愛媛新聞」の岡敦司氏は「漱石と松山—海南新聞から読み解く15」（平二八・一二・一四）で、漱石が七月二八日松山城内練兵場における歓迎会に出席したと推測する。松山時代の教え子・真鍋嘉一郎は「夏目先生の追憶」（『漱石全集』別巻）で、凱旋歓迎時の漱石の服装が「フロックに山高」だったことを記している。「私どもが『似合ふ』と云つて冷かしたら、先生はにやりと微笑を漏らされた」とも。

五高時代の漱石は、制服姿での歓迎だったはずだ。漱石は、その生涯に日清・日露・第一世界大戦と、三度の戦争を経験した。漱石も生徒と同様に万歳と声を上げたのかどうか。凱旋歓迎の記事は、漱石と戦争について考える一つの資料となる。

戦争②

徴兵忌避は漱石だけではない

漱石は明治二五（一八九二）年四月、分家して北海道後志《しりべし》国岩内《いわない》郡吹上町一七番地浅岡仁三郎方に移籍した。父直克の配慮である。これは、明治二二（一八八九）年一月改正の「徴兵令」第二一条によって、官立学校で学ぶ、学生の兵役猶予が満二六歳迄と規定されたためである。漱石は、明治二六（一八九三）年一月には満二六歳になる。しかし、第三三条にはこの法律が「北海道ニ於テ函館江差福山ヲ除クノ外及沖縄県並東京府下小笠原島」には施行されない事が記されている。漱石の移籍は、これを利用したのだ。

漱石は北海道に籍を移して徴兵を逃れた。このことに注目して、論を展開したのが丸谷才一である。丸谷には「徴兵忌避者としての夏目漱石」（初出「展望」一九六九・六、のち『コロンブスの卵』一九七九・六所収の際、加筆訂正）という著名な論文がある。そこで丸谷は、この徴兵逃れのための移籍が、日清戦争の始まりとともに、漱石に「自責の念」を起こさせ、自分は「卑怯者」ではないかという疑問を心の奥深くに刻みつけたと述べている。

丸谷は、移籍が「世間の通念」に従って行われたもので「確乎《かっこ》たる思想的立場」によるものでは

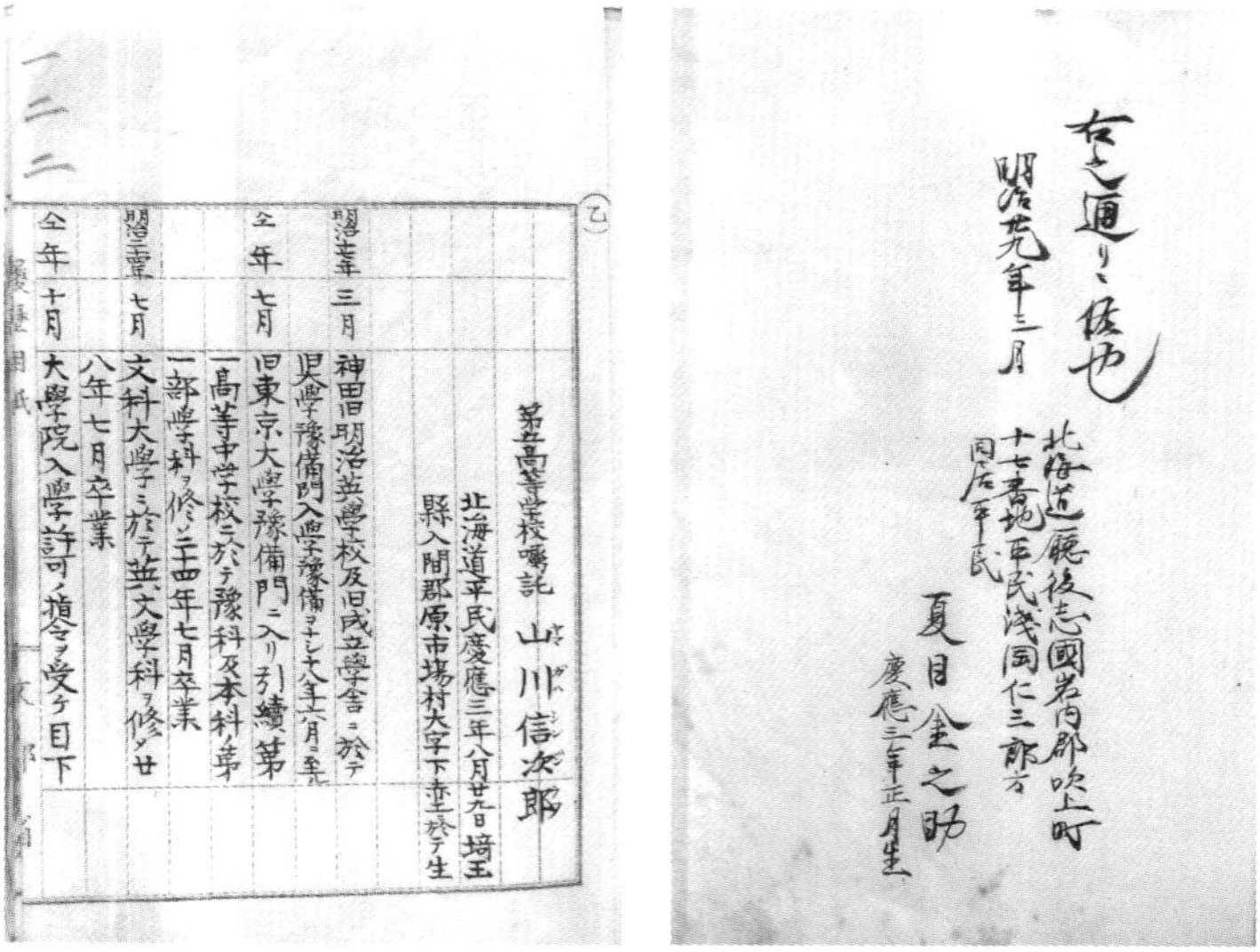

一二二

第五高等学校嘱託 山川信次郎
北海道平民慶應三年八月廿九日埼玉縣入間郡原市場村大字下赤工ニ於テ生
明治十三年 三月 神田區明治英學校及同成立學舎ニ於テ大學豫備門入學豫備ヲナシ十六年七月ニ至ル
全年 七月 旧東京大學豫備門ニ入リ引續第一高等中學校ニ於テ豫科及本科第一部學科ヲ修メ二十四年七月卒業
明治二十四年 七月 文科大學ニ於テ英文學科ヲ修メ廿八年七月卒業
全年 十月 大學院入學許可ノ指令ヲ受ケ目下

右之通リニ候也
明治廿九年三月
北海道後志國岩内郡吹上町十七番地平民浅岡仁三郎方
同居平民
夏目金之助
慶應三年正月生

北海道に戸籍を置く漱石と山川信次郎の履歴書（五高記念館所蔵）

ないだろうと述べながらも、倫理観の強い漱石は、実際に戦争で戦死者が出始めると、「身代りのように戦死して行った同年輩の若者たち」にすまないという思いに駆られ「潔癖に自分を責め」神経衰弱を募らせていったというのだ。そうした漱石の心理状態が、「知識人としての自信喪失」を招き、松山行き、熊本行きを決断させたという。

さらには、この「徴兵忌避による裏切り」を『こころ』の先生の「裏切り」に重ねていくところが、丸谷論のユニークなところである。漱石の「厭戦《えんせん》」を指摘する研究者は多い。しかし、日清戦争の凱旋兵士を出迎えた頃の漱石にそうした「厭戦」や「自責の念」を見ることができるだろうか。

明治三〇（一八九七）年の五高の同僚の履歴書を見ると、一五人の教授中、漱石を含めて七人の戸籍が北海道にある。まず、アメリカの大学を卒業した英語の大浦肇《はじめ》（宮崎県生れ）、漱石の友人で英語の山川信次郎（埼玉県生れ）、ドイツ語の上田整次（石川県生れ）、合羽町の家で同居した長谷川貞一郎（石川県生れ）、化学の神谷《かみたに》豊太郎（和歌山県生れ）、物理の友田鎮三（石川県生れ）。大浦を除いて皆、帝国大出身である。大学を卒業して、官立学校の教師になったり、判任官以上の官吏になったりすれば懲役は免除される。

明治四四（一九一一）年六月二〇日付「高田日報」に「夏目博士座談」が掲載された。長男・純一が小学校で先生から「徴兵忌避は国民の恥辱」と言われたときの話である。純一は「お父さんは北海道へ行つて徴兵を逃れたのですが、お父さんは日本国民ではないのでしやうか」と先生に質問し、先生は「イヤ、あなたのお父さんは外《よそ》の方で国家のお為になりなさる方だからそれでいいのです」と答えたという。

漱石は、誰が子供に徴兵忌避を教えたのかと驚いてはいるが、そこに「後ろめたさ」など感じられない。

戦争③

調子外れで軍歌を歌う

明治三〇（一八九七）年六月二九日　漱石の父、夏目小兵衛直克が亡くなった。文化一四（一八一七）年一一月一二日生まれなので、満七九歳（数えでは八一歳）であった。

ちょうど学年末試験が終わった日で、成績処理を終えてから上京することになる。鏡子にとっては、結婚後、初めての里帰りであった。漱石の安東真人宛七月七日付書簡によると「明八日」帰省とある。しかし、同居していた山川信次郎が、漱石夫妻を見送った帰りに書いたという正岡子規宛書簡の日付は七月七日となっており、悩ましい。山川は、合羽町《かっぱちょう》の家を出て七日から駕町《かご》二四番地の荒木宅に移ったと書いている。

山川書簡の「仝氏《どう》見送り」を、合羽町の借家をたたんで、とりあえず宿屋に移るのを見送ったのだとすれば、なんとかつじつまは合う。山陽鉄道は、まだ広島までしか開通しておらず、門司から広島までは汽船を使わなければならなかった。東京新橋まで、汽車だけでも三五、六時間乗らなければならない。三、四日はかかる長旅だった。

二人は、麹町区内幸町（現・千代田区内幸町）にある鏡子の父・中根重一の官舎に転がり込んだ。

中根家の人々が、例年鎌倉に避暑に出かけて空き家になるからだ。
鏡子の『漱石の思い出』には興味深いエピソードが語られている。二人きりで、することもないので漱石が鏡子に唱歌を教えてくれるように頼んだという。鏡子は当時「兵隊さんがよく歌って」いた「敵は幾万」を教えた。しかしいくら教えても漱石の歌は調子外れで、ものにならず、歌うたびに笑いこけた。なんとも睦《むつ》まじい風景だ。

中根重一の官舎（『漱石写真帖』より）

この歌は、山田美妙が明治一九（一八八六）年八月『新体詩選』に発表した「戦景大和魂」という八章からなる詩である。小山作之助が、その中から三章選んで作曲し、『国民唱歌集』（明・二四・七）に載せた。日清戦争前後から盛んに歌われ、日露戦争、第一・第二次世界大戦へと歌い継がれた、軍歌の代表歌ともいえるものだ。

軍歌を歌う漱石――。漱石が戦争をどのように考えていたかは大きな問題だ。日清戦争についての直接の言及はない。しかし、松山でも熊本でも、日清戦争の凱旋兵士歓迎のために生徒を引率している。

漱石の「厭戦思想」を指摘する研究者もいるが、熊本時代の漱石にそれを指摘するのは難しい。日露戦争の時には、戦争詩「従軍行」（『帝国文学』明三七・五）を作っている。日露戦後の高揚感が漱石の初期創作の原動力になったと示唆したのは小宮豊隆（『夏目漱石』昭一三・一）だ。日露戦後の認識にこそ漱石の独自性があるともいえよう。

戦後の平和と民主主義教育によって育った私たちは、反戦思想を持ってこそ「真の知識人」と考えがちだ。しかし、維新後の日本が、西欧列強に次第に浸食されていく清国と同じ運命をたどらぬよう、ひたすら近代化を急いだとき、知識人たちは、江藤淳が指摘したように「国家に有用な人物」であることを自らに課した。漱石もそのような明治の知識人の一人だった。

二　家族

漱石誕生

正月生まれの金之助

夏目漱石――本名金之助が生まれたのは、慶応三(一八六七)年一月五日である。この日が庚申《かのえさる》に当たり、悪くすると大泥棒になるという俗信があった。それを避けるためには最初から「金」の字か「金偏」の付く字を名前に付けたらいいという。そうして「金之助」と名付けられた。有名なエピソードだ。

しかし近年、驚くことに漱石の誕生日を二月九日と記したものを見かけるようになった。これは太陽暦である。( )の中に陰暦一月五日と書いてあるものもある。日本では明治五(一八七二)年一二月三日を明治六年一月一日とし、太陽暦に移行した。六年以降は太陽暦なのだからそれに合わせることが「合理的」とでもいうのだろうか。

旧制第五高等学校の資料が熊本大学五高記念館に保存されている。その中に漱石の履歴書があって、「慶応三年正月生」と記されている。一月と書かずに「正月」と書くところに、漱石特有の思いはないのか。そんなことを考えて漱石の俳句を見ていると、明治三一(一八九八)年の句に「正月の男といはれ拙に処す」という句があった。「正月の男」こそ漱石その人なのである。漱石は愚

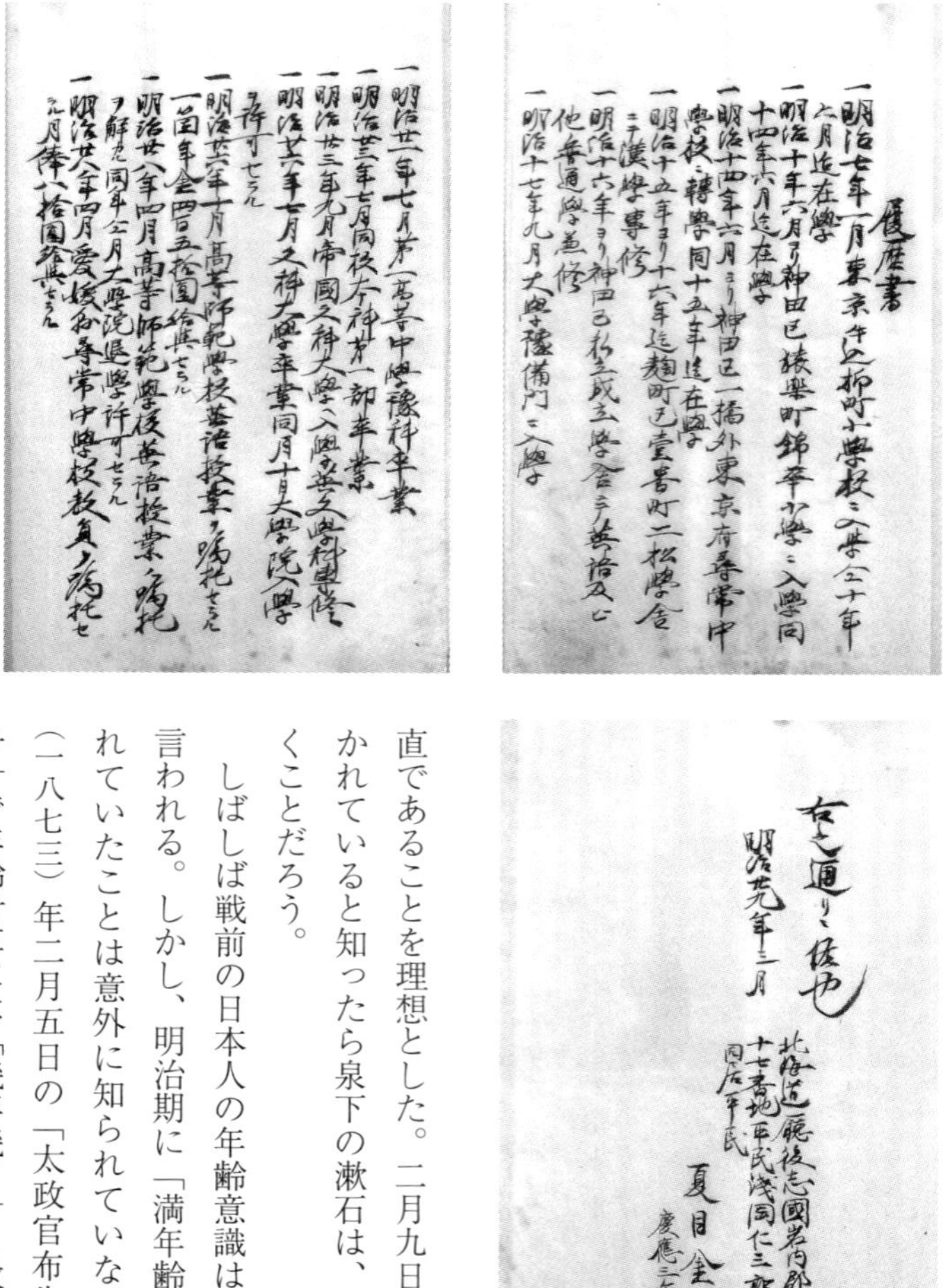
履歴書
一明治七年一月東京牛込柳町小學校ニ入學仝十年六月迄在學
一明治十年六月ヨリ神田区猿楽町錦華小學ニ入學同十四年六月迄在學
一明治十四年六月ヨリ神田区一橋外東京府尋常中學校ニ轉學同十五年迄在學
一明治十五年ヨリ十六年迄麹町区壹番町二松學舎ニテ漢學専修
一明治十六年ヨリ神田区私立成立學舎ニテ英語及ヒ他普通學兼修
一明治十七年九月大學豫備門ニ入學
一明治廿一年七月第一高等中學豫科卒業
一明治廿三年七月同校本科第一部卒業
一明治廿三年九月帝國大學文科大學ヘ入學シ英文學科専修
一明治廿六年七月文科大學卒業同月十月大學院ヘ入學ヲ許可セラル
一明治廿六年十月高等師範學校英語授業ヲ囑託セラル
一箇年金四百五拾圓給與セラル
一明治廿八年四月高等師範學校英語授業ノ囑託ヲ解キ同年〇月大學院退學許可セラル
一明治廿八年四月愛媛縣尋常中學校教員ヲ囑託セラル
九月俸八拾圓給與セラル
右之通リニ候也
明治廿九年三月
北海道後志國岩内郡吹上町十七番地平民浅岡仁三郎方同居平民
夏目金之助
慶應三年正月生

漱石の履歴書（五高記念館所蔵）

直であることを理想とした。二月九日生まれと書かれていると知ったら泉下の漱石は、どれほど驚くことだろう。

しばしば戦前の日本人の年齢意識は数え年だと言われる。しかし、明治期に「満年齢」が使用されていたことは意外に知られていない。明治六（一八七三）年二月五日の「太政官布告第三十六号」で年齢計算には「幾年幾月」と数えるよう通達されている。

五高記念館には、生徒の在学証明書が一部残っている。そこに五高の先生の名前が保証人として記されており、本籍地・現住所・年齢・氏名が書かれている。漱石の友人で、漱石を五高に紹介したといわれる菅虎雄の興味深い記載がある。彼は元治元（一八六四）年一〇月一八日生まれで、漱石より三歳年長である。その菅が、保証人となった明治二八（一八九五）年九月一三日付の書類には、年齢三〇年一二カ月、同年一〇月三一日付書類には年齢三一年一カ月と記入している。これが当時の「常識」だった。いずれにしても自分の生年月日を新暦に換算したりなどしない。

しかし、恐いのは活字の威力である。一度活字になるとそれを引用する人が必ず出る。引用回数が増えるほど、それが「事実」として一人歩きし始める。

漱石が、明治二八（一八九五）年、愛媛尋常中学校に赴任したとき、校長より給料が二〇円高かった。それが「外人教師並の八十円という破格の待遇だった」（『新潮日本文学アルバム夏目漱石』一九八三・一二）と記され、長い間信じられてきた。しかし、愛媛県尋常中学校にいた外国人教師カメロン・ジョンソンは月俸一五〇円、第五高等学校にいたラフカディオ・ハーンは月俸二〇〇円である。漱石の給料は、「外国人教師並」に支払われたのではなく、帝国大学出の学士に対する給料だったのである。その証拠にもう一人、学士であった横地石太郎も同じ給料だった。「破格」ではなく、極めて順当な価格だったのである。

父母①

父（上）――父に抱いた複雑な感情

漱石の父・小兵衛直克は明治三〇（一八九七）年六月二九日、満七九歳で亡くなった。漱石は、七月初め、鏡子を伴い上京する。

直克は、牛込馬場下横町など一一カ町を支配する町方名主だった。夏目鏡子は『漱石の思い出』で、「若い時にはなかなかのやり手で、祖父が大酒呑みで家産を傾けたのをたてなおしたばりばりの名主だった」と述べている。

戸籍・過去帳などを調査した石川悌二氏は『夏目漱石――その実像と虚像――』（明治書院、昭五五・一一）で、疑問を呈し、むしろ祖父小兵衛直基の時代に、夏目家の支配地が三カ町増え、役料高も三倍に増えていることを指摘した。直克はそれを「そのまま継承」したのだという。維新後は、多くの旧名主たちが職を失う中、直克は東京府の役人となるが、明治九（一八七六）年、区長を辞職すると、夏目家は次第に凋落《ちょうらく》していく。漱石はそのような夏目家の衰退のさなかに成長する。

「親の死に目に会わなかった」。このフレーズは漱石の書いたものの中に何度か現れる。父親に対してどのような感情を持っていたのか。その生い立ちの問題は大きい。

自伝的小説と言われる『道草』（大正四年）では、「実家の父にとっての健三は、小さな一個の邪魔者であつた」「父は、殆ど子としての待遇を彼に与へなかつた」「父の此の態度が、生《うみ》の父に対する健三の愛情を、根こそぎにして枯らしつくした」と書かれ、親子としての情愛が全くないように描かれる。しかし、『道草』は小説で、事実そのものではない。

漱石は、父が満四九歳、母・千枝が四〇歳の時、先妻の子二人を含め、五男三女（四男、三女は夭逝）の末子として生まれた。母親の乳の出が悪かったため、漱石は生後まもなく里子に出された。やがて実家に戻るが、明治元（一八六八）年一一月には、直克が、世話をしていたという塩原昌之助・やすの養子となる（一説には明治二年）。今とは違い、子供の多い家では、男子の養子縁組はよくある話だった。

養父塩原昌之助と幼い頃の漱石（『漱石写真帖』より）

夏目家では、次男・栄之助直則が、四谷の名主島田次右衛門と養子縁組し、のち、解消して夏目家の実質の先祖である臼井家を継いだ。三男・和三郎直矩は内藤新宿の福田庄兵衛と養子縁組し、やがてそれを解消し、京橋の岡本栄政と養子縁組をしている。そののち臼井姓となったが、次兄が臼井家の養子となったので夏目に戻った（石川悌二『夏目漱石―その実像と虚像』）。

「家」を中心とする時代には、家を継ぐことが生活の基盤を作ることだった。塩原昌之助とやすは、漱石に愛情を注いだ。しかし漱石にとって不幸だったのは、子供ながら、そこに「報酬」を期待する「不純」なものを感じ取っていたことだ。

明治八（一八七五）年、養父母の離婚により、塩原姓のまま夏目家に引き取られる。翌九年、直克は六〇歳近くで区長を辞職し警視庁に再就職している。給料は月二〇円。これは区長時代の半分以下である。

漱石は、実家に引き取られたとき実の父母を祖父母と思い、「お爺さん」「お婆さん」と呼んだ。その家に移ったことが「何故か非常に嬉し」く、「誰の目にも付く位」の喜びようであったことを書き記している（『硝子戸《がらすど》の中《うち》』）。そこには、塩原のように物を与えては「恩」に着せようという「嘘」がなかったからだろう。

父母②

父（下）――後年変化した父への思い

漱石が塩原姓から夏目に復籍したのは明治二一（一八八八）年一月二八日のことである。前年、夏目家の長男、次男が相次いで結核で亡くなり、父・直克が、体の弱い三男・直矩だけでは不安になったためと言われる。漱石は、第一高等中学校在学中だった。

養父・塩原昌之助は、直克に養育料として二四〇円を請求した。直克は一七〇円を即金で、残金七〇円を月賦で支払い、明治二三（一八九〇）年二月二六日完済した。しかし、塩原は直克の目を盗んで漱石に「互《たがい》に不実不人情に相《あい》成らざる様致度存候也《いたしたくぞんじそうろうなり》」という一札を入れさせる。これが、後に東京に帰った漱石を苦しめる種となる。

鏡子は、『漱石の思い出』で漱石が「生家のもの」に対して「情愛」がなく「軽蔑と反感」しかなかったと述べている。母・千枝と長男・大助だけは例外で、「後々までほめもし、またなつかしがって」もいたという。随筆『硝子戸《がらすど》の中《うち》』（大正四年）には、この二人の思い出が語られている。母について、千枝という名前は「私の母丈《だけ》の名前で、決して外の女の名前であってはならない様な気がする」（「三十七」）とまで述べている。

漱石の実父、夏目小兵衛直克（左）と実母、夏目千枝（『漱石写真帖』より）

これに対して父親については「父からは寧《むし》ろ過酷に取扱かはれたといふ記憶がまだ私の頭に残つてゐる」（「二十九」）と述べ、小宮豊隆宛書簡では「僕はおやぢで散々手コズツタ。不思議な事はおやぢが死んでも悲しくも何ともない。旧幕時代なら親不孝の罪を以て火あぶりにでもなる倅《せがれ》だね」（明三九・一二・二二付）と書いている。

しかし漱石は、父親に毎月一〇円の仕送りを欠かさない律儀さは持っていた。漱石と父の間にどのような確執があったのか、具体的なことは何一つ書き残されていない。

直克は、塩原が漱石に書かせた一札を知り、「爾後《じご》交際出入等一切《いっさい》御断《おことわり》及候《およびそうろう》」という文を入れた証書を送っている。さらに自分の死後、養父が漱石に接近することを予測して、養子縁組解消に関する書類をすべて直矩に託した。それは明治四二（一九〇九）年三月、漱石に書かせた一札を持って金を要求してきた塩原との交渉で役立つことになる。一一月漱石は一〇〇円を渡して一札を取り戻し、以後「終世迄」一切関わらないことを誓約させた。

『硝子戸の中』には直克にまつわる次のような話もある。「二十三」には、漱石が生まれた喜久井町の由来が語られる。直克が区長の時、町の名を夏目家の家紋にちなんでつけたという。漱石は「それを誇りにした彼の虚栄心を、今になつて考へて見ると、厭な心持は疾《と》くに消え去つて只微笑したくなる丈である」と述べた。「夏目坂」についても「父の付けた名が今でも役に立つてゐるのかも知れない」と紹介している。ここには父に対する嫌悪感はない。

大正二（一九一三）年七月二日付津田青楓宛書簡に「親の死んだ時涙を流す事の出来ないのは人間の不幸の様にも思ひます。私の父は私が熊本にゐる頃没しました。私は試験中でとうとう出京もしませんでした。出京もしませんでした」と書いた。「出京もしませんでした」のリフレインに小宮宛書簡とは明らかにトーンの違うこの書簡は、心を打つ。

結婚式（上）――明治二九年六月一〇日挙式説

漱石は、通称光琳寺町の家（下通町一〇三番地の家）で結婚式を挙げた（一四頁の地図参照）。

貴族院書記官長中根重一の長女キヨ（通称鏡子）と見合いをしたのは明治二八（一八九五）年一二月のこと。見合い写真で互いに好感をもち、漱石が東京の中根の官舎を訪ねた。結婚までのいきさつは鏡子の『漱石の思い出』に詳しい。酒も飲めず、歌留多もへたで不器用な漱石を高く評価したのは鏡子の父だった。鏡子は「官吏全盛の世の中に（中略）あまりぱっとしない中学教師風情に娘をやろうというからには、父にもよほどみどころがあったのでありましょう」と述べている。

書記官長であった中根の年俸は二二〇〇円。当時の中学校教諭の月給は二五円～四、五〇円が普通で、漱石のように八〇円というのは極めて少ない。鏡子の「中学教師風情」という認識は、的外れである。結婚は漱石が東京で職を得てからということで、婚約が調ったが、熊本への就職が決まった。漱石は、このとき中根に手紙を書き、遠い土地に来るのに気が進まなければ破談にしてほしいと言ったという。しかし、漱石を気に入っていた中根は、東京での職は結婚してから探すことにして、鏡子を熊本へ嫁がせることにした。

漱石の見合い写真と鏡子の見合い写真（『漱石写真帖』より）

翌二九年五月、中根は漱石に古式ゆかしい婚礼作法について書かれた『御婚礼式』を送った。中根の友人で恩給局長を務めた井上廉が書いたものだ。それを見た漱石は、結婚式は一番手数のかからない「略式」に願いたいと言ってきたという。鏡子は「父があんまりきたない家では、若い女がいやがるかもしれないなどと言ってやった」ことも述べているが、これが、漱石が最初の家「光琳寺町の敗屋」（一五頁参照）から下通町一〇三番地に転居した理由かもしれない。

鏡子が父に連れられ、年老いた女中とともに池田停車場（現上熊本駅）に降り立ったのは明治二九年六月八日のことである。鏡子は研屋に泊まったというが、これは研屋支店の間違いだろう。支店の方が漱石の家に近いからだ。当時の新聞をみても、池田停車場から研屋支店に行くものが多く、研屋本店に宿泊する場合は、春日停車場で下車するのが普通だった。

二人の結婚式は、仲人役からお酌まですべて年取った女中が取り仕切り、婆やと車夫が客になるという簡略なものだった。仕出し屋に支払ったのは総額七円五〇銭。しかも、三々九度の三つ組みの盃がひとつ欠けていたという。

漱石が友人に宛てて結婚を知らせた書簡が三通残っている。その一つが正岡子規に宛てたものでは「昨九日結婚略式執行致候」とある。しかし、鏡子は『漱石の思い出』に結婚式は一〇日と述べている。多くの研究者は、後年に書かれた『漱石の思い出』には鏡子の記憶違いもあるとして、漱石の書簡の日付をとっている。ところが熊本の文化人の重鎮であった荒木精之氏をはじめ、異を唱える人もいた。熊本大学法学部教授であった田中久智氏は、「漱石に関する二つの検証　下」(「熊本日日新聞」昭五九・六・二一)で熊本気象台のデータを根拠にして一〇日説を支持したのである。

夫婦②

結婚式（下）――婚礼は九日夕、一〇日夕は雨

漱石の結婚式の日は、漱石が書簡で記したように明治二九（一八九六）年六月九日なのか、あるいは鏡子夫人が『漱石の思い出』で述べたように一〇日なのか。一時は、どちらをとるべきか、悩ましい問題とされたが近年は、あまり取り上げられることもない。

しかし、熊本ではかつて荒木精之氏が一〇日説を主張し、熊本大学法学部教授であった田中久智氏も、「漱石に関する二つの検証　下」（「熊本日日新聞」昭五九・六・二二）で一〇日説を支持した。田中氏は、三々九度の儀式の後、中根重一があまりの暑さに障子を外し、背広を脱いで漱石の浴衣に着替えたという『漱石の思い出』の記述に注目した。そこで九日と一〇日の気象を検証し、一〇日の方が気温が高く、「九日は朝から午後二時まで雨が降っていたのに対し、十日は晴、午後二時三十八分に雨が降り出しており、ありたけの障子をはずしたという情況も、その時晴れていたことを意味するものではないか」として、一〇日が結婚式の日とした。

田中氏は結婚式の時間を午前中と考えたのだろう。しかし、明治三一（一八九八）年刊・細川潤次郎（華族女学校校長）の『新撰婚礼式』によれば、「婚礼は夜中になすべきものと解すべく且世俗

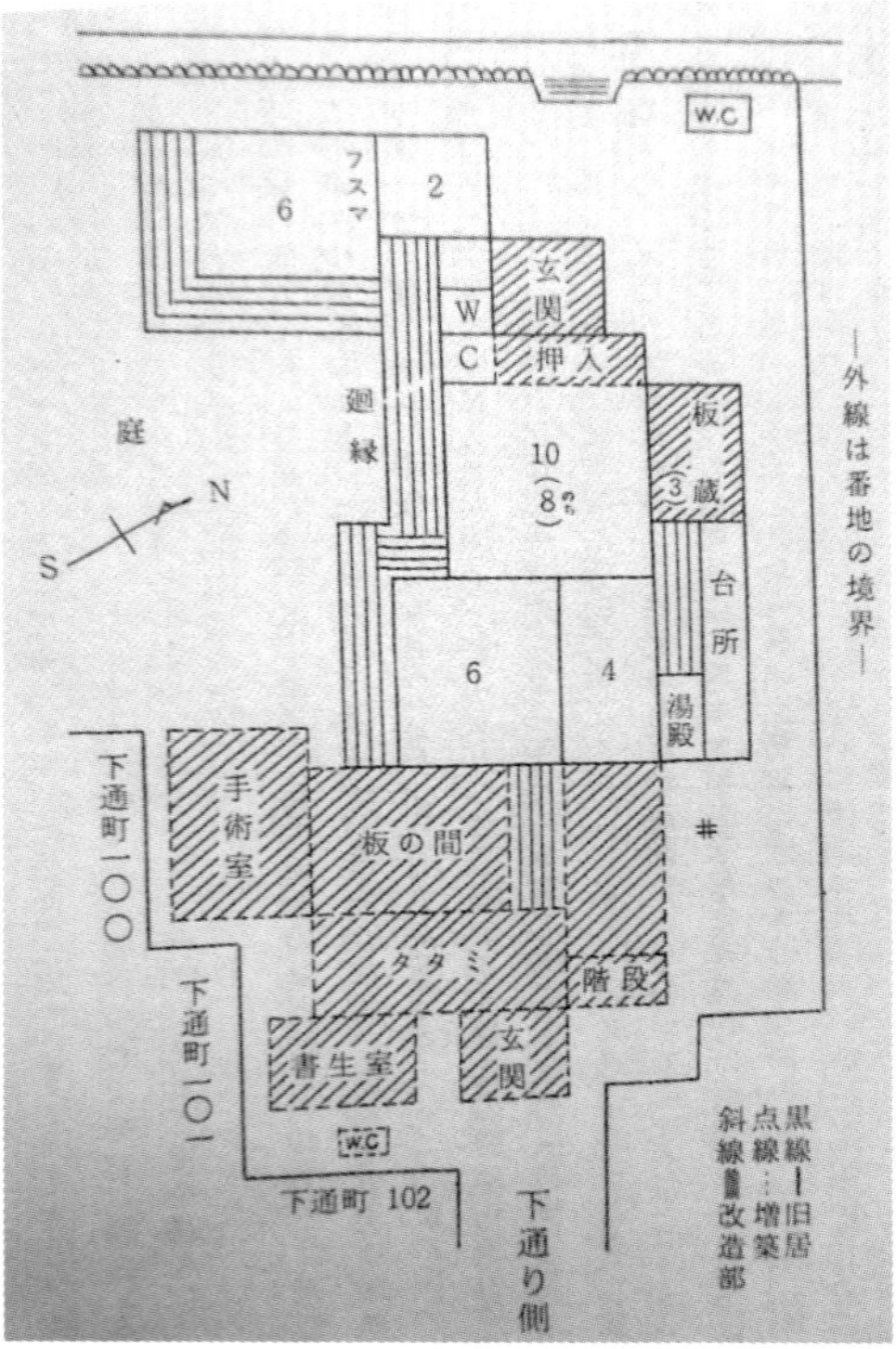

「光琳寺町の家」（下通町 103 番地）の間取り（蒲池正紀著「『草枕』私論」より。蒲池氏の調査に基づいている）

の慣習も率《おおむ》ね夜中なれば」とある。「日没頃に婚家につくように家を出る」と書かれた本もある。漱石の結婚式も夕方から行われたと考えるべきではないだろうか。

　熊本地方気象台のデータは私もかつて調査した。最高気温は九日が午後四時、二八度に対して一〇日は午後一時に三二度を記録した。しかし五時以降の気温に大差はない。雨についても九日は確かに二時一〇分まで降っているが、総雨量は三・四ミリ。以後雨はない。これに対して一〇日は午前中、雨はないが、午後二時三〇分に降り出す。夕方から時折雷鳴も伴い、六時から八時にかけて二一ミリの雨が降っている。総雨量は二二・二ミリである。このような状況では、とうてい障子を開け放つことはできまい。とすれば、やはり漱石の書簡を根拠に九日としておいたほうがよさそうだ。

漱石二九歳、鏡子一九歳である。『結婚の枝折《しおり》』（明治四四年）、『結婚要訣』（大正五年）など、当時の結婚に関する本を見てみると、男子の結婚適齢期は三〇歳前後、女子は二〇歳前後とあるので、まさに適齢期同士の結婚ということになる。

さらに『熊本県統計書』（明治二九年）に「現住結婚者年齢ノ対照」という資料がある。当時の統計は、正確さに欠けるところがあるというが、熊本県において二九年に結婚した一万五三七組の夫婦の年齢層がわかる資料である。男性の結婚年齢で最も多いのは二五歳以上三〇歳未満、女性は一九歳である。漱石夫婦もここに当てはまる。

　衣更へて京より嫁を貰ひけり

正岡子規に結婚を知らせる書簡に書かれた俳句だが、はずむような気持ちが感じられる。まさに新たな人生の始まりだった。

夫婦③

挙式六日後に明治三陸地震

漱石が結婚式を挙げて六日後、大変な災害が起こった。「明治三陸地震」と呼ばれている災害だ。明治二九（一八九六）年六月一五日午後七時三〇分頃から東北各地で数回の地震があった。震源地は三陸沖。各地の震度は二〜三程度で、一部四を記録した地域があるものの、それほど強いものではなかった。しかし、それから三〇分後、津波が押し寄せ、その被害は北海道の太平洋沿岸から宮城県沿岸に及んだ。

内閣府防災会議『明治三陸地震津波報告書』（平成一七年）によると、津波の遡上高（津波が陸地に這い上がった最奥地点の標高）は岩手県の綾里白浜（現大船渡市）の三八・二メートルを最高として、各地で一〇メートルを超えた。死者は約二万二〇〇〇人。流失・倒壊・半倒壊家屋は約八〇〇〇戸、壊滅した村もあった。

政府への津波の第一報は一六日午前六時、青森県知事からの電報だった。その後、間もなく宮城県知事からは被害甚大という電報が入る。岩手県は通信や交通機関が麻痺し、県知事からの電報が入ったのは、一六日午後六時だった。

「九州日日新聞」の最初の報道はいつか。一八日の新聞が残っていないので、この日の報道についてはわからない。しかし一九日の新聞では、二面に一七日東京からの電報として、宮城県本吉郡（現気仙沼市）で死者一九〇〇余名、岩手県気仙郡盛町（現大船渡市）で死傷二〇〇〇余名などと報じられた。二三日以降、津波情報は激増する。各地の惨状が詳細に伝えられ、未曾有の災害であることが明らかになる。

津波に見舞われた釜石の惨況（明治29年7月2日付「九州日日新聞」）

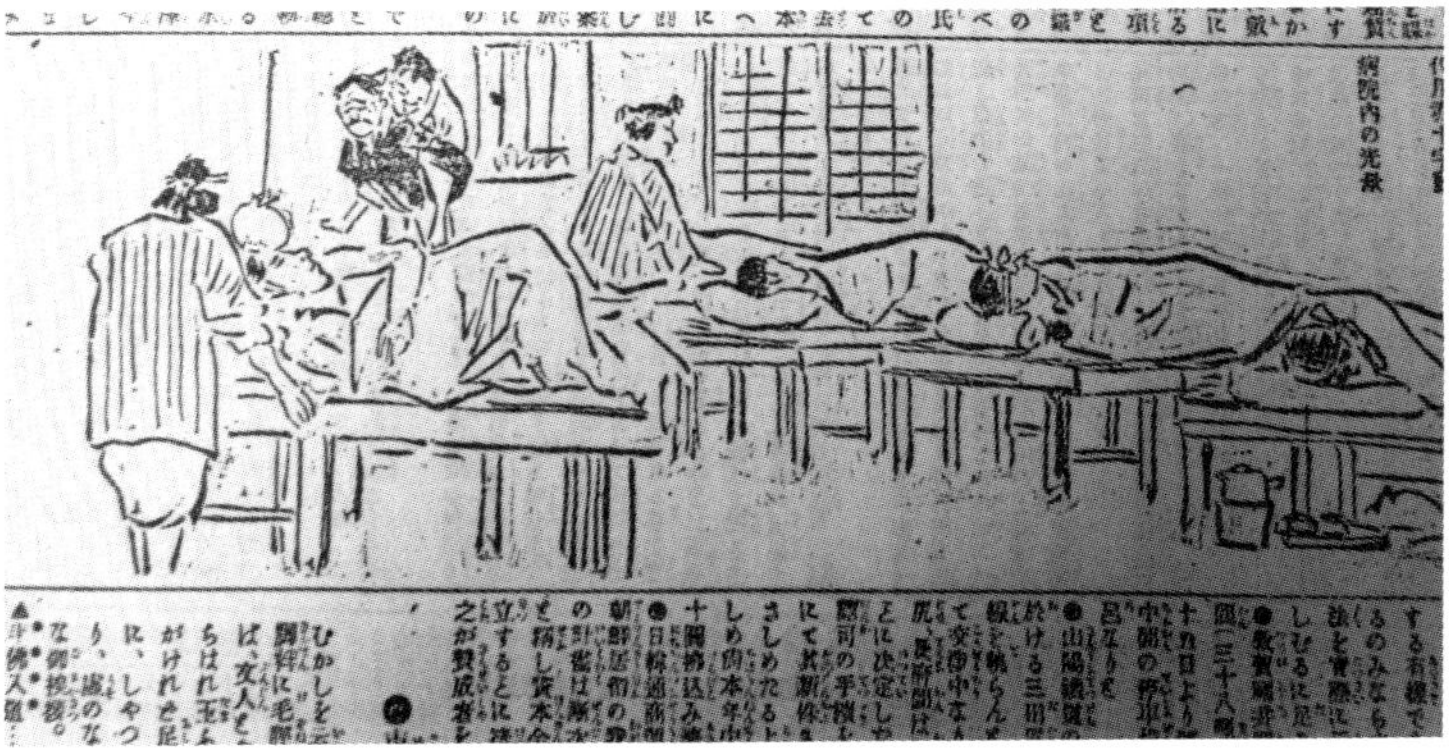

被災地に設営された学校代用赤十字病院内の光景（明治29年7月4日付「九州日日新聞」）（上下ともに熊本市歴史文書資料室蔵）

二三日には「海嘯《つなみ》被害者救恤《きゅうじゅつ》金募集」の社告が出、「仁慈博愛の士請ふ応分の義捐《ぎえん》をなせ」と「一口金十銭以上」の寄付を募った。翌日から寄付者の名前が連日紙面に掲載された。総理大臣伊藤博文は一五〇円、各大臣は一〇〇円、各省次官三〇円などの義捐金も報じられている。また三井家が岩手・宮城・青森三県に合計一万五〇〇〇円、住友家が二〇〇〇円寄付したという記事もある。

漱石は、七月二八日付大塚保治宛書簡にこの津波を取り上げ「山の裾《すそ》へ蒸気船が上つて来る高い木の枝に海藻がかゝる抔《など》いふ始末の上人畜の死傷抔は無数と申す位実に恐れ入り山忠助さん抔と洒落《しゃれ》る場合でないから義捐金徴集の廻状がくるや否や月俸百分の三を差出して微衷をあらはしたと云ふ次第」と、三円寄付したことを述べている。「是は職員全体共に出金したる事故別段小生の名誉にもなるまじきかと心痛致居候」とも付け加えている。

漱石が明治二九年に作った「海嘯《つなみ》去つて後すさまじや五月雨《さつきあめ》」という俳句は、この「三陸地震津波」を詠んだもの。五月雨は梅雨のことだが、さらに被災地を苦しめたはずの「五月雨」への視線がある。

また、生徒に乞われて『龍南会雑誌』（明治二九・一〇）に寄稿した「人生」という小文では、この「三陸の海嘯」のように「容赦なく且《かつ》乱暴に出《い》で来る」、自分自身でも気付くことのできない「思ひがけぬ心」、あるいは「狂気」を秘めた人間の不可思議さを提示した。この災害は漱石に意外な爪痕を残したようだ。

夫婦④

オタンチンノパレオラガス

熊本時代の漱石と鏡子の間に、新婚当初から「険悪」なものがあったと見る研究者は多い。熊本時代は、漱石が「新婚まもない細君の不安定な精神状態を見守り続けた多難の時期」（石井和夫「漱石伝記事典」『夏目漱石研究事典』、平二・七）だというのだ。漱石が実生活を素材とした唯一の作品である『道草』（大正四年）の世界を、そのまま漱石の実生活と重ねているのだろう。

熊本時代の二人の生活を知る手がかりとなるのは、やはり鏡子の『漱石の思い出』である。新婚早々、漱石が「俺は学者で勉強しなければならないから、おまえなんかにかまっていられない」と宣言したこと。生徒に見られるのが嫌で一緒に買い物に行ったり、散歩に行ったりしなかったことは書かれている。しかし、そうした夫への不満は書かれていない。

また、「うまいもまずいもお構いなし」の料理を、「人間お腹がすいてさえいればなんでもおいしいはずだ」などと言って漱石に食べさせていたことを、東京に帰ったとき母に聞かれてお小言を食った、と記されているが、漱石から小言が出たとは書かれていない。鏡子は、家庭で暴君であった父・重一と比べて、「夏目はゆったりしていて、全てのことについて公平」で「先生というものは

山川信次郎（左）と漱石（熊本市立図書館所蔵）

修養のできたもの」と感心していたと述べている。

　喧嘩をしても怒るのはその時かぎりで、一日もたつとけろりとしていたし、初めて泥棒に入られ、漱石に内緒で貯めた二〇円の大金を取られたときも、漱石は一笑に付すだけだったという。お嬢さん育ちで家計の切り盛りに疎く、へまの多い鏡子に向かって「オタンチンノパレオラガス」とからかう漱石に深刻な漱石の顔はない。

　明治三〇（一八九七）年四月、五高の英語教師として赴任し、この漱石夫婦と同居した山川信次郎が、正岡子規に宛てた手紙がある。七月四日付と七月七日付の二通である。子規が漱石夫婦について案じた書簡を出したのだろう。それについての返事で、山川は、漱石夫婦を「琴瑟《きんしつ》相和す」とは言えないが、「大和箏《やまとごと》ニ銅鑼《どら》」くらいのものと評した。「山ノ手式」に育てられた鏡子が「大和箏」で、「江戸っ子式」の漱石が「銅鑼」というところだろう。とうてい「調和」できそうにないのに、うまく「調和」するのは奇妙だが、「夫唱婦随和気満チ満チタル一家」であると述べている。

　さらに七日付書簡では、漱石が鏡子に「小言悪口等日ニ数十百　些末《さまつ》之事ニモ叱責」するのは事実だが、「夫婦喧嘩ト仝様《どうよう》一種交情密ナル所相互深ク信ズルトコロアレバナリ」と親密さを伝えた。また鏡子についても、漱石からどれほど悪口を言われようと「平然トシテ微笑スルニ止マル」のはもはや他人ではなく、立派な「夫婦」であると評した。

山川が同居したのは、漱石が結婚してちょうど一年後のころである。鏡子は一年くらいは漱石の好みや気質が飲み込めなかったと述べているが、山川が述べたように信頼関係はしっかりと築かれつつあった。

夫婦⑤

妻を詠むまなざし

明治三〇（一八九七）年七月の上京は、鏡子にとって結婚後初めての里帰りだったが、長旅がたたったのか流産してしまう。漱石は、この夏を鏡子が療養する鎌倉と東京を行ったり来たりして過ごし、九月には一人熊本に帰ってきた。

そのときの俳句に「妻を遺して独り肥後に下る」という前書きの付いた「月に行く漱石妻を忘れたり」という句がある。小室善弘氏は『漱石俳句評釈』（明治書院、昭五八・一）でこの句には「漱石一流の諧謔《かいぎゃく》がはたらいているが、鏡子との新婚生活が必ずしもしっくりしていなかった背後の事情からすれば」、「妻を忘れたり」には「日頃のわずらわしさを離れた安堵感がある一方、妻に対する幾分のうしろめたさ」が含まれていると述べている。熊本時代の漱石夫婦にすでに不協和音があったとみる研究者は多い。

鏡子の弟・中根倫《ひとし》は、漱石について「姉の病気の時なぞ実に親切なもので、普通の旦那さんより余つ程親切でした」（「義兄としての漱石」『漱石全集』別巻）と述べている。療養のため、妻を遺して帰る漱石に、そのような「安堵感」を読み取ることは到底できない。

五高教授夫人たち。右端が鏡子夫人（熊本市立図書館所蔵）

熊本で詠んだ漱石の俳句には妻を詠んだ句がある。まず、結婚を友人たちに知らせる俳句が「衣更へて京より嫁を貰ひけり」である。

明治二九（一八九六）年九月、「子規に送りたる句稿　十七」（以下句稿と省略）には新婚旅行で詠んだ俳句を含む四〇句があるが、その新婚旅行の句の直後に載っている句に「内君の病を看護して」という前書きのついた句がある。「枕辺や星別れんとする晨《あした》」という句で夜通し看病した漱石の不安なまなざしの感じられる句である。

明治三一（一八九八）年一〇月の「句稿　三十一」にも「病妻の閨《ねや》に灯ともし暮る丶秋」という、妻を看護する句がある。ちょうど筆子を懐妊していた頃で、悪阻《つわり》がひどく「水さえ咽喉《のど》に通らなかった」ほどで、「滋養浣腸ぐらいで命をつないでいた」（『漱石の思い出』）という。鏡子も、その頃の自分を詠んだ句として紹介している。

妻を詠んだ句は病気の時ばかりではない。明治二九年一一月の「句稿　二十」には「生憎《あいにく》や嫁瓶を破る秋の暮」がある。『漱石全集』第一七巻で坪内稔典氏は「嫁瓶」を「花瓶の当て字でもあるか」と注を付けている。しかし、これは嫁が花瓶を割る意で、花を活けようとした鏡子が不調法したのだろう。この句の後には「菊活けて内君転《うた》た得意なり」がある。菊をうまく活けられたと、得意げに見せる新妻の様子に、漱石は思わず微笑まずにいられないのである。

同じく「句稿　二十一」「二十二」には二人で初めて迎える年の暮れ、慣れない正月の準備が詠まれている。「行年を妻炊《かし》ぎけり栗の飯」「餅を切る庖丁鈍し古暦」。

そして新たな年が始まる。「ふくれしよ今年の腹の栗餅に」と、満腹になった漱石は「生まれ得てわれお目出度顔の春」と新春を歌うのだ。ただし、この元旦、用意したおせちがすぐに底をつき、初喧嘩となるのだが。

「嫁」から少し照れたような「内君」、そして「妻」へと呼び名も次第に変化する。漱石の妻を詠む句は決して険しい顔つきで詠まれたものではない。

夫婦⑥

鏡子の「身投げ」は事故

漱石が、井川淵町の家に住んだのは、明治三一（一八九八）年四月から七月までの四カ月弱にすぎない。しかし、ここで起きた妻・鏡子の「白川投身自殺未遂」と呼ばれる事件は、熊本時代の漱石において最も大きな事件である。

荒正人の『漱石研究年表』（昭五九・六）には、鏡子が「梅雨期でかなり水量の多い白川の井川淵に投身自殺を企てる」と記されている。小宮豊隆も『夏目漱石　二』（昭二八・九）で「熊本では、鏡子が井川淵に身を投げたといふ噂が立つていた。是が事実であつたことは、その後、漱石に近親したいろんな人の口から証言されてゐる」と述べた。

これに関する鏡子自身による回想はなく、子供たちの言及もない。気になるのは「自殺未遂」という語である。自ら死のうという意志がなければ「自殺」とは言えない。そのような原因があっただろうか。

漱石の自伝的小説と言われる『道草』（大四）によって結婚当初から夫婦の確執があったとする研究者は多い。作品をそのまま現実生活と見る短絡的な見方のせいだろう。

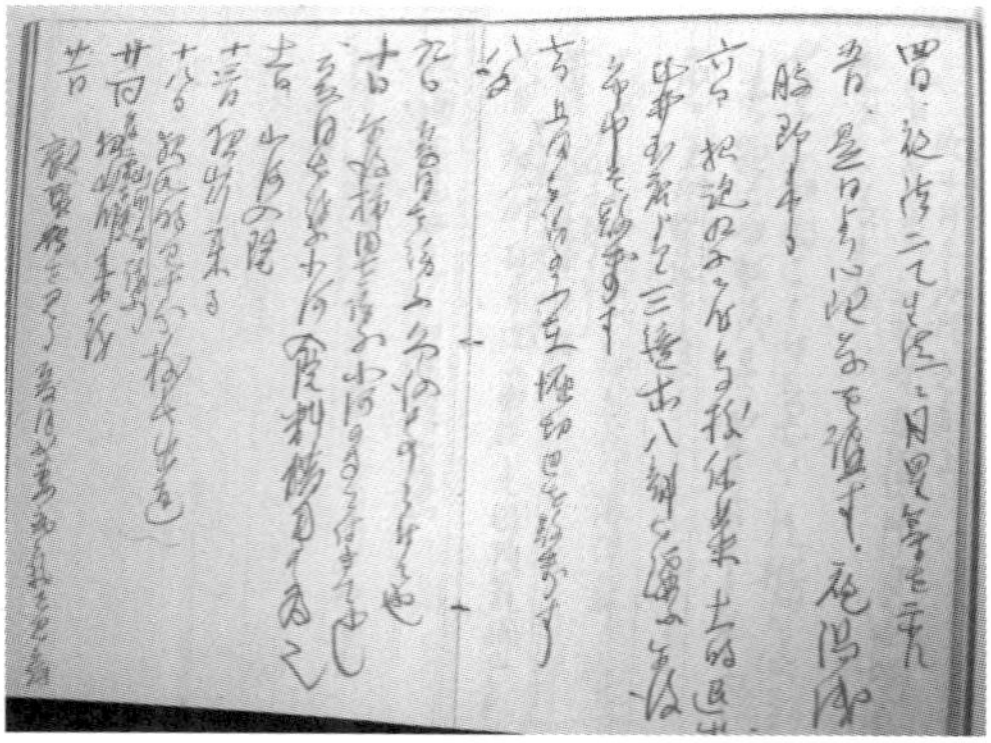

狩野のメモ（東京大学駒場図書館所蔵）。左端5月21日に「夏目氏妻病気を見舞」とある

七八章には、ヒステリーの発作で、廊下に倒れたり、縁側の端にうずくまったりしている健三の妻・お住の様子が描かれる。流産して間もないお住が「妾《わたし》の死んだ赤ん坊が来たからいかなくつちやならない」など、うわごとを言う場面もある。「毎夜細い紐で自分の帯と細君の帯とを繋いで寝た」とも書かれている。これらの記述が事実かどうかはわからない。

しかし、中川元《はじめ》校長の三女ナツが鏡子について「精神状態が不調であったと判断できる。髪をふり乱した状態で、門口に茫然と立っている姿を見かけたことがある」という証言をしている（中川浩一「熊本時代の漱石　新考」）。当時の医学書によれば「ヒステリー症」には、「夢遊病」的な行動があるとされている。

江藤淳が『漱石とその時代』第二部（昭四五・八）に書いたように、鏡子が、ヒステリー症のため「夢遊病者のようにさまよい出」たというのが真実ではなかっただろうか。ただし「白川に身を投げ、自殺を図った」のではなく、たまたま川に落ちたという事故に近いものだと考えられる。もし「自殺」であったとしたら、単にこの川近くの家から引っ越すだけでは「自殺」の危険性はなくならなかったはずだからだ。

しかも、これは「六月末か七月初め」の「梅雨期」に起きたのではない。明治三一年の入梅は六月一一日だが、「九州日日新聞」によると入梅後、ほとんど雨がなく、白川の水が涸れて田植えができない状態だった。梅雨で増水した白川など、どこにもないのだ。五高に現存する『職員出欠簿』では、漱石の熊本在任中の欠勤は二〇日間（うち一日忌引）。最も欠勤が多いのは明治三一年五月の七日間で、六月は皆勤。一カ月に七日もの欠勤は、ほかにはない。事件は五月だと考えていた。さらに狩野亨吉《かのうこうきち》のメモの五月二一日に「夏目氏妻病気を見舞」を発見した時、この事故が五月二一日か、前日に起きたことを確信した。ちなみに五月一六日夜から一七日にかけて大雨が降り白川が増水している記事が、一八日の新聞に載っている。

蒲池正紀氏の調査で、鏡子は、投網漁をしていた松本直一というブリキ職人に助けられたという。また、この事件が新聞に出ないように奔走したのは同僚の浅井栄凞《えいき》だった（原武哲『喪章をつけた漱石』）。

狩野は七月二三日、内坪井の家を漱石のために明け渡す。しかし、二四日になっても漱石が引っ越ししていないことを知り、漱石を訪ねている。漱石が内坪井の家に移ったのは二五日頃だろう。

筆子の誕生と乳母車

漱石の熊本時代、唯一五高を欠勤した日がわかっている日がある。それは、明治三一（一八九八）年一〇月一二日だ。同日付の狩野亨吉《かのうこうきち》に持参した書簡に「荊妻《けいさい》病気さしたる事は無之候《これなくそうら》へども何分吐き気甚だしく下女のみにては不安心につき今一日丈欠勤仕度《つかまつりたく》」とある。「今一日」とあるが一一日はちょうど休校だったため、もう一日休みたいと願い出たのだ。

この九月から一一月まで、鏡子は猛烈な悪阻《つわり》に悩まされ、ひどいときには水さえ咽《のど》を通らなかった（『漱石の思い出』）。そんな鏡子を案じて欠勤したのである。明治時代に妻の悪阻で欠勤するなど、極めて稀なことだったろう。長女筆子が誕生したのが五月三一日。漱石は「安々と海鼠《なまこ》の如き子を生めり」と詠んだ。鏡子のように悪筆にならないようにとの願いを込めて、筆（通称筆子）と名付けた。漱石は、筆子をかわいがり、よく抱いたという。

書生の一人、行徳《ぎょうとく》二郎は、そのころ内坪井町の家で飼っていた大きな犬と、乳母車に乗せた筆子を連れて近くの藤崎八幡宮に散歩に行った（『漱石の思い出』）。この「乳母車」に私は長い間ひっかかっていた。明治三二（一八九九）年に乳母車は、一般的だったのだろうか。

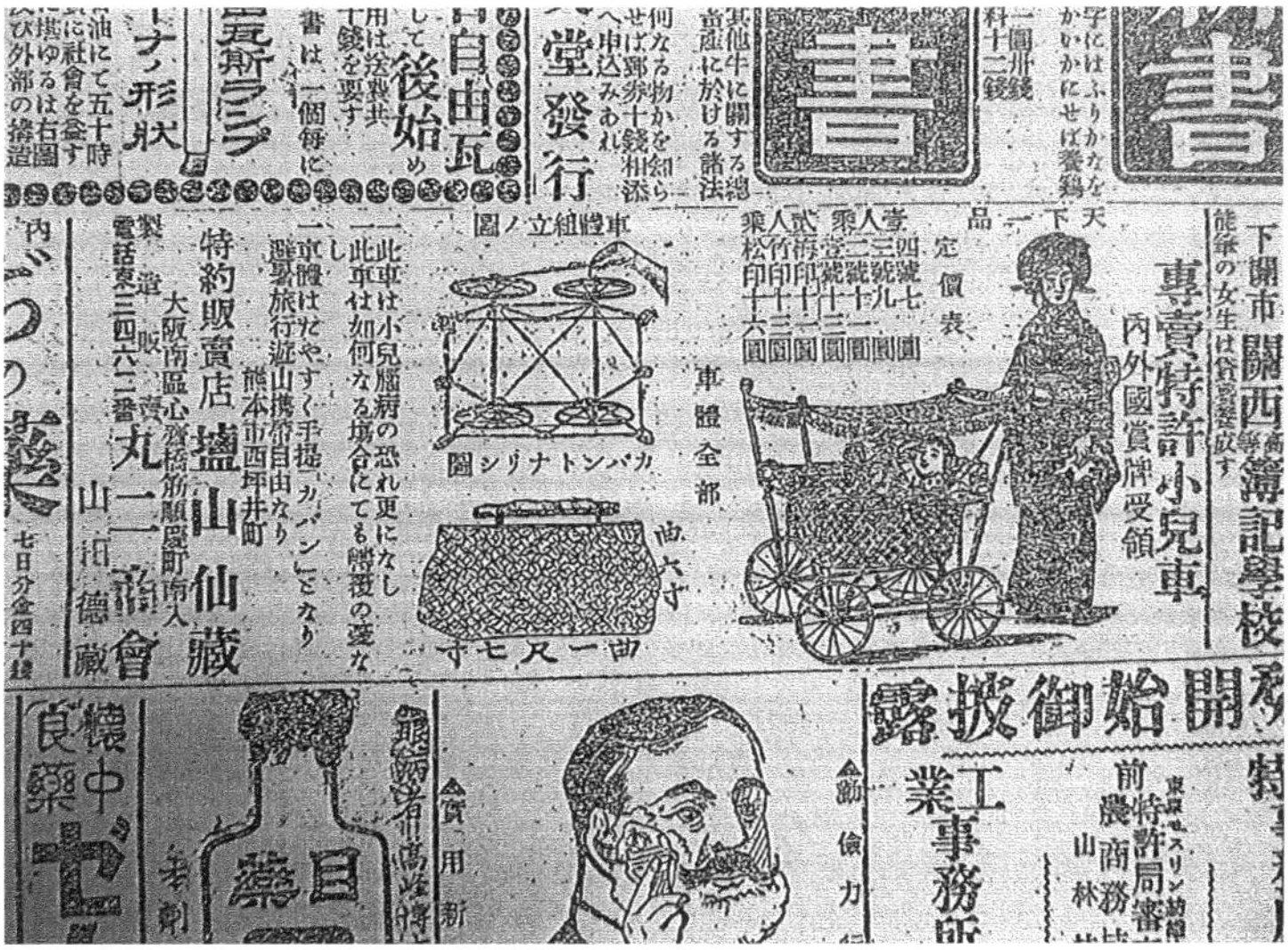

明治 42 年 5 月 15 日付『九州日日新聞』に掲載された「専売特許小児車」の広告
（熊本市歴史文書資料室所蔵）

日本に乳母車を初めて持ち込んだのは慶応三（一八六七）年、米国から帰国した福沢諭吉といわれる。「小児手車」と記録され、慶応義塾福沢研究センターに保存されている。福沢が子供の土産に持ち帰ったもので、これを参考に人力車が作られたという。

加藤翠氏の研究（「わが国における乳母車の歴史的考察」）によると、その記述の最初は明治七（一八七四）年というが、挿絵に初めて現れたのが『育児の栞《しおり》』（明三二・八）としている。ただし乳母車という呼称はない。加藤氏によると「乳母車」の呼称の最も古い記述は『小児養育の心得』（明三六・九）。明治四一（一九〇八）年発行の『育児の務《つとめ》』には「籠車《かごぐるま》」と書かれており、「乳母車」の名が定着していないことがわかる。

しかし、翌年四月三越呉服店で「児童博覧会」が開かれ、そこで陳列品目の中に「乳母車其他乗物類」の項がもうけられた。一般的に乳母車の名称が定着し、国産のものが作られるようになったのは明治末期ということだ。

「九州日日新聞」では明治四二（一九〇九）年五月一五日の紙上に「専売特許小児車」の広告を見つけた。一人乗りと二人乗りがあり、価格は七円から一六円まで。車体が折りたたみ式で手提げ鞄《かばん》になるというのが「専売特許」らしい。つまり、明治三一年ごろは「乳母車」は舶来品が主流で、一般に普及しているとは到底思えないということだ。価格については明治四一（一九〇八）年の三越呉服店の広告によると舶来品で一一円から四五円となっている。内坪井町の家賃が一〇円だから、その高価さはわかる。筆子が乗った乳母車はおそらく舶来品だったはずだ。それは鏡子の実家・中根家から送られたものか、漱石が買ったものかはわからない。しかし熊本ではなかなか見かけることのないものだったことは間違いない。

漱石は、筆子を膝の上に乗せて「もう十七年たつと、これが十八になって、俺が五十になるんだ」と言っていたという（『漱石の思い出』）。まるで予言のように、筆子が数えの一八歳で漱石は亡くなる。

三　教師生活

松山時代①

松山では校長排斥運動に嫌気

漱石が、松山の愛媛県尋常中学校に赴任したのが明治二八（一八九五）年四月。友人菅虎雄《すがとらお》の紹介だった。松山は親友正岡子規の故郷でもある。赴任当初は「教員及び生徒との折合もよろしく」（明二八・五・一〇付、狩野亨吉《かのうこうきち》宛書簡）と述べ、「当地の人間随分小理屈《こりくつ》を云ふ処のよし宿屋下宿皆ノロマの癖に不親切なるが如し」（同五・二八付、子規宛書簡）と、悪口を言いながらも、まだ学校への不満はない。

教え子たちの回想によると、教師の数え歌で「七つ夏目の鬼瓦《おにがわら》」と漱石の顔の痘痕《あばた》を揶揄《やゆ》するのは、朝飯前。授業では、わざと難しい質問をして教師の力を試そうとする。中学の卒業生まで下宿に押しかけてどんな教師か試しに行ったというのだから、生徒の生意気さは目に余る。しかし漱石は、「小児は悪口を言ひ悪戯《いたずら》をしても可愛らしきもの」（同七・二五付、斎藤阿具宛書簡）と述べ、圧倒的な知識や語学力で生徒たちを魅了した。外国人並みの発音には皆「度肝を抜かれた」（『今井嘉幸自叙伝　五十年の夢』）という。

七月には山口高等学校から声がかかったが「当地の人間に対し左様《さよう》の不親切は出来悪《にく》く」（同・

斎藤阿具宛書簡）と赴任を断っている。そんな漱石が、一一月になると「此頃愛媛県には少々愛想が尽き候」「只今では口さへあれば直ぐ動く積り」（同一一・六付）と、子規に訴え始める。これは多くの研究者が指摘しているとおり、生徒による住田昇校長排斥運動が契機となっているようだ。

当時中学四年生だった今井嘉幸の回想によると住田の前の校長も生徒の排斥に遭って辞任している。住田はその事後処理を託されたが、新任早々「無能」な「茗渓派（師範学校出身者）の同類を引っ張り込む」というので生徒の反発を買い大ストライキになり、教頭であった化学の教師が追放された。漱石が赴任したのはその騒ぎがなんとか収まった頃だった。しかし、校長排斥運動は再燃した。

松山時代の漱石（『漱石写真帖』より）

荒正人の『漱石研究年表』には住田が一〇月一六日に「休職を命ぜられ、辞任する」とある。が、実際はもっと複雑だ。新垣宏一氏が翻刻した住田の日記（「住田昇の松山日記について」）では九月二八日に県知事に辞職を申し出、三〇日には辞表を渡し、知事等の勧告に従って休みを取った上、上京を決めた。当日午後、職員に辞任の意向を伝えたことが日記に記されている。国立公文書館の資料によると、校長の「休職」伺いが一〇月九日に提出され、一一日に認可されている。官報では一六日に「休職」の辞令が下りている。しかし、住田が愛媛を出たのは一六日ではない。日記によると、住田は東京から大阪を経て一〇月九日愛媛に帰った。この時、「一五日出発」を決めている。校友会雑誌『保恵会雑誌』には一〇月一二日に全校生徒の前で、住田の離任の挨拶があったことが記されている。同一三日には教職員による送別会が行われた。漱石も送別会に出席した。

愛媛県尋常中学校（『漱石写真帖』より）

いずれも正式な辞令より前のことで不審に思っていたが、一一日の「認可」をうけてのことだったことがわかる。予定通り住田は一五日愛媛を出発し、一〇月二三日大阪で「休職」の辞令を受け取り、受書を提出している。その後一二月七日に福島県尋常師範学校の校長に任じられたが、明治三二（一八九九）年七月一二日には熊本県視学官に任じられ、明治三七（一九〇四）年六月二七日、熊本で四六歳という若さで病死している。

「愚見数則」で心情を吐露

漱石は「愚見数則《ぐけんすうそく》」という文章を愛媛県尋常中学校の校友会雑誌『保恵会雑誌』（明二八・一一）に寄せている。校長の休職後に書かれたと思われるが、「つまらない意見をいくつか」というほどの意味である。生徒の依頼に応じたもので、そこには「松山」を厭《いや》になった理由が垣間見える。冒頭で、昔の生徒と先生が互いを信頼していたのに対して、「今の書生は学校を旅屋《たびや》の如く思ふ、金を出して暫く逗留《とうりゅう》するに過ぎず、厭《いや》になればすぐに宿を移す、か丶る生徒に対する校長は、宿屋の主人の如く、教師は番頭丁稚《でっち》なり」という。さらに「校長すら、時にはお客の機嫌を取らねばならず」「生徒の増長し教員の下落するは当然の事」と、中学の現状を批判する。

漱石は「赴任以来既に四名の教師は更迭」（明二八・四・一六、神田乃武宛書簡）という人事に驚いていた。果ては生徒による校長の排斥である。松山で漱石の教え子であった今井嘉幸は当時を振り返って「各地に労働争議が起こり流行謡《はやりうた》もストライキ節と云ふのがあった。学校の騒動もストライキと言ふた」（『今井嘉幸自叙伝　五十年の夢』）と述べ、学校騒動は「当時の社会思想に触れた青少年の悪戯気分にも因る」ものであったという。しかし、漱石はこのような「悪戯」には寛大になれなかった。
教育家としては「不適格者」と自認していた漱石は、自分のような「偽物」の教師が追放される時こそ、日本に真に教育が隆盛になるときだと述べる。しかし、それは生徒が「立派」であることが前提だ。口先ばかりでろくに勉強もしない生徒にその資格はない。
「月給の高下」で教師の価値を決めてはならない。何もかも教師の言うことに従えというのではない。「服せざる事」には反論せよ。しかし、自分の間違いに気付いたらすぐに改

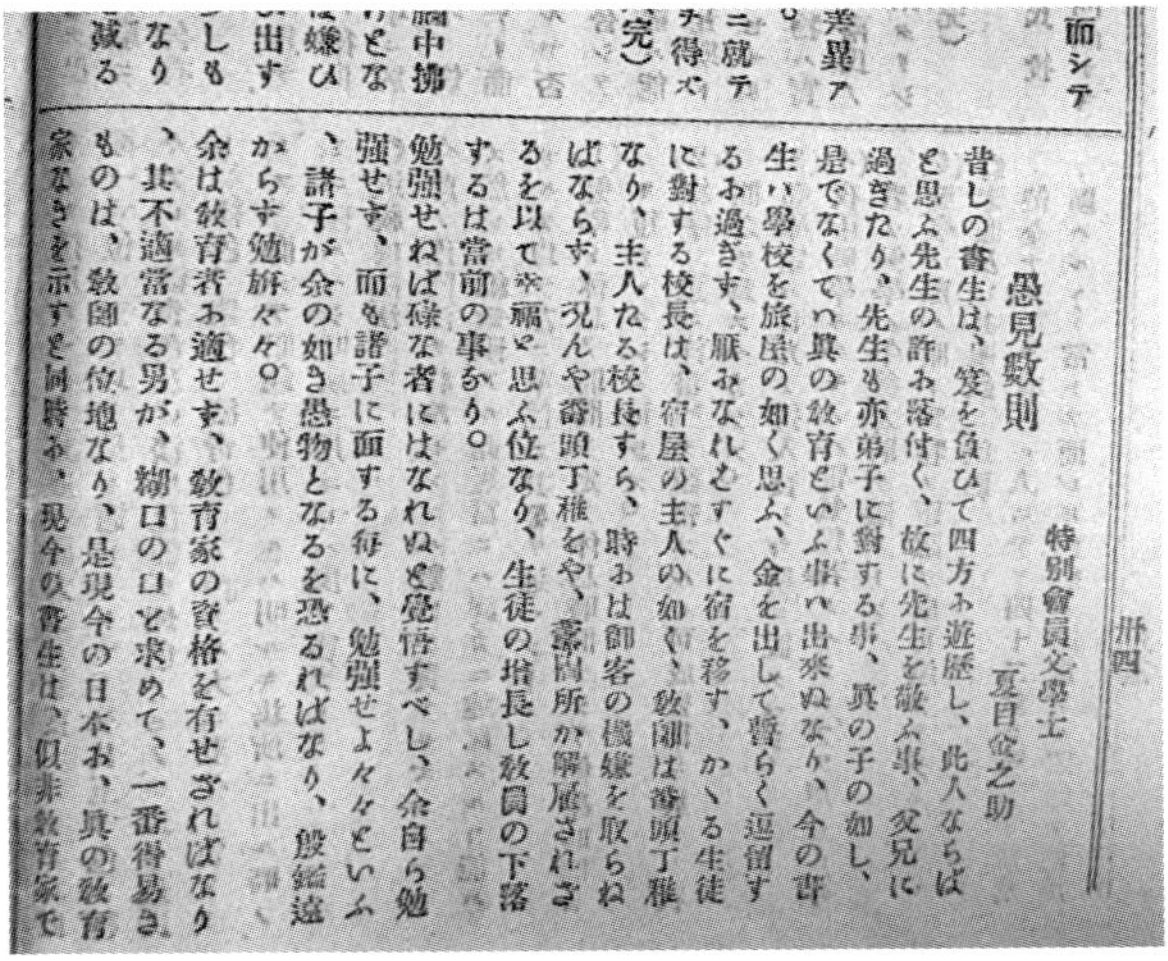

愚見數則

特別會員文學士　夏目金之助

昔しの書生は、笈を負ひて四方に遊歴し、此人ならばと思ふ先生の許に落付く、故に先生を敬ふ事、父兄に過ぎたり、先生も亦弟子に對する事、眞の子の如し、是でなくては眞の教育といふ事は出來ぬなり、今の書生は學校を旅屋の如く思ふ、金を出して暫らく逗留するに過ぎず、厭になればすぐに宿を移す、かゝる生徒に對する校長は、宿屋の主人の如く、教師は番頭丁稚なり、主人たる校長すら、時には御客の機嫌を取らねばならず、況んや番頭丁稚をや、薫陶所か解雇されざるを以て幸福と思ふ位なり、生徒の増長し教員の下落するは當前の事なり。

勉強せねば碌な者にはなれぬと覺悟すべし、余自ら勉強せず、而も諸子に面する毎に、勉強せよ々々といふ、諸子が余の如き愚物となるを恐るればなり、殷鑑遠からず勉旃々々。

余は教育者に適せず、教育家の資格を有せざればなり、其不適當なる男が、糊口の口を求めて、一番得易きものは、教師の位地なり、是現今の日本に、眞の教育家なきを示すと同時に、現今の書生は、似非教育家で

保恵会雑誌掲載の「愚見数則」（愛媛県立図書館所蔵）

『今井嘉幸自叙伝　五十年の夢』

めよ。人を見るときはその「肺肝」(心の奥底)を見よ。それができなければ手を下してはならない。「多勢を恃《たの》んで一人を馬鹿にする勿れ」、知らぬ事を知ったふりをしてはならない。やたらに人を批評してはならない。又聞きや噂を流すなど言語道断。外見ではなく「人」そのものを見よ。威張るな、へつらうな。漱石の「愚見」は「数則」ではなく、延延と続く。

漱石は「学校騒動」も「改良」のために役立つことがあると認めてはいる。中学の現場に怪しげな教師が多いことも承知している。しかし「多勢」を頼みにして個人攻撃をし、教師を教師として遇することをしない生徒の態度に漱石は不満を募らせた。その生徒の言いなりになる学校現場そのものに幻滅して、漱石は辞職の気持ちを固めたのだ。

熊本の第五高等学校に赴任していた菅虎雄に就職口の依頼をし、五高赴任が実現するのが明治二九(一八九六)年四月のことである。

松山時代③

二九歳の春、熊本へ

漱石を熊本の第五高等学校（五高）に招く話がいつから起こったのか、わからない。当時、五高にいた菅虎雄《すがとらお》は松山の漱石から不平を並べた書簡をもらったというが、現存しない。あまりに親しかったため手紙をほとんど取っておかなかったという。漱石を松山に紹介したのも、五高赴任の労を取ったのも菅だった。校長の中川元《はじめ》が英語の教師を探していたので相談すると、漱石の赴任が決まった。

中川は、「学士」（帝国大学の卒業生）を教師として招くために、多くの教師の首切りをしたと言われる。しかし、その人事を見ると決して学歴偏重とはいえないようだ。当時の英語教師の中には米国帰りなどと称しながらずいぶん怪しげな教師も多かった。そうした教師を、学士や師範学校卒業生、文部省検定試験合格者という、一定レベルの人材に替えていこうというのが国の方針でもあった。

五高記念館に残っている漱石の赴任に関する書類で最初のものは、明治二九（一八九六）年三月二八日、愛媛県知事小牧昌業《まさなり》に宛てた電報である。漱石を五高の教員に採用したいが差し支えない

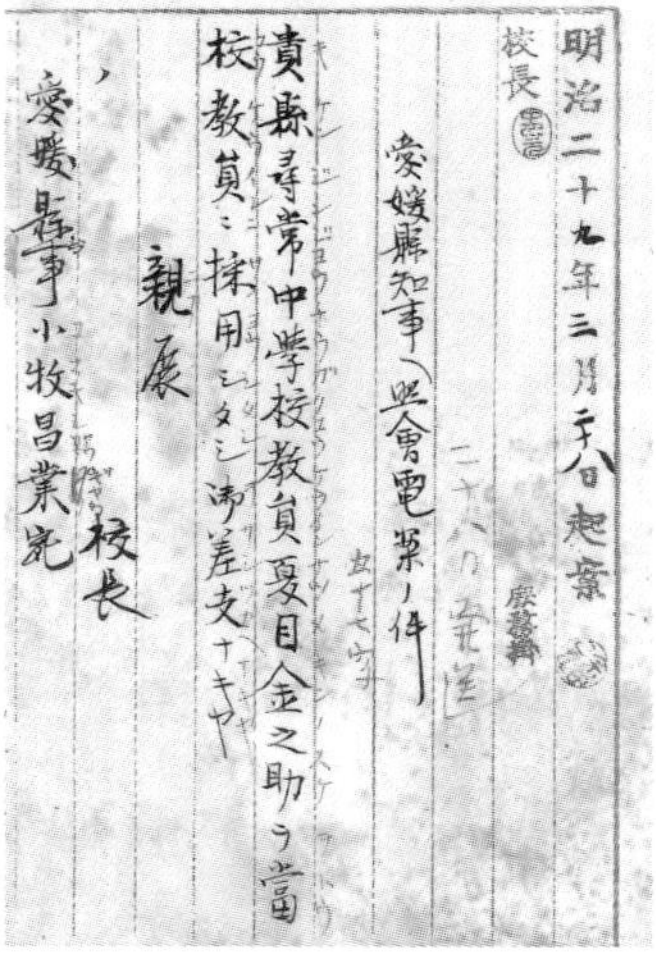

明治二十九年三月廿日起案

愛媛縣知事ヘ照會電案ノ件

貴縣尋常中學校教員夏目金之助ヲ當校教員ニ採用シタシ御差支ナキヤ

親展

愛媛縣知事小牧昌業殿

校長

愛媛県知事に漱石の五高教員採用を照会する電文案（五高記念館所蔵）

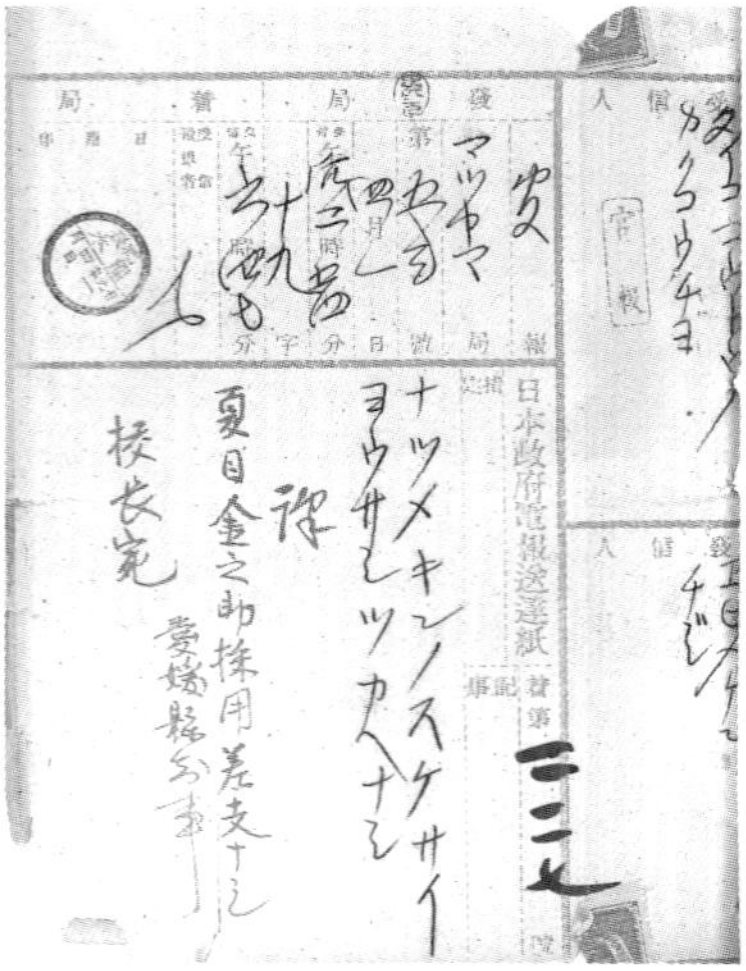

日本政府電報送達紙

ナツメキンノスケサイヨウサシツカヘナシ

夏目金之助採用差支ナシ

愛媛縣知事

校長宛

漱石の五高教員採用について「サシツカヘナシ」とする愛媛県知事の電報（五高記念館所蔵）

かという問い合わせである。しかし、直ぐには返事がなかったようで三一日には催促の電報が打たれた。翌日、愛媛県知事から「ナツメキンノスケサイヨウサシツカヘナシ」の返信があり、これを受けて四月二日文部省に「夏目金之助嘱託伺ノ件」が履歴書とともに提出された。伺い書には「報酬一ヶ月金百円」とある。月給の高下で人を見てはならないと漱石は言うが、給料が気になるのが庶民の心理だ。当時、県知事は年俸三〇〇〇円。熊本市長は七〇〇円。校長の中川は、二〇〇〇円。桜井房記が一六〇〇円。菅も漱石と同額の一二〇〇円である。月給三〇円の五高の先生もいる。小学校教諭は月に平均八円であるから漱石はかなりの高給取りということになる。

この伺い書には添え書きがついていて、差し迫っているので決定次第その返事を急いで送るよう依頼している。七日には文部大臣の「嘱託許可」が裁定され、五高に電報が届いた。そして八日、漱石に「出向命令」が出る。八日愛媛県尋常中学校の職を解かれた漱石は九日、中学校の告別式で辞任の挨拶をし、翌日松山を出発した。

当時、小・中学校、師範学校は四月入学、三月卒業だが、高等学校と帝国大学は九月入学、七月卒業である。五高では四月八日から第三学期が始まっている。それに間に合わせようとしたのだろうか。慌ただしい人事である。

松山でも漱石の後任者探しに苦労している。国立公文書館の資料で、七月八日に玉蟲《たまむし》一郎一が愛媛県尋常中学校の教諭に任命されていることがわかる。玉蟲は漱石の後輩だが、それを知った漱石は玉蟲に「松山中学の生徒は出来ぬ癖に随分生意気」「可成《なるべく》きびしく御教授相成度《あいなりたく》」（明二九・七・二四）と辛辣《しんらつ》な書簡を送っている。しかし、「御赴任の上は充分御尽力の程希望候」とも述べ、漱石の真摯な人柄をしのばせる。

四月一三日月曜、漱石は池田停車場（現上熊本駅）に降り立つ。二九歳の春であった。

期待を受け五高の英語教師に

漱石が五高に赴任したのは明治二九（一八九六）年四月一四日のことである。旧制高等学校は九月入学、七月卒業だから、学年の途中、第三学期での採用ということになる。高等学校というとどうしても現在の高等学校を想像しがちだが、当時の学制は尋常小学校四年、高等小学校二年、尋常中学校五年、そして高等学校三年（医学部は四年）、大学三年である。

明治二七（一八九四）年に「高等学校令」が制定され、明治一九（一八八六）年に設置されていた全国で五つの官立の高等中学校が高等学校となった。第一（東京）、第二（仙台）、第三（京都）、第四（金沢）、第五（熊本）のいわゆるナンバースクールだ。第六（岡山）は明治三三（一九〇〇）年、第七（鹿児島）は明治三四（一九〇一）年、第八（名古屋）は明治四一（一九〇八）年設置である。

本来は、医学などの専門教育を目的とし、大学進学のための教育を行う「大学予科」も置かれた。しかし、専門教育は発展せず、やがて大学受験のための「大学予科」が中心となる。

当時全国で五校しかない学校の教師であるから、それなりの実力は求められたはずだ。漱石は、田中勘三郎という英語講師の後任で、田中は、五高記念館に残っている履歴書によると、当時三七歳。明治一〇（一八七七）年「英語学校及東京大学予備門」を卒業している。五高には明治二八（一八九五）年四月二七日に赴任した。明治二四（一八九一）年九月から二七（一八九四）年六月まで米国ハーバード大学等で英文学・生物学などを学び、帰国した、とある。しかし、留学前も後も学校を一年足らずで転々としている。田中の辞任は四月三〇日である。

当時、五高で英語を担当していた教師の履歴書を見てみると、私立の英語学校卒業者や文部省の検定試験合格者、あるいは私費の海外留学経験者だった。英語教師としては、漱石が初めての学士だ。それというのも漱石は、帝国大学文科大学英文学科の二人目の卒業生で、漱石の前には立花政樹がいるだけだ

中川元校長（五高記念館所蔵）

明治 23 年頃の五高本館（五高記念館所蔵）

から当然といえば当然である。当時の高等学校の英語教育についてはいずこも五高と似た状況だったのである。

中川元《はじめ》校長は、前任校の第四高等学校で、教職員の人事刷新を断行して失敗している。明治二六（一八九三）年五高に移る際には、教授だった秋山正議（法学士）や狩野亨吉《かのうこうきち》（理学士・文学士）を五高に赴任させようとして、四高の大島誠治校長に拒否されたという（高橋左門「註解　中川元日記」昭和五一・一）。五高においても、教師の質の向上は必至であった。

『龍南会雑誌』四七号（明治二九・六）によると、四月二五日の演説会で、演説部部長で、英語科の主任だった佐久間信恭が、学生に「英語会」の結成を呼びかけている。それは「英語を盛んに」という校長の強い希望だった事も語られている。新進気鋭の漱石の赴任には、大きな期待が寄せられていた。

英語教師②
尊敬された真面目な英語教師

英語教師として、一身に期待を担った漱石だが、五高での教師ぶりはどのようなものだったろうか。

よく言われるのが、松山での教え方と、五高での教え方の違いである。松山時代の授業については、真鍋嘉一郎《まなべかいちろう》の「夏目先生の追憶」（『漱石全集』別巻）に詳しい。真鍋は愛媛県尋常中学校から一高を経て東京帝国大学医科大学に進んだ。漱石の最期を看取った医師の一人だ。

真鍋によると、松山時代は和訳だけでなく「シンタックス（構文）とグラムマー（文法）を解剖して、言葉の排列《はいれつ》の末まで詳細に検覈《けんかく》（厳しく調べること）しなければならぬと云ふので、一時間に僅《わずか》に三四行しか行かぬこともあつた」という。

それに対して、五高では「（松山時代とは）反対に寧《むし》ろ達意を主とする遣方《やりかた》であつた。先生が唯すらく〳〵音読して行つて、さうして『どうだ、分かつたか』、と云つた風であつた」（寺田寅彦「夏目漱石先生の追憶」）。

のちに五高の国語の先生になった八波《やつなみ》則吉は「英語の教科書はジ・エンド（終り）まで読んだこ

五高の復元教室（熊本市中央区黒髪の五高記念館内）

とは臍《へそ》の緒切つて以来一度も無かつた。然《しか》るに、夏目先生から教わつた一年間に『アッチック、フイロソフアー』や『オピヤム、イーター』や『オセロ』など皆ジ、エンドまで読んだ。其の上『サイラス、マーナー』の半分まで進んだ」（「漱石先生と私」『漱石全集月報』一九七六年刊）と、教科書を終わりまで読むことのできた喜びを語っている。

漱石は、明治三九（一九〇六）年の「現代読書法」という談話で、「英語を修むる青年は或る程度まで修めたら辞書を引かないで無茶苦茶に英書を沢山《たん》と読むがよい、少し解らない節があつて其処は飛ばして読んで往《い》つてもドシドシと読書して往くと終には解るようになる」と「多読」を勧めている。五高での授業はまさにそれである。

当時、英文読解、つまり和訳さえできればよしとされた時代に、漱石は「読み、書き、話す」のすべてができることを理想とし、教師がそうした力を身につけなければ学生に真の英語力は身につかないと考えていた。

生徒に厳しく「下読み」（予習）を課し、それをしない者には皮肉を浴びせたため、生徒には怖がられた。「厳格」な先生という印象は教え子たちの語るところだが、「よくわかる」授業であったことも共通している。教え子の木部守一は、学力に自信の無い先生が、質問を厭がったり、怒ったりする中で、漱石はどんな質問にも穏やかに応対し、解釈も明快であったため生徒から非常な尊敬を受けたとも述べている（「私の見た漱石先生」前掲『漱石全集月報』）。

漱石は、自分自身についてしばしば「教師」として「不適格者」という発言をしているが、高等学校で教えるには十分な余力を持った教師として、尊敬されていたのだ。また、そうした準備も怠らない真面目な教師だった。

英語教師③

敬服する学生たち

漱石の五高での講義について、他の英語の先生と比較した興味深い回想がある。速水滉と、後に近世国文学の研究で知られる藤村作《ふじむらつくる》のものだ。

速水は漱石とラフカディオ・ハーン（小泉八雲）が同じ時期にいたとする記憶違いをしているが、二人について回想を残している。「小泉さんなぞの時は、先生の近眼を利用して別な本を読んでゐたり、後ろの方から逃げたり、教室へ来るのが遅くなると皆で去つたりした。夏目先生に対しては、皆が怖がつてゐただけに、遅れても教室を逃げると云ふやうな事はなかつた」（『新小説』臨時号大六・二）というのだ。

ハーンは、明治二四（一八九一）年一一月五高に赴任し、明治二七（一八九四）年一〇月辞職した。その間、どのような講義を行ったかは、近年五高生のノートが発見され、明らかになってきた。ハーンの講義ノートを大切に保存していた学生がいたのだ。わかりやすい英語で生徒に語りかけ、丁寧な添削を行い、前任の外国人教師とはまるで違っていたという。速水の言うような生徒ばかりではないことの証だが、別の一面を伝えて興味深い。

五高の制服姿の漱石（『漱石写真帖』より）

佐久間信恭（五高記念館所蔵）

漱石の厳しさは、学生たちが回想でしばしば語っている。藤村の『ある国文学者の生涯―八恩記』（角川新書、昭和三二）は、漱石と同時期の英語教師についても書かれており、貴重な資料である。藤村は、明治八（一八七五）年、現在の福岡県柳川市生まれ。伝習館中学を経て、明治二八（一八九五）年五高に入学した。

漱石赴任時、英語科主任だった佐久間信恭《のぶやす》については、「札幌農学校出身で学識も高かつた」が、「専門家向の注釈」を主とした授業は学生たちの実情にあわず、英語の力を付けるには至らなかった、と述べる。「アメリカの大学出」の教師については、「解釈が私等には頗《すこぶ》るあいまいで、屢々《しば》学生との間に論議が起り」、生徒を納得させることができなかったという。「外国帰りの発音」だけをきいて一時間過ごしたとも述べている。

そのような中で漱石は「新しい日本の大学出」

の先生として期待をもって迎えられた。しかし、漱石のあまりの辛辣《しんらつ》さに、藤村のクラスでは漱石をとっちめようと、皆で熱心に下調べをして質問攻めにしたという。しかし漱石には歯が立たず、「敬服の念」が起こって勉強に励み、「課外授業」まで願い出ることになるのだ。

藤村は、アメリカの大学でどれほど学んでも、それを表現する母国語に優れていなければ生徒を納得させられないとも述べている。漱石は、学識が深いだけでなく、解釈においても「表現の豊富なものがあつて」「訳してくれることばが吾々にぴたりときた」という。

後年著名な物理学者となった寺田寅彦も漱石に学んだ一人だが、漱石の死後、五高時代の漱石を懐かしみ次の歌を詠んでいる。

講壇の隅にのせおくニツケルの袂《たもと》時計を貴しと見き

袂時計は、懐中時計のこと。教室に入るとすぐに鎖も何もついていない時計を机の片隅に乗せてから授業を始めた在りし日の漱石の姿は、寅彦にとって永遠に懐かしい「先生」だった。

英語教師④

福岡、佐賀の中学校参観（上）

漱石は、明治三〇（一八九七）年一〇月一日、英語科主任となる。前任の佐久間信恭《のぶやす》が七月七日に非職（休職）となったため、その後任である。

主任として行った最初の大きな仕事が一一月八日から一一日にかけて行われた福岡・佐賀県下の中学校参観だった。これは小宮豊隆が『夏目漱石　二』（昭二八・九）で「学術研究ノ為メ福岡佐賀両県下へ出張ヲ命ズ」という辞令を受けたことを述べているので広く知られていたが、詳細については長い間わからなかった。それが昭和五四（一九七九）年一月『国文学』（學燈社）に発表された原武哲氏の「熊本時代漱石の『佐賀福岡尋常中学校参観報告書』」によって初めて明らかになった。

原武氏は熊本大学に残っていた「職員辞令請書簿」「履歴書」「復命書」を調査し、この時の漱石の出張報告書を発見した。そして、従来「山川信次郎」と同行したと言われていたのは間違いで国語・漢文の教授「武藤虎太」であったことを突き止めた。

また、その報告書を翻刻し、漱石が参観した佐賀県尋常中学校・福岡修猷館・久留米明善校・柳川伝習館の教員についても調査した。原武氏はこの報告書が、明治三〇年秋の「漱石伝記の空白を

福岡佐賀二縣尋常中學參觀報告書
第一 佐賀縣尋常中學校 十一月八日
授業參觀時數三時間 十時ヨリ一時半ニ到ル（午前八時ヨリ講堂ニ於テ海軍少佐長井氏ノ海軍ニ関スル講話アリ此ノ際依頼ニヨリ英語ニ関シテ一場ノ談話ヲナセリ午後一時半ヨリ同校英語教師ト會シテ教授上ノ質議ヲナシ又之ニ関シテ卑見ヲ述ブ三時半ニ了ル故ヲ以テ一日ヲ校中ニ消シタリト雖モ三時間以上ノ授業ヲ觀ルヲ得ズ

福岡、佐賀の尋常中学校を参観した漱石の報告書（五高記念館所蔵）

埋めることができたこと」「漱石の英語教育観を知ることができたこと」「漱石の自筆であること」という三点において「重要な資料的価値を持つ」と位置づけた。

漱石は、四日間で一三時間、一四クラス参観し、授業の様子を報告書にまとめている。漱石がこの参観で高く評価したのは、佐賀県尋常中学の平山久太郎と福岡修猷館の小田堅立の授業である。

原武氏の調査によると平山は、東京勧学義塾をはじめとして数校で外国人教師について英語を学んだ。小田は同志社で学んだ後、米国の大学に二年余留学している。

漱石は、平山に対しては「此師ノ授業ヲ受ケバ少クトモ此諸科ニ対スル知識ハ高等学校入学試験ニ応ズルニ充分ナラン」と評した。小田については、「西洋人ヲ使用セザル学校ニ於テ斯ノ如ク正則的ニ授業スルハ稀ニ見ル所」と述べている。

この二人は、一時間の授業で、単に英文を和訳するだけでなく、発音、アクセントを重視し、生徒に文章を暗唱させたり、和文を英訳させたりしている。また、生徒に英作文を書かせて添削し、文法にも注意を向けている。これは大学時代漱石が書いた「中学改良策」（明二五・一二）で理想の授業としていたものだ。

漱石はこの報告書でしばしば「正則的」「正則的ナラズ」という言葉を使っているが、「正則的」というのは、英文和訳だけに重点を置く「変則」に対して、発音、会話、文法、英作文など、英語についてすべてにわたって系統だって学ぶものだ。二人の授業はまさに「正則的」なものだった。

漱石が参観した教師は一一人だが、よしとしたのは四人。大半の教師は、和訳中心で、ひどい場合には、直訳だけで済ませるというものもあった。しかも、教師だけでなく、生徒たちも発音やアクセントにほとんど関心がないという現状だった。

実は、この出張は、五高における生徒の英語不振、さらには前年度の入試における英語の成績不振にその要因があったのである。

福岡、佐賀の中学校参観（下）——英語力低下を憂える

漱石が、明治三〇（一八九七）年一一月に行った福岡・佐賀県下の中学校参観は、五高生の英語の成績不振によるものだった。それは、平成一二（二〇〇〇）年一月『文学』に新資料として発表された「夏目教授の説演《ママ》」によって明らかになった。

最初に訪れた佐賀県尋常中学校では参観に先立ち、午前八時から講堂で海軍の長井少佐が講演した。引き続き、漱石も英語についての談話を行ったことは報告書に記されていたが、何を話したかは長い間わからなかった。それが、宮原賢吾氏によって佐賀県尋常中学校栄城会の雑誌『栄城』第三号（明三〇・一二）に掲載されていたことがわかったのだ。

「現今の状態にては、国運の事勢上、容《ゆる》さる可きことに非さるのみならす、大学の求にたも応する能はす」。漱石は生徒たちにいかに英語を学ぶことが必要かを説いた。漱石は、まず自身が英語を学んだ明治一七（一八八四）年の状況と現状とを比較した。漱石の時代は動物、生理、歴史、論理などあらゆる学科を原書で学び、授業も、答案もすべて英語を用いた。英語の授業以外にも英語を学ばざるを得なかったため英語力は高まった。

漱石が参観した頃の修猷館（福岡県立修猷館高校提供）

それに対して、今は原書も用いず、英語の時間は一週間に「僅《わず》かに六七時間」。学制の変更に伴い、英語の修習年限も高校・大学で二年間減少した。また、外国人教師を排除した結果「会話、読方、発音」は特に「拙劣」になってしまった。英語力の低下は当然の結果である。

しかし、問題はそれだけではない。生徒たちに学力低下の意識がないのだ。漱石は、高等学校で驚いたこととして「生徒が単語を知らないこと」を挙げている。生徒は辞書さえ手元に置いておけば大丈夫といわんばかりに、頻出の単語さえ覚えていない。それは「恰《あたか》も戦に臨んで鎧を着、盗を捕へて縄を撚《よ》る」のと同じだと、軽妙な例えで生徒に言う。

辞書をひいて意味さえわかればそれで英語の授業は終わりとするようなことでは、英語は全く身につかない。学生は難しい本を読みさえすれば英語力が付くと思っているが、思い込みに過ぎない。むしろ易しい本を熟読して単語、熟語、発音、揚音（アクセント）、綴字（ディクテーション）

を学ぶ方がはるかに英語力が付くと訴えた。

漱石が憂えたのは高等学校の生徒の成績不振だけではない。「本年入学試験」（明治三〇年）、「昨年入学試験」を例に挙げて、その出来の悪さも披露した。漱石が作った入試問題は、明治三一（一八九八）〜三三（一九〇〇）年のものが確認されているが、この講演で赴任後まもない二九（一八九六）年から作成していたことも明らかになった。漱石が、好成績を期待して作成した二九年の入学試験で、六〇点以上は三〇〇人中四〇人しかいなかったことが、衝撃的事実として語られている。最多は三〇点台だった。明治三〇年の出題でも、friendなど、簡単な単語の間違いが多かったことを述べている。

漱石は、講演の時間を気にしながらも、最後に再び「読方、発音、揚音」などについて具体例を挙げて注意を促した。しかし、この出張で知ったのは、やはり訳読のみに偏った授業の現状と発音や熟語などに無関心な生徒の実情だった。

漱石は、授業で自身の英語教育についての考えを実戦しているが、入試でも独自の形を作っていくことになる。それは翌三一年の入試問題に現れた。

英語教師⑥

五高入試（上）——応用利かぬ英語を嘆く

漱石が、五高生の英語力の低下を憂えていたことはすでに述べた。それが、明治三〇（一八九七）年一一月の福岡・佐賀の中学校参観につながったことも。中学校参観でわかったことは、中学校の授業の大半が訳読中心で、教師も生徒も文法や発音等に注意を払っていないことだった。

漱石は、佐賀県尋常中学校で行った講演で「単語の意味」「読方、発音、抑揚」などを重視するよう訴えた。入試にも漱石の考えは反映され、明治三一（一八九八）年の入試では、従来の訳読中心から「プラクチカルノ方面ヲモ試験スルコト」（「協議会記録」）にした。プラクチカルとは実用の意味である。

この入試問題は草案のみ東北大学に保存されているが、成績報告書も残っているので、内容はおおよそ推測できる。入試問題はAとBの二枚ある。Aは試験官が読み上げた五個の英単語を聞き取って、その綴りと品詞、意味を書かせる問題と、読み上げた二つの動詞の変形を書かせる問題。それに和文英訳が二問である。Bは、単語・熟語の和訳と英文和訳である。この入試の結果も惨憺《さんたん》たるものだった。

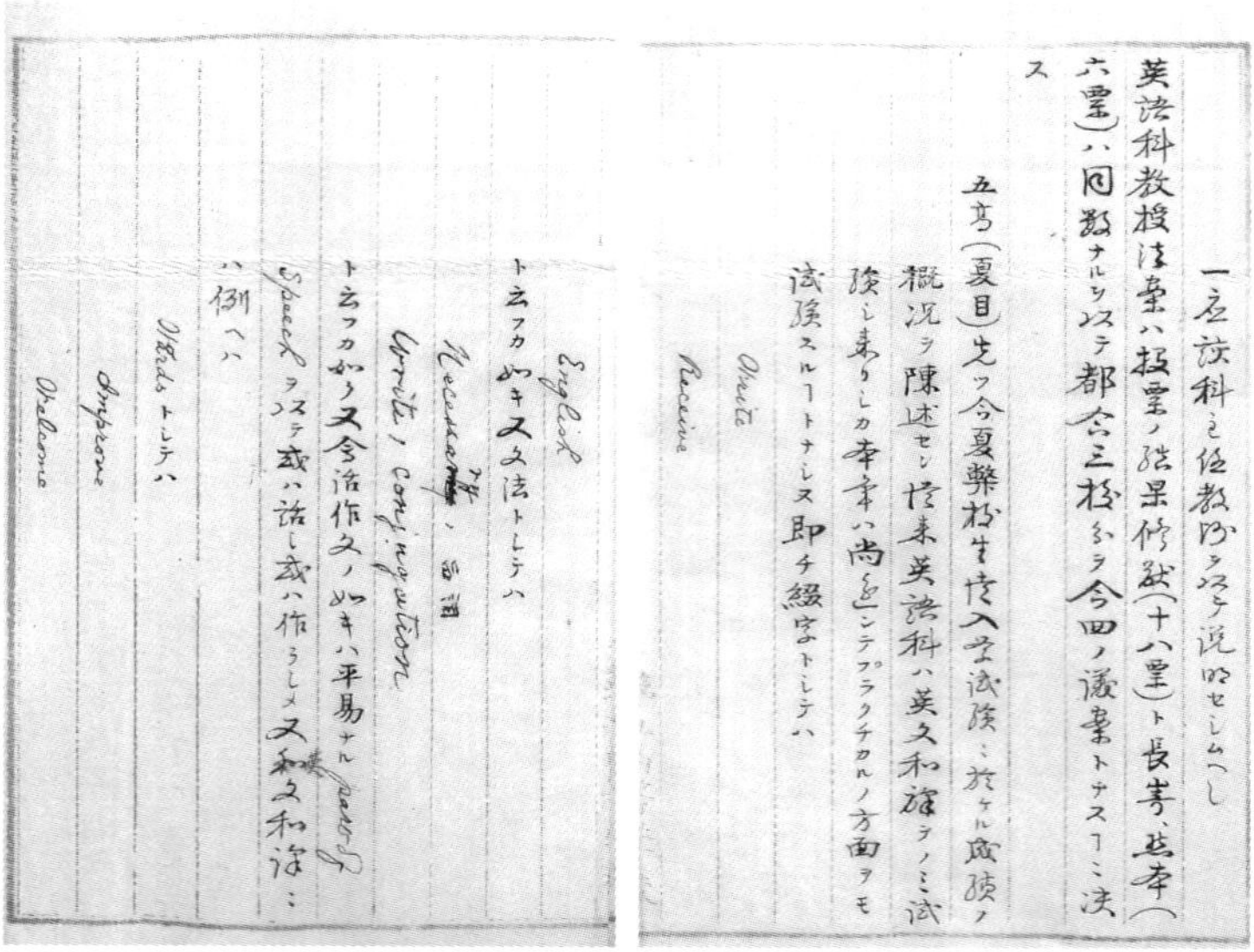

「協議会記録」の漱石発言部分（五高記念館所蔵）

同年一二月一〇日から一三日まで五高内で「第五地方部高等学校及び尋常中学校協議会」が開催され、英語科教授法について話し合われている。参加校は九州各県の尋常中学校のほか、大阪、兵庫、島根、愛媛、沖縄の二二校。このとき五高の英語科を代表して漱石が入試成績について講話しており、その資料が五高に残っている。

　原武哲氏が五高資料の中から発見して昭和五四（一九七九）年二月『国文学』（學燈社）に漱石の講話部分を翻刻した。その主な主張を述べると、まず、Aの英単語の問題では、EnglishやWriteなど基本的な英単語を正確に書けない者がいた。あるいは品詞名を知らない者、簡単な熟語を訳すことができない者がいた。また、語句は知っていてもそれを正確に発音できない生徒が多かったというのだ。漱石は、多くの生徒が、「総体ノ意味」さえわかれば良いという態度で、一字一句の意味を極めて曖昧《あいまい》に記憶していることを批判した。また読むことと理解することが同時並行して行われず、学習したものを応用できない現状を嘆いている。

協議会では、各中学が提出した英語科教授法案から、投票で選ばれた修猷館、長崎、済々黌の三校について意見を出し合っているが、教科書選定に各校が苦労している様子もわかる。現在もあるいわゆる「あんちょこ」について、『独案内』（独習のための参考書で読み仮名や訳がついている）を教室に持ち込んだ場合は、取り上げて焼却するが、家庭で生徒が使うのは如何《いかん》ともしがたいという発言があるかと思うと、尋常中学校では、よい教師ばかりを採用するわけにはいかないという人材不足についても発言がある。

修猷館の教師が「漸次訳読ノ力進歩スルニ従ヒ生徒ハ綴字ヲ怠ル傾向アリ」と述べているのは、漱石の懸念が現実問題であることを示している。また、済々黌の教師が、国文法と英文法とを、もっとうまく連携して教えることはできないかと、提案しているのは興味深い。

協議会に出席した中学校では次年度から使用する教科書と進路予定案とを交換することが決まった。翌年、明治三二（一八九九）年の入学試験で漱石は再び新たな試みを行っている。

五高入試（下）——聴き取り問題の重視

明治三二（一八九九）年五月一九日付「九州日日新聞」に「入学試験に付」という見出しの記事を見つけた。「試験中最も重きを置くは英語科にて本年よりは少しく其の趣を異にし一期二期に分ち一期には訳読を課して厳格なる採点を施しこれに不合格なる者は第二期なる会話文法の試験を受くるを許さず直に不合格となす由なり尚ほ其訳読は最もありふれたる文字句にてスヰントン氏の第四第五位《くらい》は好個の参考書にして書中の句単語の如きは綴字を以て暗誦するを要す而《しか》して問題は書取を課する事亦《また》多かるべし彼の不規則動詞のコンデュゲーションは又た注意を要する個所ならんといふ者あり」と書かれている。コンデュゲーションは活用形のことである。

漱石の英語入試改革は漸次進められたようだ。五高資料には明治三二年の入試問題AとB二枚が残っており、形式は前年度とほぼ変わらない。しかし、この記事から考えるとBが訳読にあたる。Bで不合格の者はAの試験を受けられないという二段階方式をとったことになる。「書取」は、ディクテーションのこと。

大正三（一九一四）年発行の『諸官立学校最近拾五年間英語試験問題答集』には五高のこの問題

も採られているが、Ｂの単語・熟語の意味、長文和訳の問題とＡの和文英訳の問題のみの抜粋だ。聞き取りの問題を入手することが難しかったのか、重視されていなかったのか。

熊本で最後の入試となる明治三三（一九〇〇）年の問題は、さらに画期的なものとなった。五高記念館にはＡＢ二枚の入試問題が残っている。Ａは単語と熟語の意味を問う問題が五問ずつと和訳が四問。Ｂは第三問が単語の英訳五問、第四問が和文英訳三問だが、第一問と第二問が空白になっていて書き取りの問題と想像されていた。

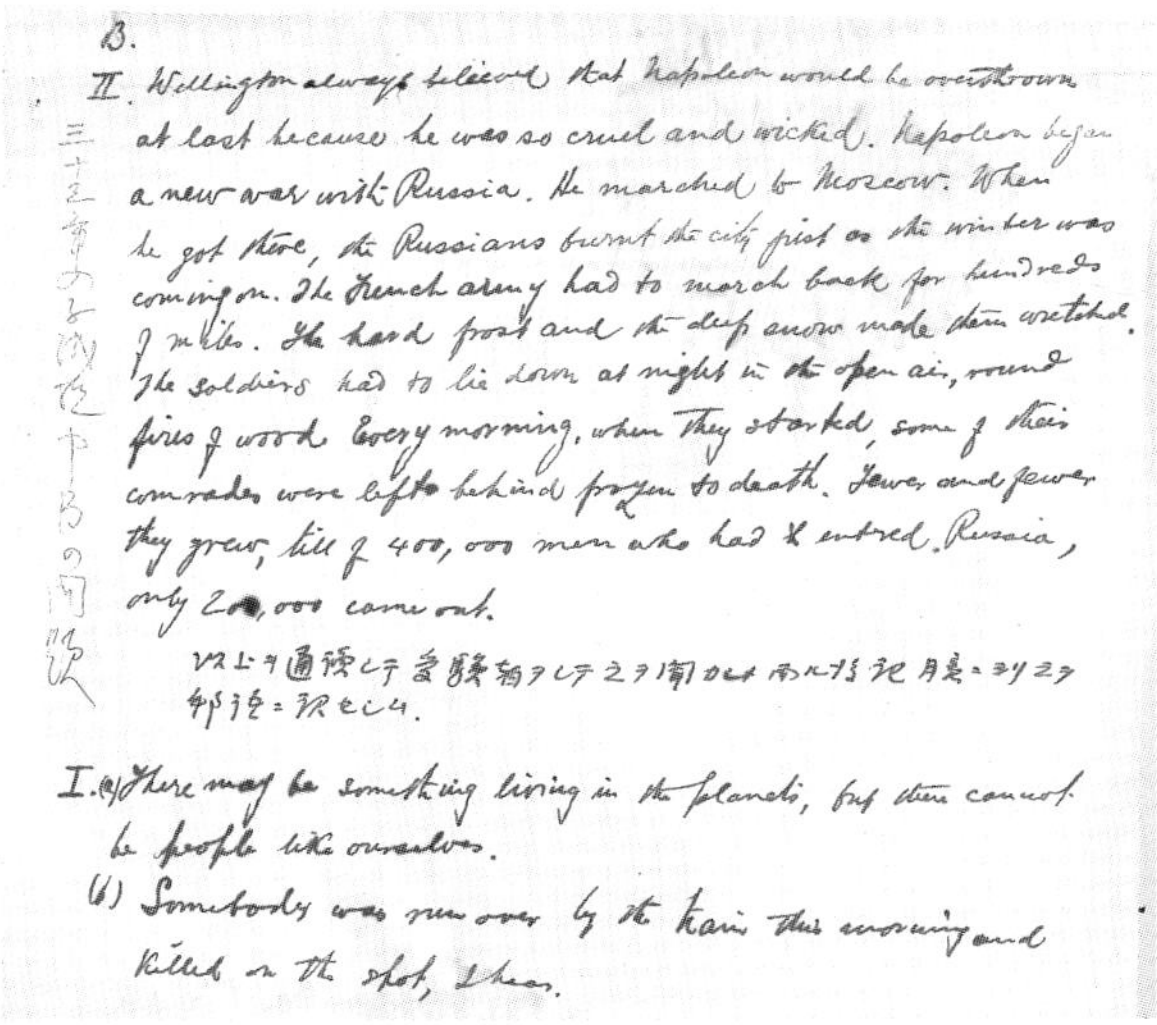
B.
II. Wellington always believed that Napoleon would be overthrown at last because he was so cruel and wicked. Napoleon began a new war with Russia. He marched to Moscow. When he got there, the Russians burnt the city first as the winter was coming on. The French army had to march back for hundreds of miles. The hard frost and the deep snow made them wretched. The soldiers had to lie down at night in the open air, round fires of wood. Every morning, when they started, some of their comrades were left behind frozen to death. Fewer and fewer they grew, till of 400,000 men who had entered Russia, only 20,000 came out.

I. (a) There may be something living in the planets, but there cannot be people like ourselves.
(b) Somebody was run over by the train this morning and killed on the spot, I hear.

漱石自筆のヒヤリング問題（五高記念館所蔵）

『龍南回顧』（昭四二・一〇）に掲載されている卒業生の思い出から、漱石が問題を読み上げたことはわかっていた。卒業生の一人は「夏目先生の流暢な英文一節の翻訳は、難問中の難問」として記憶していた。それが平成二九（二〇一七）年、漱石の自筆の問題文が五高資料の中から見つかった。第二問が先に書かれているが、第一問は、二つの英文を読み上げそれぞれ書き取らせる問題になっている。第二問は、ナポレオンのロシア遠征に関する一〇センテンスの英文が書かれている。その後に「以上ヲ通読シテ受験者ヲシテ之ヲ聞カシメ而ル後記臆《ママ》ニヨリ之ヲ邦語ニ訳セシム」とある。つまり、耳で聞いた英文の大意を把握させる問題である。

旧制高等学校の英語の入試問題については、東京大学や京都大学にも明治三〇年代の問題が残っていないため、当時の状況は残存する明治・大正期の英語の問題集などで調べるしかない。従来明治三五（一九〇二）年から旧制高等学校の入試は統一問題になるとされていたが、五高に残っている資料から明治三四（一九〇一）年から統一問題であることがわかった。そこには「書取」もあるので、ディクテーションそのものは行われていた。英語で三、四行の文章の読み取りだ。大正五（一九一六）年刊の『英語書取上之新研究』には近年、「英語の書取」が重視されるようになった背景には、受験者がそれを「殆ど念頭にも置かない程に軽視して居た従来の傾向」の変化によるものと記している。しかしここにも漱石が行ったような大意をつかむ問題はない。それは新たな試みだったと言えるだろう。

英語教師⑧

漱石の済々黌講師説は誤り

明治二九（一八九六）年一二月、漱石と菅虎雄（無為）、徳永右馬七《うましち》（朧枝《ろうし》）らの句が「九州日日新聞」に掲載される。その詳細は別項（「紫溟吟社以前」上中下、一二三〜一三一頁参照）にゆずるが、徳永は当時熊本県尋常中学済々黌の教師だった。その同僚に安東真人《まひと》がいた。

安東については、鏡子が、「ずいぶん仲のいい間柄」で明治三〇（一八九七）年正月頃「済々黌あたりの先生をしていられたのをようやくつきとめて訪ねましてその訪問記を書きつづりました」（『漱石の思い出』）と述べている。

昭和四一（一九六六）年、荒木精之氏の調査によって安東の詳細が明らかになった（「新発見の漱石の手紙」『日本談義』昭四一・四）。文久三（一八六三）年一一月二四日長洲町生まれ。明治一一（一八七八）年に上京し、同一四（一八八一）年二松学舎に入学し、漱石と同級生になった。同一六（一八八三）年卒業後は、東京職工学校に進学し、同一八（一八八五）年家事都合により帰郷した。荒木氏は、二人の交流は二松学舎時代に始まり帰郷直前まで続いたと推測している。

この安東との再会は、済々黌の教師だった徳永右馬七が契機となったのではないだろうか。徳永

明治 32 年の熊本市の地図。中央付近に済々黌とある
（熊本県立図書館所蔵）

の漱石訪問は、俳句の季語から明治二九（一八九六）年冬と考えられる。徳永と話すうちに、同僚で新俳句に関心のある安東の情報がもたらされたのではないか。安東は明治二七（一八九四）年四月から三四（一九〇一）年一月まで済々黌に勤務した。

しかし、注意しておかなければならないことがある。巷《ちまた》では、漱石が済々黌で講師を兼務していたと唱える人がいて、このような済々黌教師との交流を書くと、漱石が講師をしていたから二人と出会ったのだ、とさらに力説するかもしれない。

済々黌が現在の熊本大学近くの黒髪に移転するのは明治三三（一九〇〇）年四月以降のことである。それ以前は、薮の内町（現在の熊本ホテルキャッスルあたり）にあった。短時間で往復できる距離ではない。漱石の五高での授業時間は、週二一時間から二六時間。仮に中学で一クラス兼務すれば週に六、七時間は増えることになる。

漱石が済々黌で教鞭をとったと回想したのは済々黌を明治三一年卒業した奥村政雄氏ただ一人だ。『済々黌百年史』（昭五七・一二）の一七二頁の「漱石と済々黌」に奥村氏の「私の履歴書」（『日本経済新聞』）が引用されている。これは昭和三七（一九六二）年七月の連載で中学時代の思い出の一つとして「夏目漱石先生から英語を習ったこと」が書かれている。

この新聞連載時、奥村氏は八〇歳を超えており、五高校長が嘉納治五郎であったなど、明らかな記憶違いもある。しかし、この証言を覆す決定的な根拠は『済々黌百年史』にある。六三四頁には同じ奥村氏の「私の在学時代記憶」という文がある。これは「私の履歴書」より一〇年前のもので、そこで「私共が五年生になつた時は新帰朝の夏目漱石先生が愛媛中学から転任せられ五高に入つてからも同先生の流暢な英語の教育を受けたのでクニフエ時代の遅れを取り戻すことが出来た」と述べている。

ここにも「新帰朝の」など曖昧な記述があるが、済々黌でナイフをクニフエと発音する教師がいて、英語力がつかなかったのが、五高で漱石に学んで遅れを取り戻したというのだ。

回想は貴著な資料だが、時間がたったものは特に慎重さが求められる。国会図書館に『創立三十周年記念　多士』（明四五・六）がある。『多士』は済々黌の校友会誌だが、旧職員名に漱石の名はない。

熊本時代に英文学評論を三本発表

「春の雨鍋と釜とを運びけり」という句は、『漱石全集』の大正六（一九一七）年版に「北千反畑に転居して四句　四月」として収められたうちの一句である。

漱石が出した四月五日付の転居通知によって荒正人は『漱石研究年表』で引っ越しを三月下旬と推測した。しかし、当時の天気を調べると、明治三三（一九〇〇）年四月一日から五日にかけて雨が降ったのは四月一日（日曜）のみ。三月三一日（土曜）は、午後一一時過ぎに〇・一㎜以下の雨が降っただけである。「春の雨」の中の引っ越しは、間違いなく四月一日だ。春休みもこの日から始まっている。

二階を書斎にしたいという引っ越しだったが、漱石は熊本でも「書斎の人」だった。よく散歩もしたが、漱石の書斎にはいつも夜遅くまで灯がともっていた。俣野義郎が書生でいた大江村時代には、生徒たちが夜中に押しかけてご飯を食べに来ることもあった。留守番をした湯浅廉孫《れんそん》の回想（「乞食の詩が縁」）では、大勢の生徒が入れ替わり立ち替わりやって来て、取り付けの酒屋から勝手に酒を取り寄せて飲んだという。大らかな漱石のエピソードだ。漱石は「いくら飲ませてもよい、但し書斎へ侵入することだけは許さぬ」と禁じていた。

漱石は熊本の書斎で俳句を作り、俳書も読んだ。しかし、漱石が英文学者だったことを忘れてはならない。熊本時代、漱石が発表した英文学関係の文章は三本ある。まず「トリストラム、シャンデー」（『江湖文学』明三〇・三）。英国ローレンス・スターンの代表作だが、漱石が初めて日本に紹介し、特異な小説技法に注目した。難解で一九六六年まで全訳本がなかった本だ。

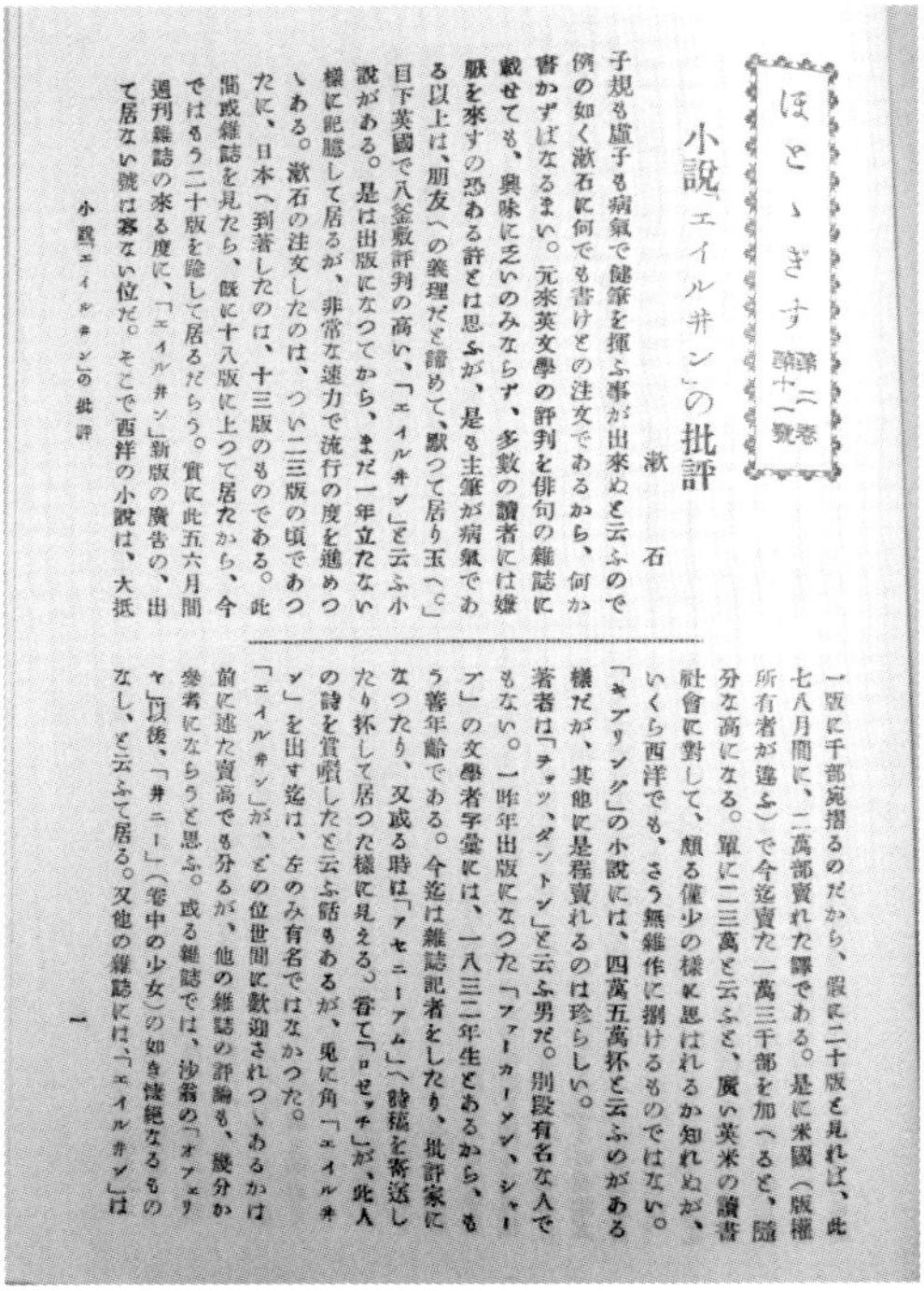
ほとゝぎす 第二巻第十一號

小説「エイルヰン」の批評　漱石

子規も虚子も病氣で健筆を揮ふ事が出來ぬと云ふので例の如く漱石に何でも書けとの注文であるから、何か書かずばなるまい。元來英文學の評判を俳句の雜誌に載せても、興味に乏いのみならず、多數の讀者には嫌厭を來すの恐ある許とは思ふが、是も主筆が病氣である以上は、朋友への義理だと諦めて、默つて居り玉へ。目下英國で八釜敷評判の高い、「エイルヰン」と云ふ小説がある。是は出版になつてから、まだ一年立たない様に記臆して居るが、非常な速力で流行の度を進めつゝある。漱石の注文したのは、つい二三版の頃であつたに、日本へ到着したのは、十三版のものである。此間或雜誌を見たら、既に十八版に上つて居たから、今ではもう二十版を踰して居るだらう。實に此五六月間週刊雜誌の來る度に、「エイルヰン」新版の廣告の、出て居ない號は寡ない位だ。そこで西洋の小説は、大抵一版に千部宛摺るのだから、假に二十版と見れば、此七八月間に、二萬部賣れた譯である。是に米國（版權所有者が違ふ）で今迄賣た一萬三千部を加へると、隨分な高になる。單に二三萬と云ふと、廣い英米の讀書社會に對して、頗る僅少の様に思はれるか知れぬが、いくら西洋でも、さう無雑作に捌けるものではない。「キプリング」の小説には、四萬五萬杯と云ふのがある様だが、其他に是程賣れるのは珍らしい。著者は「ワッツ、ダントン」と云ふ男だ。別段有名な人でもない。一昨年出版になつた「ファーカーソン、シャープ」の文學者字彙には、一八三二年生とあるから、もう善年齢である。今迄は雜誌記者をしたり、批評家になつたり、又或る時は「アセニーアム」（韻稿を寄送したり抔して居つた様に見える。嘗て「ロセッチ」が、此人の詩を賞賛したと云ふ話もあるが、兎に角「エイルヰン」を出す迄は、左のみ有名ではなかつた。「エイルヰン」が、どの位世間に歡迎されつゝあるかは前に述た賣高でも分るが、他の雜誌の評論も、幾分か參考にならうと思ふ。或る雜誌では、沙翁の「オフエリヤ」以後、「井ニー」（篭中の少女）の如き悽絶なるものなし、と云ふて居る。又他の雜誌には、「エイルヰン」は

小説「エイルヰン」の批評　一

『ほととぎす』明治32年8月（復刻版、熊本大学図書館所蔵）に掲載された小説「エイルヰン」の批評

次が「英国の文人と新聞雑誌」（『ほととぎす』明三二・四）と「小説『エイルヰン』の批評」（『ほととぎす』明三二・八）。四〇〇字詰原稿用紙で「英国の文人と新聞雑誌」が二〇枚、他の二本は三〇余枚の長さ。驚くのは、二本の論文が明治三二年に立て続けに書かれ

ていることだ。

「英国の文人と新聞雑誌」は一七世紀終わりから一九世紀半ばまでの英国の新聞雑誌と文学を豊富な事例で関連づけた。文学的趣味に乏しかった新聞雑誌に、多くの文人が作品を掲載することで互いに利益を生むようになったことを指摘した。漱石が、のちに朝日新聞社に移るのには、このように英国の新聞雑誌を熟知していたことも影響しているだろう。

「エイルキン」は、英国ウォッツ・ダントンによって明治三一（一八九八）年に出版され、一躍ベストセラーになった。漱石は雑誌で知り、二、三版の頃英国に注文したが、届いた本は一八九九年出版の第一三版だった。四七〇余ページの長編だが、「物質主義進化主義横行の時代」に「呪《じゅ》詛《そ》」をストーリーの中心にしながらも「不都合だと思ふ余地がない位に」読者の「情」を動かすことができ、「毫も冗漫の弊がない」名作と絶賛した。比較文学者の飛ヶ谷美穂子氏は「いちはやくこれを取り寄せて読み、精細な批評を発表したことじたい、注目に値する」（『漱石辞典』）と評した。

漱石は、「批評」中にさまざまな作品との共通点などを引き合いに出すが、引用される作品は、新旧に渡っており、熊本においても、いかに多くの英文学を読み続けていたかを示している。

端艇部部長①

スポーツマン漱石

漱石が、五高で端艇部の部長をしていたという話は、五高で同僚だった篠本二郎の回想「五高時代の夏目君」（『漱石全集月報』昭五一・四）にある。「赴任早々龍南会の短艇部長に選ばれて其部長となつた」。ところが、日清戦争の分捕品《ぶんどり》であった二艘のボートが五高に払い下げられることになり、佐世保から熊本に廻送する時、生徒たちが「飲食」のため「百円足らず使い込」んでしまう。それを知った漱石が「直に全額を償ひ、同時に部長を辞してしまつた」という。しかし、この回想だけでは端艇部部長としての漱石の姿はほとんど見えない。

荒正人の『漱石研究年表』（以下『年表』と略）では、明治三〇（一八九七）年八月四日の項で、このボートの廻送について詳しく調査しているが、このときの一〇〇円の赤字が原因で部長を辞任する、と書かれているだけだ。

この他に『年表』では端艇部に関係するものとして、五月二〇日「端艇部拡張のため、中川元・桜井房記連名で、生徒の保護者からの寄付を募る文書を出す。寄付金の受付担当になる」という記

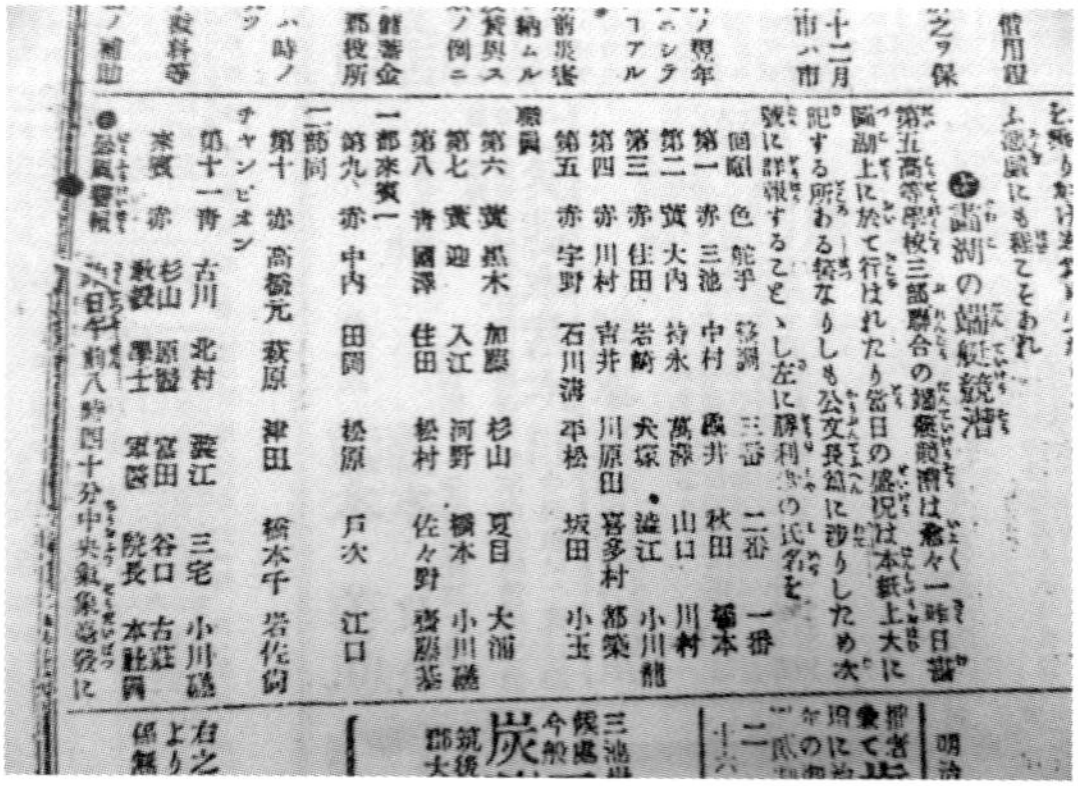
畫湖の端艇競漕
第五高等學校三部聯合の端艇競漕は愈々一昨日畫圖湖上に於て行はれたり當日の盛況は本紙上大に記する所ある筈なりしも公文長文に渉りしため次號に詳報することゝし左に勝利者の氏名を

回順	色	舵手	整調	三番	二番	一番
第一	赤	三池	中村	鳥井	秋田	福本
第二	黄	大内	持永	萬深	山口	川村
第三	赤	住田	岩崎	犬塚	澁江	小川龍
第四	赤	川村	吉井	川原田	喜多村	都築
第五	赤	宇野	石川湧	平松	坂田	小玉
職員						
第六	黄	黒木	加藤	杉山	夏目	大浦
第七	黄	迎	入江	河野	橋本	小川礒
第八	青	國澤	住田	松村	佐々野	齋藤
一部來賓一						
第九、	赤	中内	田岡	松原	戸次	江口
二部同						
第十	赤	高橋元	萩原	津田	橋本千	岩佐
チャンピオン						
第十一	青	古川	北村	渋江	三宅	小川礒
來賓	赤	杉山敎授	原敎學士	富田軍醫	谷口院長	古莊本社員

●氣象豫報 今日午前八時四十分中央氣象臺發に

明治30年2月16日付「九州日日新聞」。「画湖の端艇競漕」と題して勝利者のメンバーを記した中に「夏目」とある（熊本市歴史文書資料室所蔵）

事があるが、「受付担当」とはどういうことなのか、これもよくわからない。漱石が端艇部でどのようなことをしていたのか、その手がかりを掴《つか》んだのは平成一五（二〇〇三）年のことだった。明治三〇年二月一六日付の「九州日日新聞」に「画湖の端艇競漕」と題して、勝利者を記した中に、職員レースの勝利者として漱石の名前が挙がっているのを見つけた。画湖とは、熊本市東部にある江津湖のことである。豊富な湧水からなり、ひょうたんのようにくびれ、上江津湖と下江津湖に分かれる。ボートレースは下江津湖で行われていた。当時は熊本市に編入されておらず江津村といった。レースの様子はさらに翌日の新聞で詳しく報道されている。

「第一回三部生連合競漕会」が行われたのは二月一四日。画図《えず》橋下流竹嶋と江津村の間六〇〇メートル往復の航程一二〇〇メートル（新聞では二千百メートルと書かれ、誤植がある）で、レースの開始は午前一一時。青赤黄の三色に分かれ、三艘のボートにはそれぞれ四人の漕手と一人の舵手が乗った。全部で一一レースが行われ、午後の第六レースが職員レースだった。

赤と黄、二艘のレースで漱石は黄色。メンバーは舵手黒木千尋、声調加藤晴比古、三番杉山岩三郎、二番夏目金之助、一番大浦肇とある。もう一艘のメンバーは不明だが、漱石たちの船は三艇長余の差をつけてゴールインした。レースは三時四〇分に終了。群衆およそ四〇〇人が両岸に立ち並び、あるいは舟を出して川から観戦したという。ちなみにボートの漕ぎ手は一番が最も技術を要求され、二番は体力が要求されるとか。一番の大浦は、漱石と同じく英語の先生だったが、運動会での職員レースでもしばしば上位入賞しており、スポーツマンだったらしい。運動部の部長でもあった。

漱石も、なかなかのスポーツマンで大学予備門時代、夏になると毎日のように水泳所に通った。友人たちと黒い帽子をかぶって Black Club と称するグループを作って向島でボートを漕いだことなど、同級生の太田達人が「予備門時代の漱石」(『漱石全集』別巻)で語っている。まさに昔取った杵柄だったのだ。

ただ、この記事でも漱石が「部長」とは書かれていない。それを見つけたのはさらに七年後、平成二二(二〇一〇)年のことである。

端艇部部長②

新聞に「夏目部長」と明記

漱石が、五高で端艇部の部長をしていたという確かな証拠を見つけたいと思っていた。やはり、見落としはあるもので、「九州日日新聞」を丹念に見直している時にそれを見つけた。明治三〇（一八九七）年四月一一日の江津湖で開催された「第二回龍南会附属端艇部競漕会」の記事である。

同日の新聞には「本日」開会予定の競漕会において最も見るべきレースは、全一七レースのうち、第八回の五高選手と帝国大学旧選手との競漕、第一二回の職員競漕、第一五回の来賓競漕と書いてある。また「余興」として最後に江津地方の「漁師等」による「棹漕競漕」があることを予告していた。

そして一三日の新聞に「江図湖上のボート競漕会」と題して、陸上に数百の観衆を控え、湖上にも観覧船を浮かべ国旗や三角旗がはためくなか、行われたレースを詳述している。その中に「審判掛長を夏目部長とし、審判掛りを杉山教授、大浦教授、篠本講師、三谷講師外学生六名とし」と書かれていたのである。審判場は「湖上一の大船を浮かべてここに宛て国旗を交叉し幔幕を張り高く三方に斜めに引ける三角旗は風に翻りて一の壮観をなし」ていた。この船上に漱石はいたのだ。

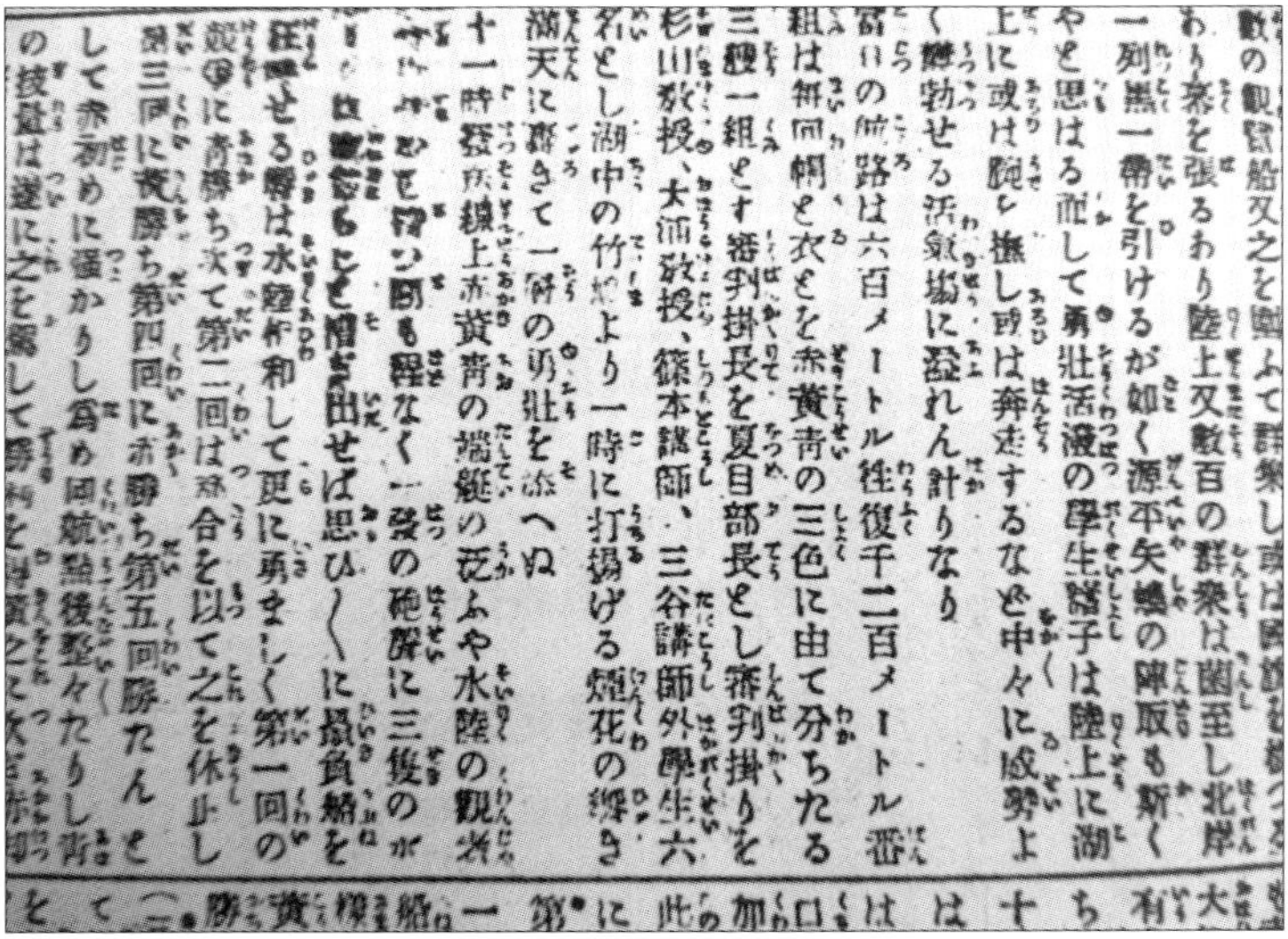
數の觀覧船叉之を圍みて群集し或は[illegible]
わり茶を張るあり陸上叉數百の群衆は[illegible]至し北岸
一列點一帶を引けるが如く源平矢嶋の陣取も斯く
やと思はる而して勇壯活潑の學生諸子は陸上に溯
上に或は腕を撫し或は奔走するなど中々に威勢よ
く[illegible]勢せる活氣場に溢れん計りなり
競ひの航路は六百メートル往復千二百メートル番
組は[illegible]と衣とを赤黄青の三色に由て分ちたる
三艘一組とす審判掛長を夏目部長とし審判掛りを
杉山教授、大石教授、篠本講師、三谷講師外學生六
名とし湖中の竹柵より一時に打揚げる煙花の響き
滿天に轟きて一層の勇壯を添へぬ
十一時發火線上赤黄青の端艇の浮ふや水陸の觀者
[illegible]間も程なく一發の砲聲に三艘の水
[illegible]出せば思ひ〳〵に[illegible]を
[illegible]せる時は水陸和して更に勇ましく第一回の
競争に青勝ち次て第二回は[illegible]合を以て之を休止し
第三回に黄勝ち第四回に赤勝ち第五回勝たんと
して赤初めに強かりし爲め同艇[illegible]整々たりし青
の技量は遂に之を[illegible]

明治30年4月13日付「九州日日新聞」。夏目部長とある（熊本市歴史文書資料室所蔵）

やはり、漱石は端艇部の部長だったのだ。となると、五月二〇日「端艇部拡張のため、中川元・桜井房記連名で、生徒の父兄からの寄付を募る文書を出す。寄付金の受付担当になる」という荒正人氏の記事は、部長として寄付のとりまとめをするということだったのである。

端艇会は明治二八（一八九五）年一〇月末龍南会附属の会として発足した。その会則が『龍南会雑誌』四一号に載っているが、部費として一〇カ月間は毎月八銭、その後は月に三銭と決められている。その中に「名誉会員」というのがあり、教職員と卒業生がそれに当たる。この会費は給料によって違う。この会則からすると部長である漱石も部費を払わねばならず、月給百円の漱石は月に三〇銭納めていたことになる。

『龍南会雑誌』には明治二九年一月二五日に花稜《はなおか》、金峰《きんぽう》、龍田《たつだ》の三艇の進水式が行われた記事もあり、この時の部長は大幸《おおさか》勇吉教授とある。しかし大幸は二九年八月までの在任である。そうすると漱石はこの大幸のあとを受けて部長に就任したと思われる。

明治三〇年五月二〇日に出された「端艇部拡張主意書」は、競漕艇四艘、艇庫、土地、浚渫《しゅんせつ》工事費など合わせて一六三〇円の寄付を集めようとするものだった。これは、父兄をはじめ、有志に送られ、同年七月一六日付「九州日日新聞」にも掲載された。ただし、この時は拡張費予算が二五八〇円に修正されている。この主意書の文面は漱石によるものであることを高原操が語っている(『漱石全集月報』)。高原は、このときこういう手紙の署名人は偉い人を先に書くのではなく、一番下のものから始めるということを教えてもらったという。

端艇部部長 ③

部長辞任のいきさつ

漱石が、端艇部部長を辞めたのは、政府払い下げのボートを佐世保から熊本へ廻航する際、一〇〇円余生徒が使い込んだからという。この事件は漱石不在の時に起こった。

二艇のカッターを廻航する記事は『龍南会雑誌』五九号と、「九州日日新聞」に詳しい。新聞では明治三〇（一八九七）年八月六日に「龍南会の端艇廻航」として二艘の端艇が江津湖に到着した記事を載せ、さらに九州日日新聞の社員記として、六日、八日、一一日と三回にわたって「端艇廻航」の記事を掲載している。

二艘の端艇は、日清戦争時、旅順口で捕獲した船で一艘は一四梃カッター（一四本の櫂で漕ぐボート）の「旅順」。長さ三四フィート五インチ（約一〇・五メートル）、巾八フィート（約二・五メートル）、深さ平均四フィート八インチ（約一・四メートル）。オレゴンパインで作られた堅牢で勝れたものという。もう一艘は一二梃カッターで「大連」。長さ三一フィート（約九・四五メートル）、巾六フィート一〇インチ（約二メートル）、深さ三フィート二インチ（約〇・九六メートル）。チーク材で作られていた。鎮守府の将校の話では「大連」は一四、五年前の建造だが、さらに七、八年の使用には耐え、「旅順」は新造のため、二〇年は使用できるとのこと。収容後、佐世保で放置され

下江津湖の大連（手前）と旅順（奥）（『五高五十年史』より）

ていたため、多少の修繕を要した。

この舟を手に入れるにあたって重要な役割を果たしたのが端艇部の吉田・冨田の二人の部員だ。佐世保鎮守府で一〇余艘の端艇が収容され、それを希望する学校に払い下げるとの情報に接し、その交渉に当たった。『龍南会雑誌』によれば「東奔西走、周旋に従事すること一閲月、其間幾多の障害に遭ひしも」「無事授受を了し」たとのこと。篠本二郎の回想ではこの艇の修理の時「徒然に乗じて一同盛んに飲食をなし」お金を使い込んだという（「五高時代の夏目君」）。しかしその詳細は不明だ。

佐世保から長崎までは鎮守府汽船第一佐世保丸に引かせ、そこから汽船萩の浦丸に引かせて、二日未明、無事百貫港に廻送。潮が引いていたため盗嶋に投錨する。

端艇部では、夏休みのため、部員が集まらず、急遽《きゅうきょ》一般学生を募った。三日午前七時頃には大浦肇教授、岩田静夫講師、廻航員として五高生一四人、他校生一四人の三〇人が集合した。

沖合に泊まっていた二艇は潮を見て一〇時に港に入り、一一時出航。寄せ集めの生徒のうえ、カッターの漕法に未熟な生徒も多く、廻送は困難を極めた。真夏で、艇は焼けるように熱く、用意した水はすぐに底をついた。咽《のど》の渇きに苦しみながら、午後一時半に住吉半島に到着。

満潮を待って、夜九時抜錨し、緑川の河口に向かう。暗闇の中で河口を探すのは一苦労で、一度だけ遠洋航海で河口をさかのぼった経験を持つ冨田を水先案内に、「大連」が先行する。なんとか川口にたどり着くが、漁夫の夜網にぶつかって破るかと思えば、行き交う無灯火の船にぶつかって「大連」の三番の櫂が折れてしまう。一二時一〇分にやっと川尻に着き、艇を繋いで宿屋に宿泊した。

翌日午前一一時に川尻を出発するが、途中水が浅いところは艇から下りて皆で押していく。大慈寺のあたりでやっと艇に乗り込み再び櫂を取る。苦労の末、「大連」「旅順」が下江津に着いたのが午後四時。中川校長、桜井教授らは旭旗を翻した屋形船でこれを出迎えた。漱石が熊本に帰ったのは九月一〇日のこと。篠本は吉田に三円渡したが、残りは全て漱石が支払い、部長を辞したのだという（「五高時代の夏目君」）。

学校人事①

漱石が行った人事（上）——恨みは買っていない

漱石は、熊本時代、第五高等学校の人事についても尽力したことが知られている。江藤淳は漱石が「教職に魅力を感じていなかったことは明らかであるが、その反面彼に学校行政家の潜在的能力が備わっていたことも否定しがたい」（『漱石とその時代　第一部』）と述べている。

中川元《はじめ》校長の孫にあたる中川浩一氏は、校長が、熊本在任期間（約七年二カ月）「百十七人の教職員を着任させる一方、七十八人の辞職」を行い「漱石は校長派の有力分子として、はたまた非学士追出しの策士とにらまれて、同僚の恨みを買った」。そのことが「熊本は思ひ出してもいやに御座候」（明三九・一・六付松本源太郎宛書簡）という感情の「一因」と推測している（「熊本時代の漱石新考」）。

しかし、果たしてそうなのだろうか。漱石は、恨みを買うような人事を行ったのだろうか。

漱石の書簡には、明治三〇（一八九七）年から人事に関する記述が見られるようになる。漱石が五高で最初に行った人事は、同年四月に同じ帝国大出身の山川信次郎を呼び寄せたことだ。山川は浅井栄凞《えいき》の後任だった。中川氏は、浅井の遺族は浅井が「学士」ではなかったために辞職させられたと捉えていたことを記している。しかし、五高記念館には、「座骨神経痛」を理由にした浅井の辞職届が残っており、「職員出欠簿」には、辞職前の二月、三月と出勤日の半分以上の欠勤が記されている。浅井は、漱石の妻鏡子が白川に落ちた際、新聞に記事が出ないよう奔走したと言われる。これは浅井が五高を辞職した後のできごとだ。もし、浅井が辞職に不満を持っていたらこのような労は取らなかっただろう。

　山川の次が赤木通弘だが、これは英語科主任・佐久間信恭《のぶやす》の辞任に伴う人事だった。狩野亨吉《かのうこうきち》の紹介で、ちょうど漱石が父の死で上京していたため、面会してその採用にあたった。赤木に関する書簡（明三〇・七・一七付）を見ると、ほかにも候補者がいること、採用決定は漱石一人ではできないこと、他に任官の口があるならそれを断らないようにと念を押している。

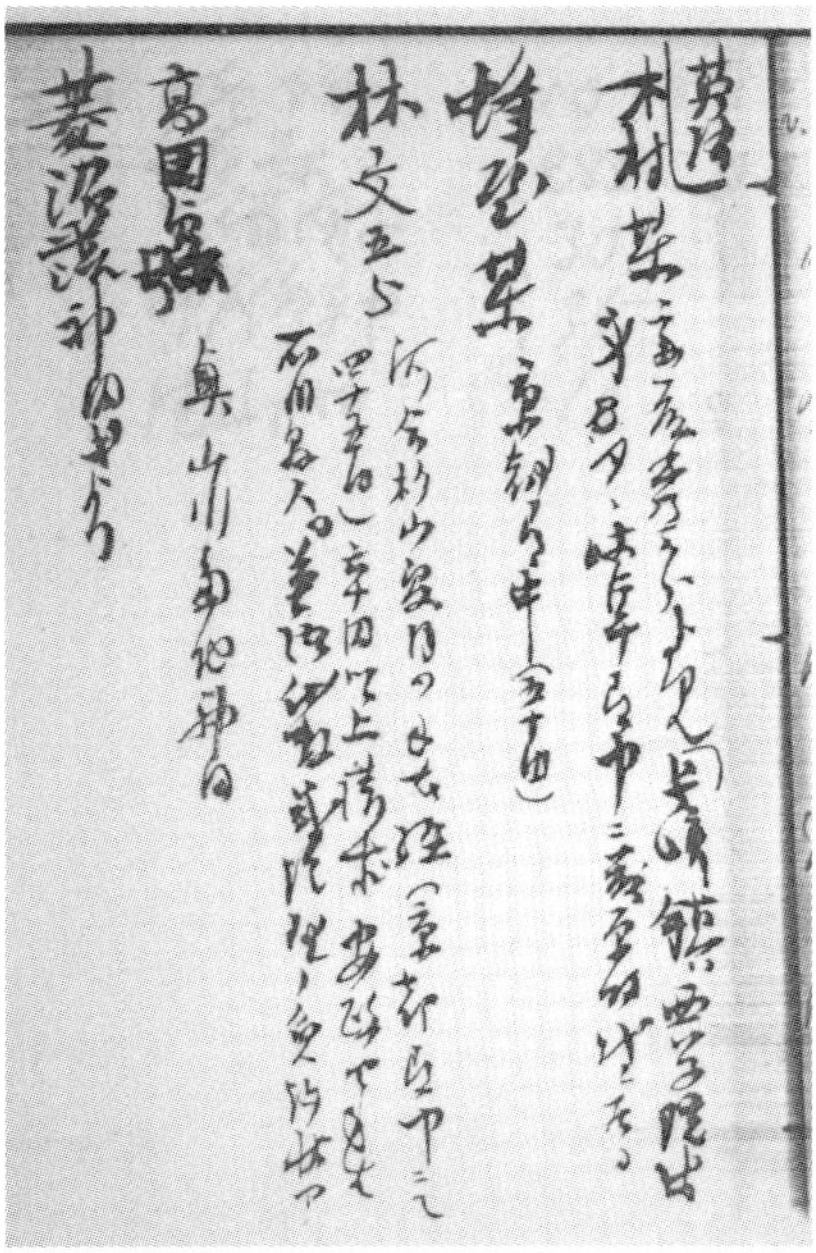

狩野亨吉のメモ。英語科候補者の名がある
（東京大学駒場図書館所蔵）

　赤木は、九月に教授として就任したものの、授業が思うように行かず、欠勤しがちになる。漱石と山川は赤木をサポートしたが、三カ月で辞任してしまう。この赤木辞任の責任を感じて狩野亨吉は五高の教頭として赴任することになる。狩野の心を動かしたのは漱石らの熱心な誘いだった。

漱石の推薦だけでは人事が決定されないことは、赤木への書簡に見られるが、さらに興味深い資料が、狩野の熊本時代のメモにある。日記とは別に、「英語」と書かれたページに五人名前が挙がっている。木村某、蜂屋某、林文五郎、高田○○（二字不明）、菱沼護と書かれた下にそれぞれ、略歴や推薦者と思われる名前が記されている（写真参照）。

漱石が推薦したのは林文五郎で、杉山、河合の名もある。高田某の名前の下には奥、山川、菊池、神田の名が、菱沼の下には神田氏より、と書かれている。明治三一（一八九八）年八月この五人の中で、実際に採用されたのは木村某と書かれた木村邦彦である。木村は帝国大学出身ではなく、長崎の鎮西学館出身。学歴偏重ではなく、やはり人物本位の合議制であり、漱石が英語科主任だったとしても、必ずしも人事権を握っていたわけではないことがわかる。

学校人事②

漱石が行った人事（中）――「教師放逐」を建議

熊本時代の漱石書簡中、最も過激な言葉が「ある無能力の教師放逐を建議する積」という菊池謙二郎宛書簡（明三〇・一二・一七付）である。

書簡によると、明治三〇（一八九七）年夏、上京の際、菊池に会い、その時、優秀な英語教師として岡山県津山尋常中学校の奥太一郎の名前が出たようだ。漱石は名前を「泰二郎」と聞き間違えているが、その奥が、五高の教師として推薦しうる人物かどうか、問い合わせている。その際に告げられたのが、冒頭の言葉だ。

漱石が、これほど強い意志を持って教師を排斥しようとした書簡は他には現存しない。このため、「放逐」された教師がだれなのか詮索されてきた。その第一が英語科主任だった佐久間信恭《のぶやす》である。同僚の長谷川貞一郎が、「佐久間君と仲が悪かつたつて？」と質問され、否定している（「熊本時代の漱石と米山天然居士」『漱石全集』別巻）。

佐久間は自らにも他人にも厳しかったため、漱石と衝突するのではないかと心配していたが、二人は一度もぶつからず「互に賞《ほめ》て居た」と同僚の篠本《ささもと》二郎も伝えている。しかも佐久間が非職とな

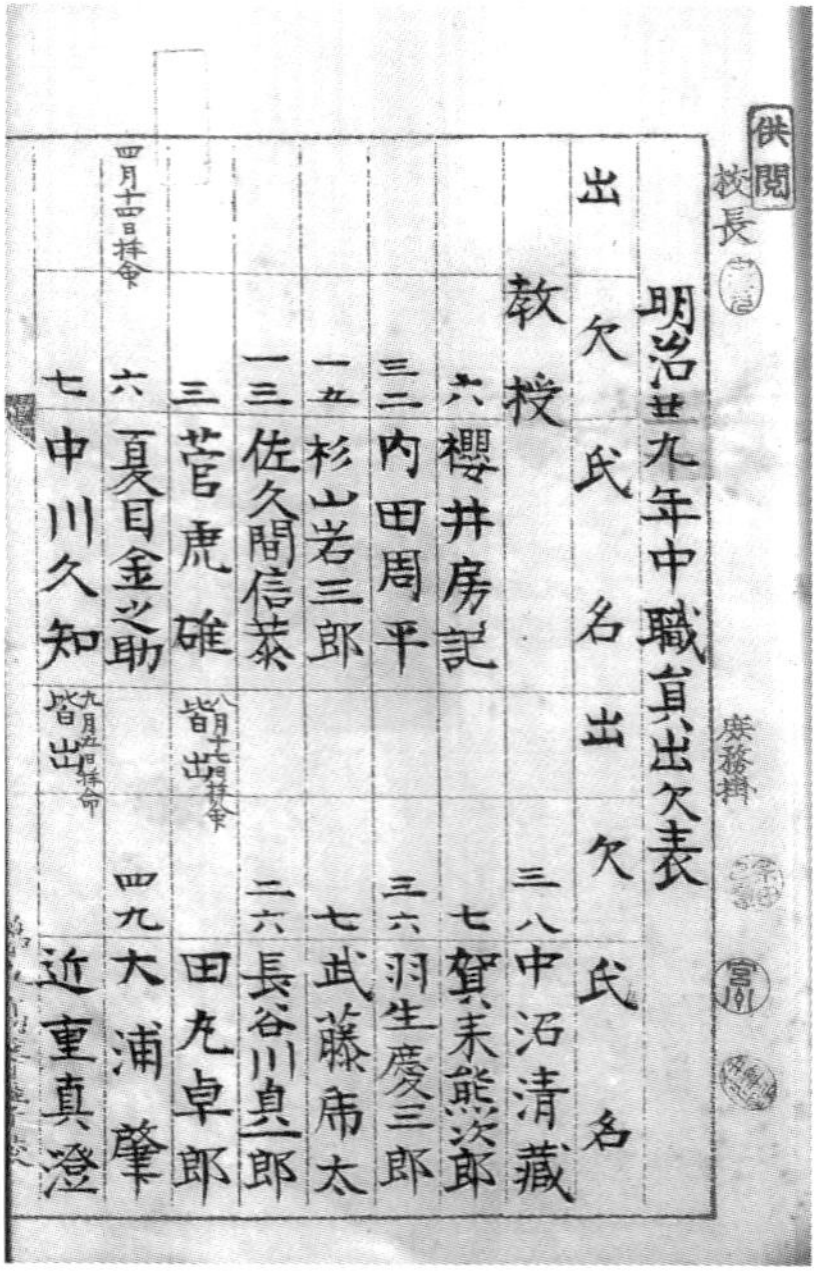
明治廿九年中職員出欠表

出欠	氏名	出欠	氏名
教授			
六	櫻井房記	三八	中沼清蔵
三二	内田周平	七	賀来熊次郎
一五	杉山岩三郎	三六	羽生慶三郎
一三	佐久間信恭	七	武藤虎太
三	菅虎雄	二六	長谷川貞一郎
六	夏目金之助		田丸卓郎
七	中川久知	四九	大浦肇
			近重真澄

明治 29 年の「職員出欠調」（五高記念館所蔵）

るのは 三〇年七月。書簡の時期と明らかに異なる。

五高資料によると、明治三一（一八九八）年四月に辞任した教師はいないが、五月一四日大浦肇《はじめ》が免官になっている。大浦は、履歴書によると明治三（一八七〇）年宮崎県生まれ。明治一七（一八八四）年東京に出て私塾に学び、明治二二（一八八九）年渡米。二七（一八九四）年コーネル大学大学院修了。「マスター、オフ、ロー」の学位を取得後帰国。翌年八月五高に赴任した。

この先生について、生徒が英語の担任を代えて欲しいという要求をしたことが木部守一の回想（「私の見た漱石先生（上）」）にある。それによると、教科書が「理科学的のもの」で「一日三カ所か四カ所は怪しい所が出て来て、生徒は閉口」し、クラスで協議した結果、物理の田丸卓郎先生に代えて貰おうと、木部が漱石のところに「請願」に行ったという。その時の漱石の応対は、穏やかだったが、「総理大臣が奏請して任命され、校長が適当と認めて」担任にしているのだから「君等の意見に依つて取り換へるべき筋合のものでない」という返答だったという。木部の請願が、回想通り漱石が主任になってからならば、三〇年一〇月以降のことになる。生徒の請願があったからかどうかはわからないが、この二カ月後には行動を起こしたことになる。

大浦は、運動部部長も務め、運動会の職員レースではしばしば名前が見える。スポーツマンのようだが、意外と欠勤が多い。明治二九（一八九六）年は四九日の欠勤で職員最多であった。三〇年は二〇日。三一年三月まで欠勤のない月は一度もない。これは、漱石にとって許しがたいことだったろう。

明治三一年三月一五日の奥宛書簡によると、すでに奥が五高の講師になることを承諾している。四月四日には文部省から奥任官の辞令がおり、五月に大浦辞任となったのである。この「教師放逐事件」は何よりも教師の質の向上が、生徒の学力向上に必要だと考えていた漱石を考える上でも重要なできごとである。大浦は五高免官後、中学校の教師になるため、五高で一年以上勤務したという証明書を求める書類を提出している。証明書があれば、文部省の教員検定試験を受けなくとも中学校教員の資格が得られた。大浦はその後真面目な教師になったようで、富山県第一中学校教諭等を経て、後年東京府立第二中学校長になっている。

漱石が行った人事（下）――能力・人柄重視

漱石が、「放逐」する教師の後任として、白羽の矢を立てたのは岡山県津山尋常中学校教諭・奥太一郎である。

奥を推薦したのは、漱石の東京大学予備門時代の同級生である菊池謙二郎。菊池は当時、千葉県尋常中学校長だったが、前任地が奥の勤務する津山尋常中学校だった。奥は、明治二一（一八八八）年同志社英語普通科卒業後、群馬県私立碓氷英学校をはじめとして、新潟、宮城の私立学校で英語・数学などを教えていた。明治二六（一八九三）年に帝国大学文科大学撰科生となり三年間哲学を学んだ。津山中学に赴任したのは明治三〇（一八九七）年のことだ。

漱石は、菊池に問い合わせる一方で、狩野亨吉《かのうこうきち》にも候補者を問い合わせる手紙を書いている。英語の教師について「目下候補を探索中」のため、余裕があったら「神田氏へ御面会の上只今迄検定試験及第者の内出来良き人の姓名奉職地」を聞いて欲しいこと。また他に適任者がいれば教えて欲しいと述べている（明三〇・一二・一二付書簡）。

「検定試験」というのは文部省が明治一七（一八八四）年から行った「文部省師範学校中学校高

等女学校教員検定試験（文検）」のことである。官立の中等学校の教員資格は本来、高等師範学校卒業者に与えられたが、中等学校の増加に伴い、教員が不足した。これを補うために国家試験として「文検」が行われるようになった。戦前に七八回、戦後三回行われ、そのうち英語科は戦前六二回、戦後二回で、一二二三人が合格したという。帝国大学・高等学校・実業専門学校などの官立高等教育機関、札幌農学校など一部の私立学校の卒業生は、試験を免除された。このほかに官立の中等教育機関で一年以上教職に就いた者は、その学校長の証明書を提出して文部省の許可を仰いだ。五高記念館には、五高を退官し、中学校教諭となった大浦肇がこの「証明書」を依頼した書類が残っている。

奥太一郎（五高記念館所蔵）

「文検」英語科の合格者については拓殖大学の茂住實男氏の調査で明らかになったが、その明治二九（一八九六）年第九回に奥太一郎の名前がある。一三七頁の資料に挙げた狩野のメモにあった林文五郎も第二回文検合格者、名前が不明だった高田は、奥と同じ第九回の合格者高田貞弥だったのだ。

狩野宛書簡の「神田氏」は神田乃武《ないぶ》のこと。帝国大学時代の恩師であり、文検の試験委員だった。試験委員に、合格者の中でも成績のいい人を推薦

して貰っていたのである。神田の推薦も奥だったことが漱石の奥宛書簡（明三一・三・七付）に書かれている。

漱石は、教師の採用にあたって何よりもその能力・人柄を重視した。また「可成丈《なるべくだけ》多数の候補者を作り其中より選択の自由を得度」（明三〇・一二・一七付菊池謙二郎宛書簡）と、帝大同窓生の推薦をはじめ、文検合格者などから人材獲得にあたっていることがわかる。決して「帝大卒」を重視するような学歴偏重ではない。

漱石は学生時代に書いた「中学改良策」（明二五・一二）で教師の質の向上が生徒の学力向上に必須であることを述べていた。五高での人事にもそれが実践された。後に東京帝大で講師をしたとき、漱石は地方の中学や高等学校からの問い合わせに情報を提供したり、学生に教職を世話したりしている。こうした帝大の情報網は優秀な人材獲得には極めて重要なものだった。

学校行事①

開校紀念式「祝辞」（上）――代筆論争

熊本大学（熊本市中央区黒髪）校内には、漱石の座像がある。赤煉瓦の化学実験場と図書館の間で、銅像の脇にある碑には、明治三〇（一八九七）年一〇月一〇日第七回開校紀念式に教員総代として読んだ祝辞の一節「夫レ教育ハ建国ノ基礎ニシテ師弟ノ和熟ハ育英ノ大本タリ」が刻まれている。昭和三七（一九六二）年、五高開校七五周年を記念して五高同窓会が建立した。

実は、この祝辞の原文について、漱石の自筆かどうかということが、長いこと問題になっている。これを漱石の筆ではないと恐ろしいほどの執念で証明したのが元熊本大学医学部教授鹿子木敏範氏である。

もともと五高同窓会の中には代筆説があった。その代表が『五高五十年史』（昭一三・一一）の編集者であった高森良人氏。『五十年史』では、漱石の「祝辞」を掲載しながらも、「自筆」とするのをためらった。

しかし『龍南回顧』（昭四二・一〇）の「百六斎随筆」によると、高森氏は松岡譲『ああ漱石山房』を読んで、代筆説が以前からあったことを知る。五高教授であった野々口勝太郎（漢文・作文）が、熊本に調査に来た松岡譲と鏡子に対して、祝辞は漱石の書ではなく「書記から作文の先生に栄転されたり、中々学のあった人」が書いたと言ったというのだ。野々口勝太郎は、漱石が五高に斡旋し、明治三三（一九〇〇）年七月から昭和四（一九二九）年六月亡くなるまで五高に勤務した人である。

高森氏は当時の職員を調査し、「黒本植《しょく》」も同じ頃の作文担当だが、「まさか専任の教授に代筆を依頼する非礼はあるまいと思われるので」野々口のいう「書記」を「片嶺忠」と「認定」した。

その後、熊本大学名誉教授松本雅明氏（東洋史）が「全国五高会会報」第一〇号（昭五二・九）で、漱石の「祝辞代筆説が流布していること」を全面的に否定し、「大学予科在学証明書」の保証人と

熊大校内にある漱石の座像

熊大校内にある漱石が開校紀念式で読んだ祝辞を刻んだ碑（五高記念館撮影）

して署名している漱石の筆跡と「祝辞」が同筆であるとし、「漱石の自筆であることは、明白で異論の余地はない」と明言した。これで、決着を見たと思われたのだが、鹿子木氏は、熊大に残っていた当時の全ての資料を調査した。片嶺忠の筆跡を調べると、「祝辞」とはまるで異なっており、むしろ「黒本植」の字と似ているとした。氏は「国語科についての希望」（明三〇・一〇・一八）と「習学寮年報」（明三二）という資料を「黒本植」の自筆と認定し、「祝辞」と比較検討し、「気質季報」（昭五三・三）に「黒本植」代筆説を発表した。

これは、関係者に相当な衝撃を与えた。当時、角川書店が『図説漱石大観』を刊行予定で、漱石の祝辞も自筆として収録予定だったという。しかし、収録されなかった。鹿子木氏のもとに松本氏から、自身の説を撤回する旨、書簡が寄せられたという。高森氏にも支持され、鹿子木氏は「黒本説」で決着がついたものと思ったという。ところが高森氏は自説をさらに強調し片嶺忠の「代筆代作説」を打ち出した（「学士会会報」昭五四・一）。

鹿子木氏はこれに刺激され、金沢市図書館や黒本植の子孫などから資料を入手し、実際に資料を表示しながら黒本植の筆跡であることを示し、さらにその文章も黒本植によるものと断定したのだ（『日本病跡学雑誌』昭五四・五）。

「祝辞」は漱石のものではないのか。これは大きな問題だ。

開校紀念式「祝辞」（下）——間違いなく発想は本人

明治三〇（一八九七）年一〇月第七回開校紀念式で漱石が読んだ「祝辞」が自筆か代筆か、あるいは自作か代作か。

鹿子木敏範氏は、黒本植《しょく》の文字を五高資料だけでなく、履歴書や屏風詩（大一二）からも提示し、「祝辞」を黒本筆、文章も黒本作と断言した。これに対して漱石の文字で比較されたのは子規に送った句稿（明三〇）と、五高記念館に残っている「佐賀福岡出張報告書」だけである。資料の量においてて分が悪い。

『図説漱石大観』（角川書店、昭五六・五）では、掛け軸をはじめとして漱石の文字を見ることができる。年齢や媒体の違いによって文字は変化する。「校」一つを見ても数種の文字がある。屏風詩のように二〇年以上も後の字体と比較することは有効なのだろうか。

鹿子木氏の調査について、にわかに断じることは慎まなければならないが、氏の指摘する文字で、必ずしも似ているとは言えないものもある。事細かに指摘された送り仮名や言葉遣いについてもじっくり検討しなければならない。

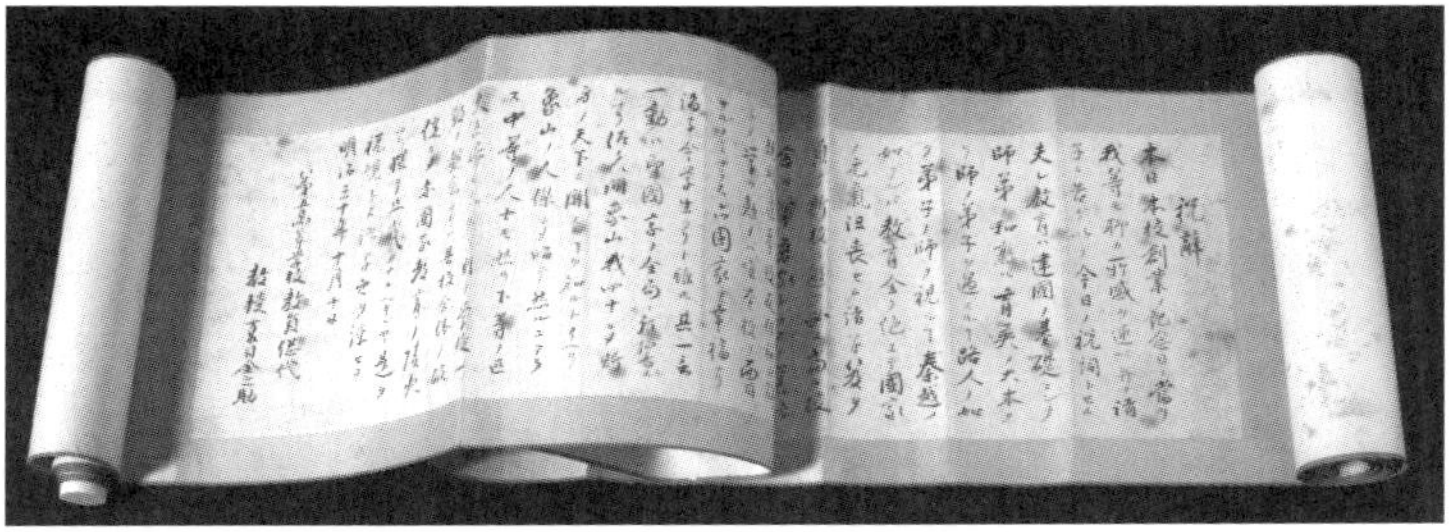

第７回開校紀念式で漱石が読んだ祝辞（五高記念館所蔵）

今、言えることは「祝辞」に記された「夏目金之助」と「佐賀福岡出張報告書」の署名がよく似ていることだ。特に「金」の「人」の左の払いが際だって長いのが特徴で、これは漱石書簡で類似の文字を多々指摘できる。

五高記念館には、紀念式で読まれた教授や生徒の自筆の祝辞が残っている。「祝辞」が黒本筆とすれば、なぜ一人漱石だけが黒本に依頼する必要があったのだろうか。他筆説には疑問が残る。

鹿子木氏は「二十九歳の無名の地方教師」である漱石が「教員代表として祝辞を読むことになったとき、国文学者黒本教授に相談したのではあるいまいか」と述べている。果たしてそうだろうか。前年の祝辞を読んだのは菅虎雄である。漱石は菅のように一人で祝辞を作成することを躊躇《ちゅうちょ》したというのだろうか。

鹿子木氏は「祝辞」の文章が「漱石らしくない」とし、「国家」が五回も出てくるのは「反復、冗長を忌み、簡潔を重んずる漱石の他の文章」とは異なると述べた。しかし初期の漱石の文体は『吾輩は猫である』に見られるように独特の「冗長」さが特徴でもある。

「教育ハ建国ノ基礎ニシテ師弟ノ和熟ハ育英ノ大本タリ」という冒頭の文に違和感を覚えるのは現代人だ。前年の菅の祝辞にも「国家ノ為メニ之ガ材ヲ給スルハ実ニ吾教育ノ事業ニ非ズヤ」とある。

日本はアジアにおいて列強の植民地になっていない稀な国である。しかし油断すればいつ「猛獣の餌食」になるかわからない。「強国ノ隙ヲ窺フ」(「祝辞」)とは、このことだ。

明治二五(一八九二)年一二月に書かれた「中学改良策」は大学時代のレポートだが「列強の中」に立って「対等の地位を保つ」為には「国家」が「万代不朽」であり、同時に「其の師弟を駆つて国の為になる様独立の維持のつく様に鞭撻訓練」することが「憐れなる境界に居る国」にとっては当然のことと述べている。これが明治という時代に生きたエリートたちの共通の意識だったはずだ。

その教育については、子弟が互いに信頼していなければ真の教育を成し得ないことは松山時代に書いた「愚見数則」においても述べられていた。生徒を「路人」に喩《たと》え、学校を「家」に喩えるのは漱石らしい比喩である。「祝辞」は黒本作ではない。漱石の発想であることは間違いないだろう。

学校行事③

立錐の余地もない「近来稀の運動会」

一〇月一〇日の開校紀念式は、五高の一大行事である。紀念式の後、午後、開催される「運動会」は市民の楽しみの一つでもあっただろう。例年、新聞で紀念式の予告があり、運動会についても詳しく報じられている。

五高記念館には紀念式の式次第、職員の役割分担、運動会案内状、来賓者名簿などの資料が残っているが、九月下旬からその準備が行われている。『龍南会雑誌』には、詳細な紀念式の記録があるが、七五号（明三二・一二）には寄付の記載もあり、九州日日新聞社が、運動会案内状の用紙三五〇枚、入場券七〇〇〇枚、桟敷席四五〇枚を寄付していることから、入場者の多さが分かる。桟敷席は来賓・職員の家族のために用意された。

紀念式の会場は、雨天体操場、現在の体育館である。漱石が祝辞を読んだ明治三〇（一八九七）年には、茨城師団長、大浦知事、高等官、郡市長、代議士、参事会員、諸学校長など八〇余名が式に参列している。

午前九時五分に式が始まり、中川校長の教育勅語奉読と祝詞。職員総代祝詞、各学年代表生徒祝

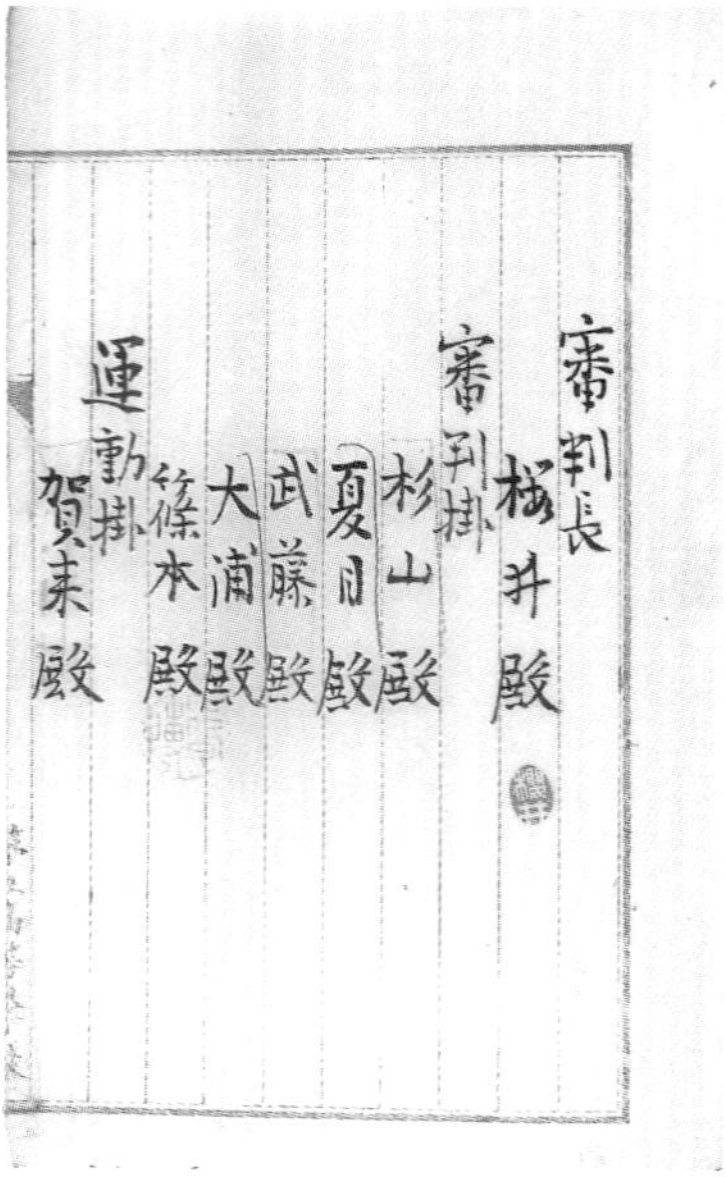
審判長　桜井殿
審判掛　杉山殿
夏目殿
武藤殿
大浦殿
篠本殿
運動掛　賀来殿

運動会での職員の役割分担を書いた資料。漱石は審判係を務めた（五高記念館所蔵）

詞、各地祝電の披露、大学生の祝詞、生徒の祝詩・祝歌の朗吟、生徒一同の唱歌があり、生徒の撃剣試合で式は終わる。その後、来賓は食堂で立食の昼食をとり、生徒には弁当が配られた。午後から「運動会」開催となる。漱石は、この運動会で審判係を務めた。

競技は「旗拾《はたひろい》競走」「竿《さお》飛」「二二〇ヤード（約二〇〇メートル）競走」「一脚競走」「障害物競走」「運算競走」「母衣曳《ほろひき》競走」「小学校生徒競走」「戴嚢《たいのう》競走」「尋常中学生徒競走」「教職員提灯《ちょうちん》競走」「教職員二二〇ヤード競走」「来賓競走」「擬馬競走」「二人三脚競走」「提灯競走」「八八〇ヤード（約八〇〇メートル）競走」「撰手競走」。見たことのない種目ばかりだ。

「旗拾競走」は遠くに立っている旗の中から自分の色の旗を取ってくるもので、全ての旗を早く集めた者が勝ち。「竿飛」は棒高跳び。竹竿を使って飛んだ。珍しいのは「一脚競走」。両足を紐で縛り、飛び跳ねながら競走する。「運算競走」は途中で計算問題を解いて走るのだが、小数点のかけ算と割り算を使った問題が出題されている。「母衣曳」は一丈（約三メートル）ほどの白い布袋を背負って走る。風の抵抗に負けない屈強の者が選ばれた。「提灯競走」は提灯に火をつけてその火が消えないように走らなければならない。「教職員提灯競走」にはファーデルとボルヤン、二人の外国人教師が参加して人々の目を引いた。「擬馬競走」は三人一組で二人を馬に擬して競走する。「戴嚢競走」は、小豆を入れた布袋を頭に乗せて走る。「提灯競走」は提灯に火をつけてその火が

「来賓競走」の二等に「玉蟲一郎一」とあるのを見て驚いた。愛媛尋常中学校の英語教師、漱石の後任者だ。漱石は、松山に赴任した玉蟲に宛てて、生徒が生意気なのでなるべく厳しく指導するようにと書簡を送っていた。玉蟲は、一一日から五高で開催される「第五地方部高等学校及び尋常中学校協議会」の参加も兼ねて来ていたのだ。玉蟲が漱石を大学時代から尊敬し、漱石と交流があったことは土井晩翠の書いた手記にあった。玉蟲と松山の話に花が咲いただろうか。

「九州日日新聞」では「幾千万」の参観者と記し、立錐の余地もない「近来稀の運動会」と述べている。

学校行事④

済々黌と鹿児島県尋常中の大騒動

第五高等学校の開校紀念式の運動会は、小学校の生徒にとっても、また中学校の生徒にとっても楽しみな行事の一つだった。

漱石が審判係を務めた明治三〇（一八九七）年の運動会では「小学校生徒競走」で、着物の裾をまくり上げて腰に挟んで走り出す生徒の様子が、「眼白《めじろ》の如く押しあひ我先に駆け出さむとするあどけなさ」（『龍南会雑誌』六〇号）と描かれている。また「尋常中学校競走」には、地方幼年学校、済々黌、師範学校の生徒が参加した。

修学旅行で熊本に来た学校は、しばしば五高を参観したが、五高からの招待があれば運動会に参加することもあった。ところが、この運動会の徒競走が原因で大騒動が起きたことがあった。それは明治二九（一八九六）年の運動会のことだ。

一〇月八日、修学旅行で訪れた鹿児島県尋常中学校生徒三〇〇余人は春日停車場（現熊本駅）に到着し、手取本町・上通町の旅館に分宿。九日午前には熊本県尋常中学済々黌を参観した。一一日付の「九州日日新聞」では一行が九日に第六師団、一〇日に五高の運動会を参観したことを記して

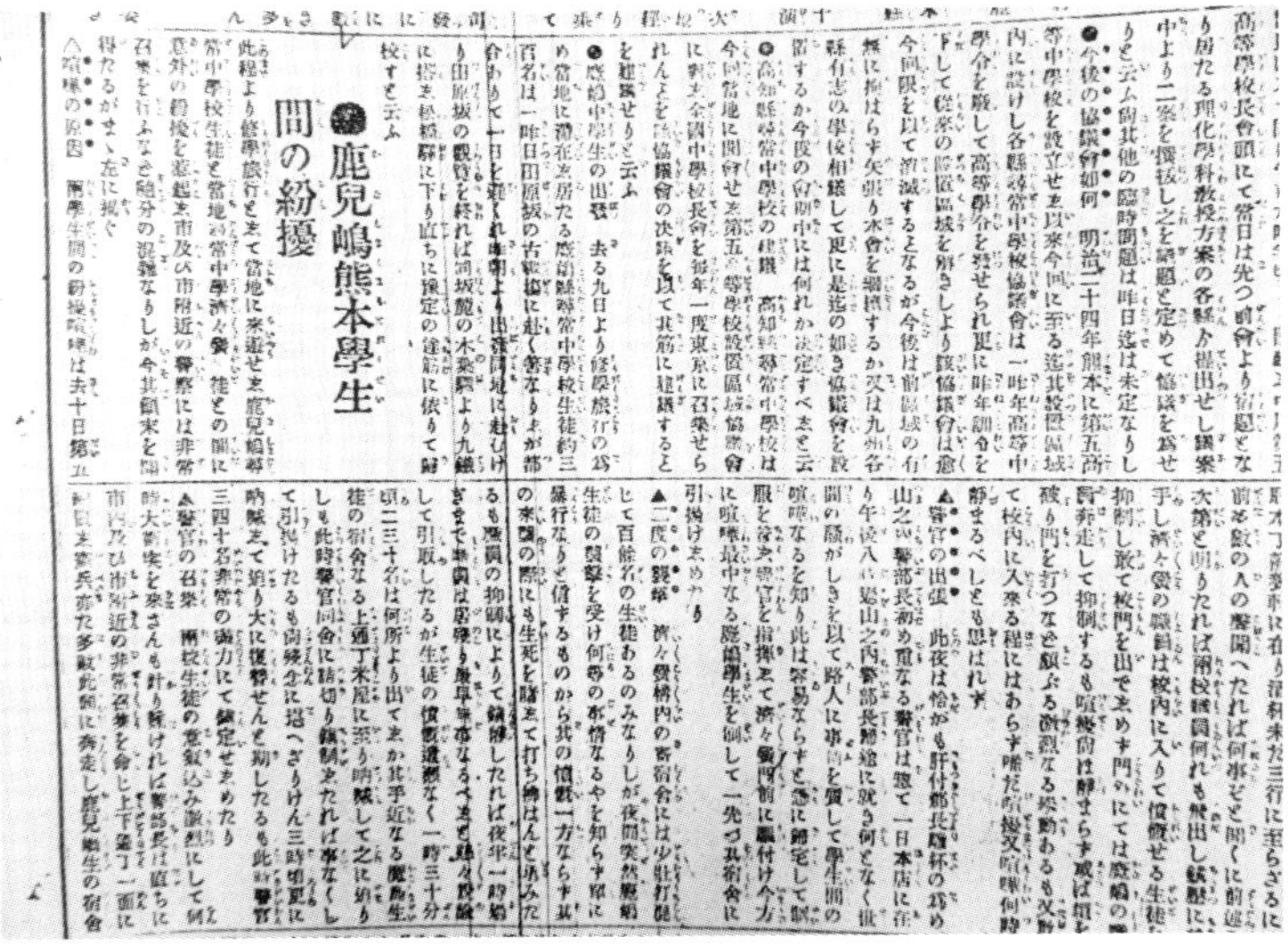
●鹿兒嶋熊本學生間の紛擾

鹿児島中学と済々黌の生徒の騒動を伝える明治29年10月13日付「九州日日新聞」（熊本市歴史文書資料室所蔵）

いる。そして一一日は尚絅女学校の校長・内藤儀十郎の案内で田原坂頭の「宗勲碑」に詣で、さらに生徒の一部は三池炭鉱を参観する予定であること。その他の生徒は一二日朝には帰途に就くと伝えている。

しかし、事件はこの一〇日夜から一一日未明にかけて起きた。一三日付の新聞では「鹿兒嶋熊本學生間の紛擾《ふんじょう》」と大きな見出しで事件を報じている。

喧嘩の原因は、運動会の「尋常中学校競走」だった。五高では来賓の学校ごとに競走を行うのを恒例としていた。しかし、鹿児島中学校から、同じ学校内での競争では面白くない、と済々黌との競走の申し出があったため、対抗競走となった。結果は、第一済々黌、第二鹿児島、第三済々黌、第四済々黌だった。両校生徒から喝采や罵声が飛び交い、あわや大騒乱かと思われたが、その場は引き離され、無事に収まった。

しかし、その日の午後七時頃、鹿児島中学の宿舎の付近で済々黌生徒少数者との衝突があった。鹿児島生三〇〇人は、すぐに上通町近くの藪の内にあった済々黌門前に押しかけた。手取本町の静養軒で懇親会を開いていた両校の職員が駆けつけたが、興奮した生徒たちは門を叩き、垣根を破ろうとしてなかなか引こうとしない。

ついには、警官が門前に駆けつける騒ぎとなった。済々黌校内の寄宿舎にいた一〇〇余人の生徒は、突然の鹿児島生の襲撃に憤懣《ふんまん》やるかたなく、職員が引き上げた午前一時半に今度は二、三〇人で近くの鹿児島生の宿舎を襲撃。「吶喊《とっかん》」（士気を高めるために大勢の者が一度に大声を上げること）して復讐しようとしたが、折から待機していた警官に止められた。

さらに、午前三時頃再び宿舎に迫ろうとして三、四〇人の警官に遮られた。両校生徒の興奮があまりに激しいので、ついに警部長が警察官に非常召集を命じ、上下通町一面に警官を配置した。さらには憲兵まで走り回って鹿児島生の各宿舎を二〇人ほどの警官に護衛させるなど物々しい雰囲気になった。幸いなことに負傷者は双方三人ずつの軽傷で済んだ。

一一日に修学旅行が予定通り行われたのかどうかはわからない。新聞では一一日午前には両校の代表が和解し、一二日には両校長が会合してさらなる厚誼《こうぎ》を約したことを伝えている。

学校行事⑤

行軍演習だった修学旅行

五高の教頭として招聘《しょうへい》された狩野亨吉《かのうこうきち》の熊本時代の日記は、わずかな期間だが、興味深い記事が散見される。修学旅行の記事もその一つである。その旅行の初日、明治三一（一八九八）年一一月一六日の記事に「菊池神社ニ詣で宝を観る夜黒本氏と散歩古道具商ニ就き陶?（一字不明）を購ふ」とある。これには目を見張った。「修学旅行」と言いながら、実態は「軍事演習」である。そのような時に引率教師は、骨董探しなどができたのだ。

漱石も同行したはずの修学旅行に、なぜ日記には漱石の名がないのか。骨董巡りは漱石も嫌いではなかったはずだ。狩野の日記と生徒の修学旅行記（『龍南会雑誌』第七一号）を読み合わせると興味深いことが見えてきた。狩野の日記によると一六日「午前七時半学校ニ至リ八時二十分出発菊池山鹿地方行軍ス」とある。生徒数四〇四名、職員五〇余名。東西二軍に別れ、東軍の監督が狩野、西軍の監督は中川元《はじめ》校長だった。

生徒の記述によると、直接隊を指揮したのは体操科の教官で、総隊長は陸軍歩兵大尉の沼田九八郎。東軍は陸軍歩兵少尉の緒方武と伊形亀雄。共に体操兼学寮詰の教官である。西軍を率いたのは

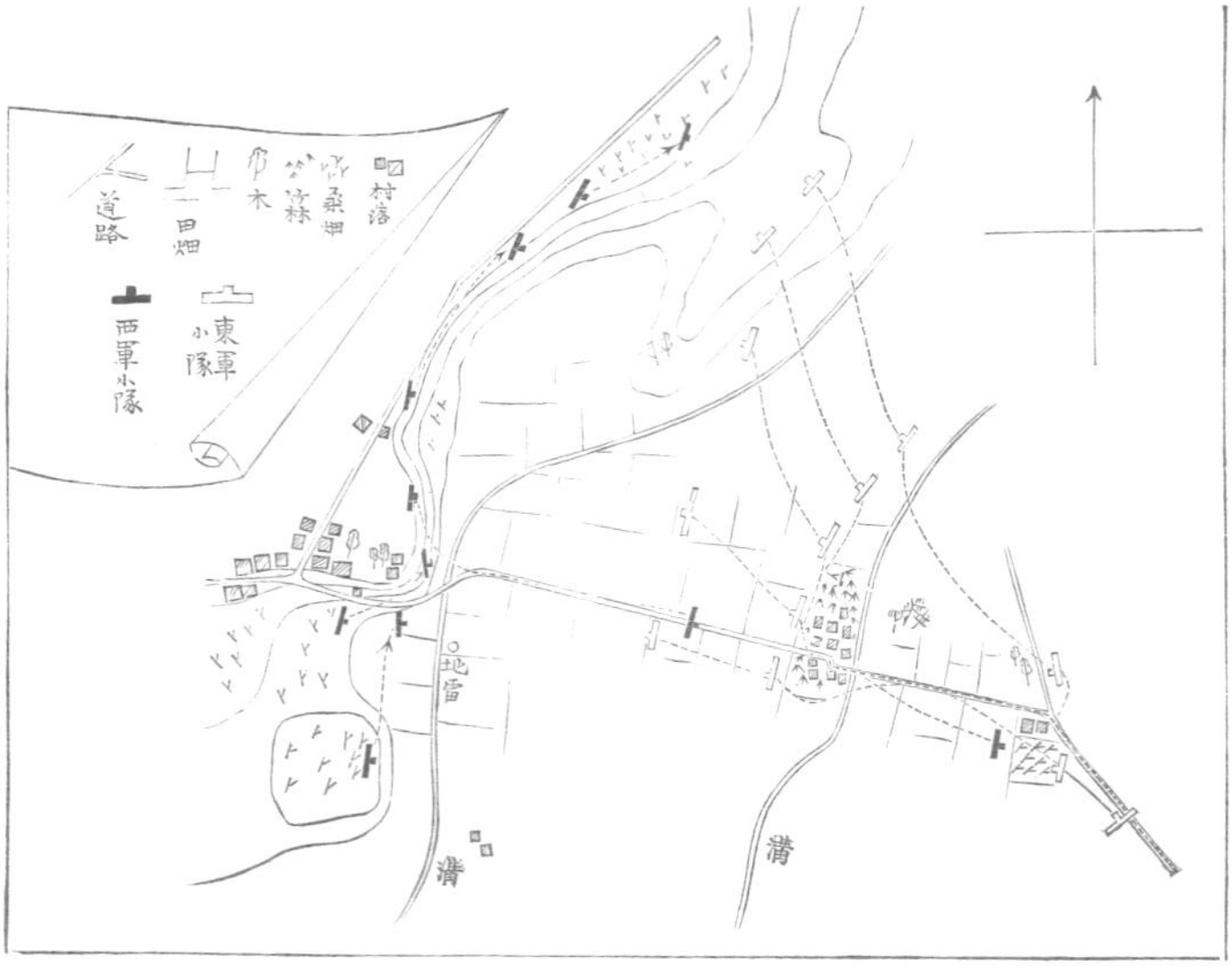

『龍南会雑誌』71号に掲載された発火演習の際の東西軍の動きを記した図
（熊本大学図書館所蔵）

体操教官の陸軍工兵少尉島野四平。生徒は、両軍に従った教授陣から東軍を「独軍」、西軍を「英仏同盟軍」と呼んでいる。漱石は西軍だったのだ。おそらく山川信次郎、奥太一郎、桜井房記も西軍である。東軍は上田整次、久後元長などがいたのだろう。両軍は途中で別れ、東軍は隈府《わいふ》に、西軍は来民《くたみ》に向かった。

東軍が隈府に着いたのが午後二時四〇分。生徒たちは、宿舎で旅装を解き、菊池神社に詣で、宝物を見学している。狩野の日記に「午後三時に隈府ニ着く」とあるのは、生徒たちの行軍の最後尾にいたことが想像される。狩野もまた生徒と共に神社に詣で、宝物を見学した。しかしそこに漱石の名がないのは、漱石が来民泊まりだったからだろう。狩野の日記には「本部を栄亭に決め職員ら皆之に集ふ」とあるが、これは東軍の教師だけと思われる。

来民には、宿屋は数軒しかないため行軍の半数を宿泊させるには困難を極めたが、鹿本郡出身生徒らの尽力で、土地の有志が宿泊所を引き受けたという。初日は快晴だったが、この夜半、大雨となる。狩野の一七日の日記にも夜二時頃から雨が降ったと記されている。

翌朝になっても雨はやまず、六時半に宿を出て、来民にいる西軍に対して、東軍が進撃を開始。しかし、来民の東端の丘陵地に位置した西軍に対して、わずかな藁《わら》こづみ以外身を隠すところのない東軍は、苦戦を強いられる。九時五分に休戦となり、両軍は合流して、さらに雨脚の強まる中を行軍。正午に山鹿に到着した。狩野の日記には本部を「新天川屋桜井旅館」に定めたとある。狩野は、ここでも午後散歩した。もちろん山鹿温泉に入ったのは間違いない。

翌一八日、六時半出発。雨はなおやまず、濡れた衣服は乾く間もなく再び雨中行軍。植木で昼食をとり、午後三時、京町の新坂で解散となった。

『龍南会雑誌』の筆者は今回の「発火演習」について西軍が高地に陣取って防戦に努めたことに異議を唱え、学生らしい「壮絶さ」の見られなかった演習は「何らの記すべきなき一児戯」と不満を述べた。また京町での解散という学校側の配慮についても「規律」を守るべき「軍事演習」に不要な「寛恕」だったと苦言を呈している。

学校行事⑥

各地で生徒の歓迎を受けた修学旅行

明治三一（一八九八）年一一月の菊池・山鹿方面への修学旅行は、雨に見舞われた「雨中行軍」だった。二泊三日で菊池神社の宝物見学はあったが、その中心は来民《くたみ》一帯で行われた発火演習にあった。

修学旅行が二泊三日になったのは明治三一年からで、修学旅行の規則改正によるものである。この年から、修学旅行は「三泊以内」とすること。「生徒総数ノ凡十分ノ七以上出行スルニアラサレハ之ヲ行ハ」ないこと。「旅行費ハ金九拾銭」と決められた（『龍南会雑誌』七〇号）。

三高では、大阪に校舎があった第三高等中学校時代、明治二一（一八八八）年三月三一日から五泊六日で行われた修学旅行をその嚆矢《こうし》としている（『神陵史』）。明治二三（一八九〇）年京都移転後は秋と春に行われていた旅行が春期のみになり二、三泊の旅行となった。これは一高でも同様で、「行軍」として掲載されているものは、二、三日のものばかりである（『第一高等学校六十年史』）。

五高の修学旅行の始まりは明治二三（一八九〇）年一一月六日から一五日まで九泊一〇日で行われた福岡大行軍だ。二代校長平山太郎の急死で、校長は一〇月に就任したばかりの嘉納治五郎であ

秋月胤永（五高記念館所蔵）

嘉納治五郎（五高記念館所蔵）

った。職員二九人、生徒一六〇人。その内容を大まかに記すと、山鹿市鍋田あたりで第六師団の発火演習を見学し、久留米市の明善校訪問ののち、博多に行き、箱崎神宮、博多西公園などを見学。太宰府天満宮を経て、柳川の橘蔭館に立ち寄り、大牟田の炭坑を見学。府本で発火演習を行い、帰校した。歴史・地質学の講義、中学校との交流、軍事演習、産業見学など、盛りだくさんの行程であった。

この旅行には六七歳の秋月胤永《かずひさ》も参加したが、若者に劣らぬ健脚に同僚の教授も驚嘆している。秋月は会津藩元家老で明治二三年第五高等中学校教諭として赴任し、五高の精神的支柱となった人である。

翌二四（一八九一）年一一月一〇日から二〇日まで行われた長崎・佐賀地方への修学旅行の時の嘉納校長挨拶では「実地ヲ踏ミ。実物ヲ観ル。其間観察ヲ詳ニシ。実験ヲ務メ。以テ心智ヲ開発スルヲ要ス」と机上の学問では得られないものの修得を説いている。海路で長崎に向かい、五高医学部に立ち寄り、生徒と交流。予定外の端艇競漕も行われた。三菱造船所・製鉄所、水道施設、英国戦艦の見学、諏訪社なども訪れたあと、大村に至り、大村中学校では「兵式体操」を披露した。陸路で嬉野、有田、武雄、佐賀を経て柳川に向かい、そこからは汽車で熊本に帰った。有田では香蘭社を見学し、佐賀尋常中学校、柳川橘蔭館を訪問している。

軍隊組織の行軍だが、発火演習はなく、新しい産業の見学が中心だった。各地で高等小学校や中学校生徒の歓迎を受けた。生徒間の交流も主要な行事だった。宿泊先では、茶菓だけでなく、酒も振る舞われ、医学部生徒たちと酒を酌み交わしている。この旅行には秋月先生は参加せず、生徒の帰りを学校で迎えている。

しかし、こうしたのどかな修学旅行は次第に変わっていく。日清戦争のさなかに行われた明治二七（一八九四）年一一月の旅行の際には、「露英」が「眈眈《たんたん》として東洋に雄飛せん」とする時に、修学旅行は「艱難《かんなん》を試み苦楚を嘗《な》め、以て心力を練り、魂胆を鍛ひ、以て国家有用の資となす」（『龍南会雑誌』三二号）ものと捉えられるのである。漱石の五高での最初の修学旅行は明治二九（一八九六）年の天草・長崎旅行であった。

学校行事⑦

最初の修学旅行で天草島原へ

漱石が五高にいた間、四回の修学旅行があったが、漱石が参加したのは明治二九（一八九六）年一一月と明治三一（一八九八）年一一月（一五七頁参照）の二回だけだ。

明治三〇（一八九七）年の修学旅行は、御船《みふね》を経て宮崎県の高千穂に向かい、高森、大津へ出て帰校する七日間のコースだった。通潤橋なども廻っているが、漱石は、佐賀・福岡への出張のため参加していない。明治三二（一八九九）年の御船隈庄《くまのしょう》地方への修学旅行は、一一月三日に命令が出たが、七日に漱石ほか八人の教師がこれを免じられている。明治三〇年以降、職員は希望による従軍となったためである。

明治二九年、漱石が初めて参加した天草島原旅行は、総勢二三〇余名（列外の教職員二九人の中に漱石もいる）、一一月一四日から一九日まで六日間実施された。それ以前の修学旅行が一五、六日間だったのに比べると大幅な短縮である。

日清戦争中も修学旅行は行われていた。明治二七（一八九四）年の旅行は一五日間で島原から諫早を経て長崎市内に入り、大村から佐世保、平戸と島原半島をぐるりと廻って、佐賀の伊万里、小

三角港（現三角西港）（絵葉書「熊本百景」より〈五高記念館所蔵〉）

城、柳川を経て帰校した。発火演習がなかったのは、引率の体育教官が一人しかいなかったためか。生徒は、水雷の話を海軍大尉に聞いたり、佐世保の海兵団に行ったりして、実戦への思いを強くしている。翌二八（一八九五）年の旅行は一六日間だった。唐津で二回の発火演習後、博多の陸軍歩兵二四連隊の駐屯地を見学。小倉を経て大分の耶馬溪を廻り帰校している。秀吉の朝鮮出兵の拠点となった名護屋城跡を見学しているのはやはり戦争の影響だろう。

漱石が参加した天草島原旅行の行程は、まず一四日、午前七時四五分、隊列を組んで学校を出発し、春日停車場（現熊本駅）に向かった。そこから列車で宇土駅まで行き、駅からは徒歩で三角港（現三角西港）に向かい午後四時四〇分に到着した。

翌日午前七時、三角港から二艘の船に分乗し、同一一時、町山口（現本渡市）に上陸。済々黌天草分校や高等小学校生徒の歓迎を受ける。翌日に予定していた町山口での発火演習を、当地の有志者の希望によって急遽《きゅうきょ》午後に実施する。南北両軍に別れて午後一時開戦。多くの見物客が見守る中、二時四五分休戦となる。

一六日は、前夜から降り始めた雨の中、午前七時に町山口を出発。本村から険しい山道を経て午後二時富岡着。鎮道寺、富岡城跡などを散策した。一七日、前日の雨は上がり、二艘に分乗して富岡港を出発し、午前一一時小浜（現長崎県雲仙市）に上陸。五高医学部卒業式に出席した中川校長の出迎えを受け、昼食後、山路をたどり、午後四時、島原温泉着。寺本教官率いる第一中隊と本部は旧湯に、能勢教官の第二中隊は新湯に宿泊した。おそらく漱石も新湯に宿泊しただろう。

一八日は、再び南北に別れて発火演習。午後三時四〇分休戦。同五時島原に到着した。一九日午前七時一五分、島原を出港。同八時半坪井川口に上陸。百貫石、松尾村、春日を経て帰校した。歴史を学ぶ研究班は別働隊とし、本隊は軍事演習を主とする旅行だった。

『龍南会雑誌』五二号の記者は天草について「内地と多少言語風俗を異にするものあり」と書いている。漱石の感想は残っていないが、この時期の俳句に「村長の羽織短かき寒哉」「革羽織古めかしたる寒かな」「凩《こがらし》の松はねぢれつ岡の上」「野を行けば寒がる吾を風が吹く」がある。これらは修学旅行中に得た句ではないかと思われる。

拝賀式での不敬事件

明治三二（一八九九）年二月一一日五高で事件が起きた。この日は紀元節で、例年雨天体操場で拝賀式と祝賀式を行う。拝賀式では学校長以下職員が順次「御真影」を拝する。ところが、前年末に五高に就任したドイツ人教師が、拝賀式に出席したものの、敬礼をせずに会場を出たため大騒ぎとなったのだ。

第一高等学校では、明治二四（一八九一）年一月、内村鑑三が教育勅語の奉読式で最敬礼をしなかったとして職を追われる事件が起きていた。中川元《はじめ》校長が文部省に提出した文書が五高記念館に残っている。それによると職員の拝賀式に続き、生徒全員が会場に入り、祝賀式が挙行された。教育勅語を奉読し、生徒の拝賀、唱歌の後に式は修了した。中川校長は、重大な失態に愕然《がくぜん》とし、式の直後、人を介してドイツ人教師にその日のうちに「陳謝状」を提出させた。

このドイツ人教師は、荒正人の年譜では「エルドマンス・エルンスト・デルフェル」となっているが、間違いである。鹿子木敏範氏が指摘したようにエルンスト・エルトマンスデルファーと呼ぶのが正しいのだろう（鹿子木敏範「熊本時代の漱石」）。しかしここでは、校長の残した文書や新聞記載通り「エルドマンスデルフェル」とする。

翌一二日は日曜だったが、職員会議を開き善後策を話し合った。一三日午前九時半には学校の奉安所で校長、桜井房記・上田整次両教授、ラテン語の教師ファーデル同席の上、エルドマンスデルフェルが、御真影に敬意を持っていることを示すため、本人の希望に従って拝賀させた。一四日には職員・生徒全員を集めて事の顛末《てんまつ》を校長が話し訓示したことが、一四日付で柏田文部次官に伝えられた。

五高のドイツ人教師、エルドマンスデルフェル（五高記念館所蔵）

しかし、この一四日、生徒の誰かが新聞社に訴え、「九州日日新聞」二面に「高等学校の不敬事件」として大きく報道された。校長は、新聞社に「取消文」を求め、抗議のため武藤虎太・黒本植両教授を行かせた。しかし、社長はなかなかこれに応じなかった。一五日に「五高不敬事件落着」という題でエルドマンスデルフェルの謝罪文を載せ、彼が御真影に拝賀したことなどを記した。しかし、記者は彼が病気だったとしても、日本の事情に精通していなかったとしても、その失態は許されるべきものではなく、不敬は間違いないと、中川校長の責任を厳しく追及した。

これに対して、校長は自身の失態を認め、文部省に全て報告し、謹慎して処分を待っていることを記者に述べた。文部大臣から至急上京を命じられたのは二月二二日のことだった。「中川元日記」によれば、この日は暴風のため出発できず、二三日に出発。二五日に新橋に到着し、すぐに文部次官に事件の報告をした。二六日大臣に面会し、好感触を得た校長は、すぐに熊本の桜井教授に宛てて「ミコミノトウリアンシンセヨ　アトテガミ」との電報を打った。

一高校長となった狩野亨吉は、後任の教頭の相談もあって面会している。漱石は「外人事件喧嘩事件と迄大事に至らず小波瀾にて結末を見候学校の為何よりの事」（三・一〇付狩野宛書簡）と喜んだ。四月八日山県総理大臣の名で中川校長に「譴責《けんせき》」処分が下された。翌年四月一三日、中川は第二高等学校長に任じられる。これは漱石にとっても大きな出来事だった。漱石を五高に強く引き止める重要な人物がいなくなったのである。中川校長の五高での在任は明治二六（一八九三）年一月から七年余に及んだ。中川の転任を左遷のように考える人もいるが、それは間違いである。中川が、二高赴任後すぐ高等官二等に叙せられていることからもそれがわかる。

学校行事⑨

五高での天然痘騒ぎ

明治三二（一八九九）年三月三日付「九州日日新聞」に天然痘の患者の発生が報じられた。三月九日には「天然痘伝播《でんぱ》の兆しあり」という見出しで、熊本市と飽託郡横手村（現熊本市）で発生した三人の患者に加えて、宇土郡網田《おうだ》村（現宇土市）、熊本市紺屋阿弥陀寺町、同呉服町などに一〇代から五〇代の五人の患者の発生を伝えた。

三月一五日には「天然痘の猖獗《しょうけつ》」と題し、一三日夕までに県の衛生課に報告された患者数三一人、さらに新患者を加えると四〇人近くに上ったことが報じられた。このため徳久恒範《つねのり》県知事は郡市役所、村役場、警察署に「来四月二十日迄に未種痘者は勿論再三種を経へたる者と雖《いえど》も年齢五十年以下にして種痘善感後五年を経過したる者は無洩《もれなく》接種せしめ伝染の不幸に陥らざる様取計ふべし」という訓令を出した。

五高でもこれを受けて中川元《はじめ》校長が三月一六日付で「本月一月以降未種痘ノモノハ此際各自種痘致様《いたすよう》致サルベシ但本年一月以降種痘ノ者ハ医師ノ種痘証ヲ添ヘ其旨届出ラルベシ」との命令を出した。しかし、届け出ない者が多かったのだろう。二五日付で「種痘届督促ノ件」を出している。

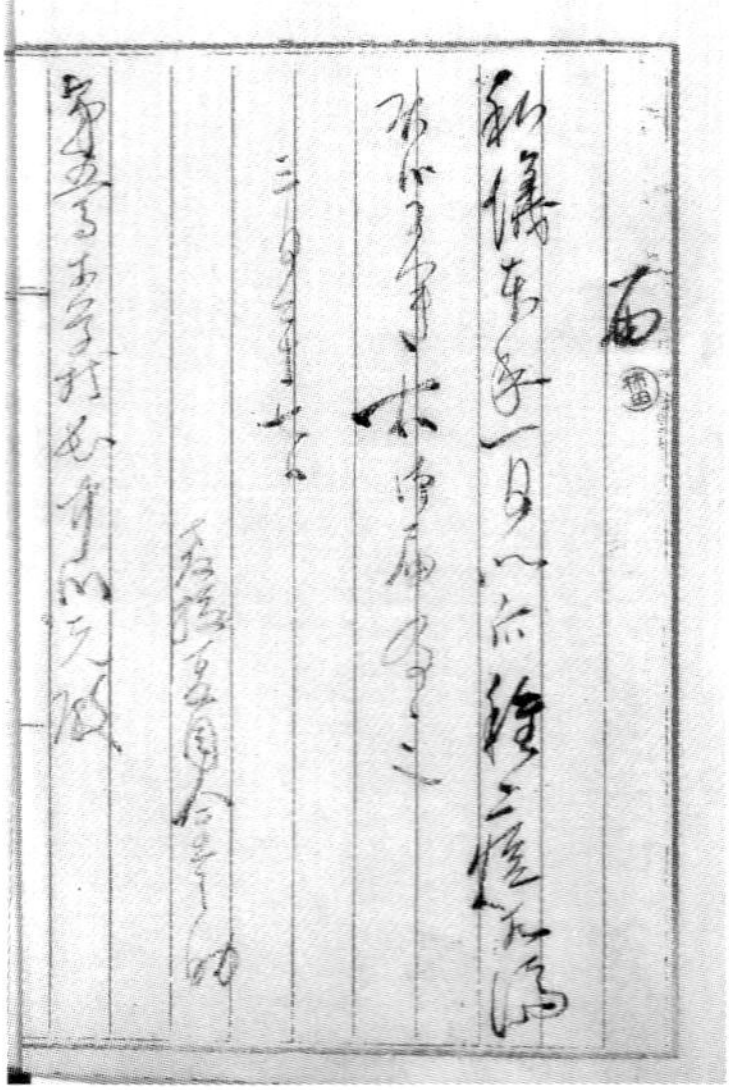

漱石が五高に提出した「届」（五高記念館所蔵）

　漱石は、三月二七日付で「私儀本年一月以后種痘相済居候につき右御届致候也」という届けを出した。「届」の下に五高の衛生医・柿田末四郎の印が押されているが、これは、「医師ノ種痘証」ではなく、いわば自己申告書だ。

　漱石は、四、五歳の頃、種痘で疱《ほう》瘡《そう》（天然痘）を発症し、それがもとで顔に痘痕《あばた》が残った。漱石には「総身の肉を所嫌はず掻き挘つて泣き叫んだ」（『道草』三九）記憶が生々しく残った。大人になってからはこの痘痕をひどく気にした。『吾輩は猫である』の猫の飼い主、珍野苦沙弥が、往来を行く痘痕面の人数を勘定し、鏡を見ては頬を膨らませて、痘痕を目立たなくする様子が戯画化されている。留学先から鏡子に宛てた手紙には「小生の如きアバタ面ハ一人モ無之候」（明三三・一〇・二三付）とあり、漱石のコンプレックスだったこともわかる。

　漱石は熊本で再び種痘をしたのだろうか。熊本県の統計資料によるとこの三二年に天然痘で亡くなった者は七九人の患者中三人。明治三〇（一八九七）年の一三二人の患者中二〇人死亡に比較すると、予防策が功を奏したと言える。三二年で最も死亡者が多かったのは赤痢患者で二八六人、次はジフテリアの一四一人、第三は腸チフス一二六人。罹患者数も赤痢が最も多く一五三九人、次が腸チフスの五六一人、第三はジフテリアの三六一人である。

これらの伝染病が毎年かなりの罹患者・死亡者を出すのに対して天然痘は、明治三三（一九〇〇）年と明治三一（一八九八）年には罹患者がいない。種痘者の人数を細かく把握していることからも、政府が痘瘡《とうそう》の確実な予防法として強力に推し進めていたのは間違いない。

調べてみると明治一八（一八八五）年一一月に「種痘規則」が布告されている。その第六条に「種痘済ノ者ハ医師ヨリ種痘証ヲ受領シ戸長役場ニ届出ヘシ但天然痘ニ罹リタルモノハ医師ヨリ其ノ証ヲ受領シ本條に準スヘシ」とある。つまり漱石は種痘を受ける必要はなかったのだ。それを漱石は知らなかったのか、とりあえず「届」を書き、柿田が認めたということなのだろう。

『漱石の思い出』には熊本時代、漱石の養母であった塩原やすから手紙が来たことが記されている。そこには痘瘡になった漱石を、寝ずに看病したことなど、幼い漱石を育てたときの苦労話が恩着せがましく書かれていたという。種痘は漱石に、そうした忌まわしい記憶を呼び起こさせたにちがいない。

自炊記念日で熊本、鹿児島県人が衝突

『漱石全集』第一九巻冒頭に「明治三十一、二年頃」と記された「断片」がある。

「十日ノ夜八田酒ヲ被リ部屋ニ入リ罵詈《ばり》ス腕力ナクシテ別ル……」に端を発し、「十五日紀念日ノ夜」、「十六日夕」に手塚と八田をめぐる五人の生徒の喧嘩に発展した事が記される。それは「十七日夜西遥之進、鮫島啓之助、内野浅次郎、岩田五月」が漱石の所に来て報告された。

『漱石全集』の注には「明治三十二年三月十日付狩野亨吉宛書簡に『外人事件喧嘩事件と迄大事に至らず小波瀾にて』とある『喧嘩事件』にかかわるか」とある。「十五日紀念日」とは、二月一五日に行われる五高習学寮の「自炊紀念日」のことである。現在の熊本市黒髪に赤煉瓦の立派な校舎が竣工したのは明治二二（一八八九）年八月。習学寮は一一月に開設され、翌年二月から寮には「自治制度」が敷かれ自炊が行われた。これを「自炊紀念日」とし、毎年校長等を招いて寮の自治制度を祝った。


この事件については五高資料に「寄宿生徒殴打事件」という書類が残っていて詳細がわかる。書類は、第三部二年八田千町、第二部一年鮎川甚右衛門、第一部文科三年手塚光貴、法科三年竹添一

大正 12 年頃の習学寮（五高記念館所蔵）

熊、法科二年野村綱貞ら五人の「始末書」と一六日の事件に居合わせて仲裁をした上塚周平の「実見始末書」、それらをもとに書かれた舎監黒本植の「寄宿生殴打事件」と題された報告書で三二頁に及ぶ資料がある。それに八田、鮎川、手塚の診断書が添付されている。上塚周平は熊本県人で、のちに「ブラジル移民の父」と言われた人である。

これらの資料によると喧嘩の発端は八田が二月一〇日、酩酊して北寮の手塚の部屋に入り込み、侮辱的な言葉を発したことにあった。さらに自炊紀念日の二月一五日、またしても八田が酩酊して室長の手塚の部屋に入って暴力を振るい、戸口にいた鮎川が八田に加勢して手塚を殴った。

翌日、手塚はこのことを舎監に報告せず、同郷の鹿児島県人会に訴えたため事が大きくなる。県人会では殴られるままであった手塚の態度を「卑屈」であるといきり立ち、手塚に「鹿児島県人ノ名誉ヲ損ネヌ様生命ノ続ク限リ彼等ニ体シ復讐ヲシ来レ」と復讐することを求めた。八田との「談判」を決意させられた手塚は、その帰途、八田と出会い、前日の謝罪を求めるが応じなかったため乱闘となる。急報を受けた学寮課の能勢権七先生が駆けつけ、生徒を引き分けたが、先生まで怪我を負う始末。その後、生徒等の事情聴取となった。

怪我は双方全治一〇日くらいのものだったが、学内でも大きな話題になった事件だろう。八田、鮎川は停学二週間、手塚、竹添、野村が停学一週間に処されている。「酩酊」上のことと情状酌量があったようだ。

鹿児島県人と熊本県人の対立は、西南戦争の尾を引くものと言われるが、明治二九(一八九六)年一〇月一〇日の創立紀念運動会における鹿児島県尋常中学校生徒と熊本の尋常中学済々黌の紛争(一五四頁参照)のように新聞沙汰にならなかったことは、学校当局を安心させたことだろう。生徒等の始末書は一九日と二〇日だが、「談片」によると漱石は一七日には医科の学生から話を聞き状況を把握していた。熊本時代の漱石はこうした生徒指導にも関わっていたのである。

学校行事⑪

招魂祭——五高生も撃剣披露

第五高等学校の学期と休業日はどのようになっていたのか。『第五高等学校一覧』に「学暦」が掲載されている。これによると、九月一一日に一学期が始まり、一二月二四日まで。一二月二五日から一月七日まで冬休みで、一月八日から三月三一日までが二学期。四月一日から七日まで春休み、四月八日から七月一〇日までが三学期。七月一一日から九月一〇日までが夏休みである。秋分の日、春分の日が皇霊祭で休業。一〇月一〇日は創立紀念日で休業。この日は学校で式典が行われ、午後から運動会がある。

一〇月一七日は神嘗祭《かんなめ》、一一月三日は天長節、一一月二三日は新嘗祭《にいなめ》、一月三〇日が孝明天皇祭、二月一一日が紀元節で休業。ただし天長節、紀元節には授業はないが学校で拝賀式が行われる。「学暦」には記載されていないが、例年五月六日、七日の二日間「招魂祭」があり、この日、学校、軍隊、役所は休業となる。

招魂祭は、維新のために亡くなった多くの犠牲者を弔うために政府の命によって作られた招魂社の祭りで、熊本では明治二（一八六九）年、花岡山に創建された。以来、西南戦争、日清・日露戦争など国のために亡くなった人を祭っている。昭和一四（一九三九）年、制度改正により招魂社は熊本県護国神社となり、昭和三二（一九五七）年、現在のリブワーク藤崎台球場東側（熊本市中央区宮内）に遷宮された。

寺田寅彦の日記には五高時代の明治三一年五月六日と七日に招魂祭に出かけた記録が残っている。六日に「生徒一同九時より参拝」とあるので、山崎練兵場に設けられた神殿で参拝したのだろう。例年花岡山であげられる「烟火《えんか》」を合図に神殿で祭式が始められる。祭式は六日が神式、七日が仏式で行われる。「九州日日新聞」によると神殿は歩兵第二十三聯隊の営内広庭に急ごしらえしたもので、「慰忠魂」などと書かれた大小の旗がはためいていた。各隊の拝礼の後、五高、尋常師範学校、尋常中学済々黌など生徒の拝礼が行われた。

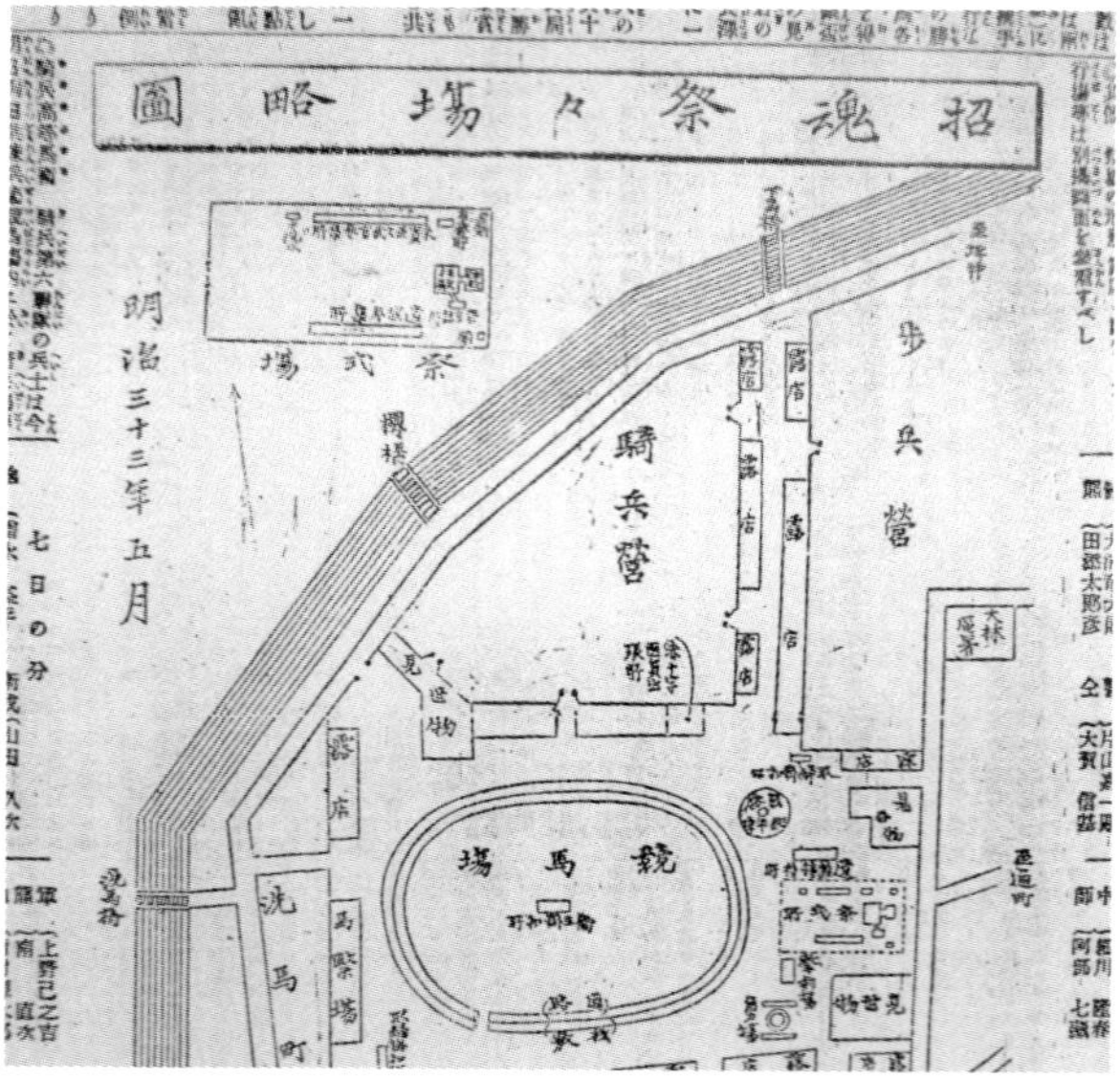

明治 33 年 5 月 6 日付「九州日日新聞」に掲載された招魂祭の会場見取り図（熊本市歴史文書資料室所蔵）

教頭だった狩野亨吉のメモにも「招魂祭ニ付き学校休業十一時退出」とあるので、生徒の引率があったのだろう。式典が終わると帰ったということか。漱石も同行していた可能性は高い。

市中の家々は提灯を掲げたり、街路樹にしめ縄を張ったりした。また四つ角には大きな国旗を交差して立て、町内で踊りの舞台を作ったりと、賑やかな様子が新聞で報じられている。会場では、競馬を始めとして、撃剣や相撲などが行われた。五高の生徒も撃剣には多数出場している。展示物としては各部隊の作り物が十数個並んだ。明治三二（一八九九）年の新聞では、作り物について事細かに報じている。「養老の滝」や「天岩戸」などもあったが、兵士たちの制作のため、軍人色の強いものも多かったようだ。露店も多く、見物客で市内の宿屋が満杯状態であることも報じられている。

漱石は熊本で、明治三一（一八九八）年から三三（一九〇〇）年まで三度招魂祭を経験している。明治二九（一八九六）年は日清戦争のため二月に行われ、三〇（一八九七）年は英照皇太后崩御のため行われなかった。

上通も下通も提灯や旗、桜の花の造花で飾られ、広町や藤崎神宮前には舞台が作られ、にわか踊りが披露された。昼は花岡山から、夜は練兵場で花火が上がった。内坪井の家では、外に出ずとも祭りの喧噪を感じられたはずだ。

四　旅行・俳句

旅行①

新婚旅行で福岡の名所旧跡へ

漱石は、熊本時代、よく旅行に出かけた。のちに『草枕』『二百十日』という作品として結実した小天《おあま》や阿蘇への旅行は、代表的なものだが、そのほかにも、北九州、耶馬溪、久留米への旅。校務の一環ではあるが、二度の修学旅行、佐賀・福岡への出張などがある。

その中で、熊本時代の旅行の最初を飾るのが、明治二九（一八九六）年九月初旬、妻・鏡子を伴った北九州への旅行――いわば新婚旅行である。

漱石も鏡子も「新婚旅行」という言葉は使っていない。しかし、英文学を専門にした漱石は当然honey-moonという言葉は知っていたはずだ。飛田良文『明治生まれの日本語』（淡交社）によると、明治二〇（一八八七）年頃には新婚旅行は「西洋化の代表的な行事と見なされ実行された」という。小説にもしばしば描かれた。文字通り蜜月の字をあてたものも多いが、「新婚旅行《ハネームーン》」という訳語をあてたのは堺利彦らしい。さらにこれに「新婚旅行《しんこんりよかう》」とルビを振られたのは明治二四（一八九一）年が最初という。

鏡子は『漱石の思い出』に「福岡にいる叔父を訪ねて、筥崎《はこざき》八幡や香椎宮や太宰府の天神やにお

明治時代の船小屋温泉・王振館（鹿田寫真舘提供）

参りして、それから日奈久温泉などに行きました」と述べている。しかし、日奈久温泉とあるのは間違いで、船小屋温泉である。

漱石自身が正岡子規に宛てた書簡で「当夏は一週間程九洲（州）地方汽車旅行仕候」（明二九・九・二五付）と述べ、この旅行で詠んだ俳句を載せた句稿を送っている。そこには、博多公園、箱崎八幡、香椎宮、天拝山、太宰府天満宮、観世音寺、都府楼、二日市温泉、梅林寺、船後（小）屋温泉という前書きの付いた句があり、どこを訪ねたかがわかる。

当時の旅行案内などを見るとすべて代表的な「名所旧跡」である。この旅行では、二日市温泉と、船後屋温泉には宿泊したはずだが、それ以外はいつ出発して、いつ帰宅したのか、全くわからない。『漱石の新婚旅行』（海鳥社）を書いた小宮洋氏は、九月七日に入籍している事を根拠に六日には熊本に帰ったとして、九月一日から五泊六日の旅だったと「推測」した。しかし、これはあまりに危険な「推測」である。「推測」するための「根拠」が少なすぎるからだ。この本を引用する人が増えれば、「推測」がいつのまにか「事実」にすり替わる。活字の恐ろしさだ。「研究」は「フィクション」であってはならない。

この俳句に対して子規が二重丸をつけたのは、箱崎八幡「鹹《しお》はゆき露に濡れたる鳥居哉」と香椎宮「秋立つや千早古る世の杉ありて」、太宰府天満宮「反《そ》り橋の小さく見ゆる芙蓉哉」、船後屋温泉「ひやくと雲が来る也温泉《ゆ》の二階」の四句である。

鏡子はこの旅行で、「宿屋の汚さ」に懲り、「それ以来九州旅行は誘われても行く気になれ」なかったという。旅の疲れが出たのか、これらの句のすぐ後に「内君の病を看病して」という前書きの付いた句がある。

　枕辺や星別れんとする晨《あした》

妻の傍らで夜通し看病したのか。漱石の妻を見るまなざしは優しい。

旅行②

久留米旅行と「漱石の道」

久留米は、漱石を熊本に招いた菅虎雄の故郷である、漱石は熊本にいた間、五回久留米に立ち寄っている。最初は、漱石自身の記述には見いだされないが、熊本に赴任する途中で出会った水落露石、武富瓦全と共に、水天宮に参詣したと思われる。二度目は、鏡子との新婚旅行で、梅林寺に行ったことが俳句から確認できる。三回目が明治三〇（一八九七）年四月、春休みを利用しての久留米旅行である。四回目は、同年一一月、福岡・佐賀の尋常中学校訪問という公的な出張。五回目は三二（一八九九）年一月、耶馬溪旅行の帰途で、久留米経由で帰っていることがわかっている。

漱石の俳句に残っているのは三回目の久留米旅行である。荒正人の年譜には結核で「休職し、郷里で療養していた菅虎雄を見舞い」高良山に登り、発心山に桜を見物し、久留米市の知新堂（古物商）に立ち寄ったとある。しかし、原武哲氏も指摘するとおり、菅は明治三〇年一、二月に肺結核を患ったものの、大事には至らず四月、五月は皆勤である。この久留米旅行の折、菅が久留米に帰郷していたかどうかは定かではなく、よって菅を訪ねたかどうかもわからない。

漱石は、高良山に登り、そこからおそらく発心山の麓に咲く桜を見ることを目的にでかけたのではないかと思われる。まず高良山に登り高良大社に詣で、そこから耳納《みのう》連山を越え発心山の麓に咲く桜を見物した。高良大社では「高良十景」というものが知られている。第五〇世座主寂源が高良山の名勝を世に知らしめるため、付近の名所一〇カ所を選んで「高良山十景」と名付け、親王、公卿ら二〇人に詩と和歌を一首ずつ求め、一帳にまとめて神府に納めたという（三木サニア「久留米『漱石の道』探訪」）。この「高良十景」を漱石が知っていたかどうかは、不明としながらも、三木氏は漱石がこれにならって一〇句の俳句を作ったと推測する。

「漱石の道」に建てられた句碑

発心公園の桜

「高良山一句」と題する「石磴や曇る肥前の春の山」の句から「拝殿に花吹き込むや鈴の音」にいたる一〇句である。平成五（一九九三）年から三カ年計画で、そのうち五句が選ばれて、漱石が歩いたとされる道筋に句碑が建設され、自然歩道約一四キロが「漱石の道」として整備された。それぞれ久留米の書家や彫刻家がデザインしたも

左の禿山が甲斐青萍が描いた石神山（伊藤重剛編著『甲斐青萍熊本町並画集』熊本日日新聞社、平29・3）

ので、ユニークだ。最も眺望のよいところに建設されたのが森林つつじ公園内の「菜の花のはるかに黄なり筑後川」の句碑（前頁上の写真）。発心桜で有名な発心公園には「松をもて囲ひし谷の桜かな」の句碑。このほか「濃《こまや》かに弥生の雲の流れけり」「人に逢はず雨ふる山の花盛」「筑後路や丸い山吹く春の風」の句碑が建つ。この年、四月に入って一週間、雨がちだったようで、花見にはあいにくの天気だった。

小宮豊隆が、この筑後路の春の体験が『草枕』にいかされたと述べて以来、『草枕』には、小天とこの旅行での風景が生かされたとする説が、通説となっている。近年は「山路を登りながらかう考へた」という冒頭から、高良山への登り道であるとする解説や、「バケツを伏せたやうな山」は久留米のどの山だという解説まで現れ、巷《ちまた》ではかしましい。しかし、明治三〇年代の熊本の風景を描いた甲斐青萍《せいひょう》が描いた石神山の絵を見たとき、それが草枕冒頭の「巨人の斧で削り去つた、鋭き平面をやけに谷の底に埋めてゐる」という「禿山」の描写と見事に一致し、漱石の描写力に驚くとともに、やはり、山路の風景は小天への道と確信した。

旅行③

「草枕」の旅（上）——出発日は二八か二九か

明治三〇（一八九七）年の正月、年始客の多さに閉口した漱石は、以後正月は旅に出ることにし、留守を決め込んだ。その最初の旅が、熊本市から二二、三キロ離れた旧玉名郡小天村湯ノ浦（現玉名市天水町）にあった小天温泉である。後に小説『草枕』の素材となった。同僚で友人でもあった山川信次郎が前に一度温泉を訪れていて、そこに漱石を伴ったのだという。

明治三〇年一二月二三日付狩野亨吉《かのうこうきち》宛書簡で、翌年から五高に赴任することになっている狩野に「年末（二十七八日頃）より来年三四日頃迄何方へか旅行致す」つもりである、と述べている。しかし、狩野の都合によっては、旅行は取りやめるので、二八日午前中までになんらかの電報がなければ「来年六日迄には当地へ御着なきもの又小生に其間御用なきもの」として旅行に出ると伝えている。

この書簡によって漱石の旅行が、二七日か二八日から翌年三日か四日までということが推測され、荒正人の『漱石研究年表』にもそのように記されている。しかし、その日にちを特定できないか、と「完全版草枕ウオーキング」を目指す「草枕交流館」から問い合わせがあった。平成二七（二〇

小天温泉に通じる石畳（草枕交流館提供）

一五）年のことだ。

　漱石が歩いた道をできる限り忠実に再現しようという企画で、年月を重ねて旧道を丹念に調査し、現在のコースを作ってきた。その最終段階というわけだ。

　狩野宛書簡以外に手がかりになるのは旅行中の「家を出て師走の雨に合羽《かっぱ》哉《かな》」という句である。道中雨にあって雨合羽を使用しているらしい。

漱石が旅に出た日は、雨が降ったということだ。

　当時の気象庁の記録は県内では熊本市しかないが、二八日には午後八時に〇・二㎜、夜中の一二時に〇・一㎜、二九日は引き続き午前一時に〇・〇㎜が観測されている。「草枕交流館」では識者も交えた検討の結果、二九日が妥当ではないかと結論を出した。二八日の午後に出かけては小天に着くのが夜になってしまい、山道を歩くのは困難だからとの理由だ。

　市内と山間とでは確かに雨量も異なるだろうから〇・〇ミリメートルの雨でも、山道ではもう少し降ったのかも知れない。結論を出しかねたが、雨量が多いのは明らかに二八日である。近隣の佐賀の降水量も二八日の方が多い。手紙にあるように、二八日午後から出かけたのではないだろうか。『草枕』の画工が那古井の宿についたのは、夜である。

漱石はいったいどのくらいの早さで歩いたのだろうか。文学研究とはほとんど関係のない、ディレッタント（好事家）の領域だが、なんとか検証の手立てがないものかと考えている。車になれた現代人よりははるかに健脚で早かったのは当然だろうが。もちろん服装は着物に草鞋がけだ。

明治三一（一八九八）年の元旦はあいにくと一日中雨である。気象データは熊本市内のものだが、午前中はパラついた程度で午後から本格的な降りになる。初日の出は拝めなかっただろう。しかし、小天では日の出よりも遅れたものの朝日が見られたのか「稍《やや》遅し山を背にして初日影」「馳け上る松の小山や初日の出」の二句がある。二日は、未明まで雨が降ったが、なんとか日の出が見られただろう。そんなことが気象データから推測される。「小天に春を迎へて」という前書きのある句に「温泉や水滑らかに去年《こぞ》の垢」がある。漱石はこの小天で一週間近くを過ごした。

旅行④

「草枕」の旅（中）――野出にもあった峠の茶屋

漱石が、小天温泉までどのようなルートをたどったのか。玉名市の「草枕交流館」では、旧道を整備し、できる限り当時の道を再現しようと調査を重ね、「草枕の道」を作り上げた。「『草枕』の旅ウォーク」も定期的に行われ、その認知度は徐々に高まっている。

こうした地元の地道な努力によって、漱石がたどった小天温泉への道筋には金峰山登山口の鳥越《とりごえ》（明治時代は通越と書いた）と、熊の岳山中の野出《のいで》と、二つの峠があり、そこに茶屋があったことも次第に知られるようになってきた。地元の人々にとっては、当前のことが、研究者には全く知られていないことも多い。新道ができ、車で楽に山越えができる現代人には、峠は無縁のものとなってしまったのか。野出の峠の茶屋は長い間、忘れ去られていた。

島為男の『夏目さんの人及び思想』（昭二・一〇）は、『草枕』の舞台となった小天温泉について述べた本としては最も早いものである。しかし、峠の茶屋については、鳥越のみで、野出についての言及はない。昭和二（一九二七）年当時、現存していたのは鳥越の茶屋だけで、野出の茶屋はすでになかった。著者は「『草枕』を読みながらあるいて見ると、どうも此の茶屋は、例のではないらしいといふ異説をなす人」がいることを紹介し、著者自身も一部共感している。しかし、漱石が描いたのはこの峠の茶屋で「記憶に基く写生文」としている。

著書に掲載されている写真の茶屋の老婆は、如才ない人らしく自らを『草枕』の茶屋の老婆に擬し「峠の茶屋」の額を抱えている。人は、こうして茅葺きの茶屋と老婆を目のあたりにすると、それが漱石が立ち寄った茶屋であり、『草枕』に描かれた峠の茶屋と思うらしい。多くの人が、この茶屋を『草枕』ゆかりの地として訪ねたという。

野出の茶屋跡（草枕交流館提供）

野出公園から眺める有明海。漱石の「天草の後ろに寒き入日かな」の句碑が立つ（草枕交流館提供）

この本が出版された翌年、昭和三（一九二八）年には漱石の妻・鏡子と娘婿・松岡譲が『漱石の思い出』のための取材旅行で小天を訪れた。しかし、鳥越の峠の茶屋について少し触れているだけで、特別の言及もない。

野出の峠の茶屋の存在が明らかにされるのは三〇年以上も後のことだ。郷土史家古財運平氏が、『漱石あれこれ』（昭三七・一二）で大正一一（一九二二）年頃まであった野出の峠の茶屋について述べ、その茶屋の前には山桜の老木があって里人が「漱石桜」と呼んで大切にしていたことを記したのである。桜の木は、昭和三二（一九五七）年頃枯れてしまったらしい。野出峠の茶屋の老婆は、明治四〇（一九〇七）年九〇歳で亡くなったという。

古財氏は旧天水町小天（現玉名市）生まれ。小天温泉を遊び場として育ち、漱石が小天に逗留したとき、数えの一三歳だった。漱石と話したという村の古老などに取材し、地元ならではの話を伝えている。

冊子は、漱石没後五〇年までに「漱石の文学碑」の建設を、としめくくられたが、昭和四一（一九六六）年、野出に「峠の茶屋跡」が建てられた。民俗学者の丸山学が「はしがき」で「この冊子にかきとめられたような事実は、日時の経過とともに刻々に忘れられて行くもの」でひとたび忘れられたものは再現できない。記録にとどめることだけが、忘却を防ぐ唯一の道だと述べている。こうした著書は研究書としての体裁をなさないため、埋没しがちだが、後世に伝えるべき貴重な「事実」に光を当てることも大切なことだ。

旅行⑤

「草枕」の旅（下）――「小天」が舞台と地元は直感

『草枕』が、発表されたのは明治三九（一九〇六）年の『新小説』九月号においてだが、旧制中学の教科書に登場するのは明治四四（一九一一）年『新定中学読本』が初めてらしい。大正二（一九一三）年には『高等小学校国語』第三学年上にも掲載されている（国立教育政策研究所教育図書館調査による）。

関口安義氏の調査（「漱石と教科書」『夏目漱石必携Ⅱ』昭五二・五）によると「春宵」「椿」「山路」などの題で昭和一〇年代までずっと顔を出すという。戦後も高等学校の教科書に登場した。『漱石あれこれ』を書いた古財運平氏もまた、大正初めに玉名郡伊倉小学校高等科三年を担任した際、生徒とともに「峠の茶屋」の部分を何度も読んで味わったという。高等科三年は現在の中学三年生である。

教科書に掲載されることで広く知られることになったが、その舞台が、熊本の小天《おあま》であることは、いったいだれが言い出したのだろう。漱石は、一言も小天温泉旅行を素材にしたとは述べていない。『草枕』のモデル論について最も早い研究書は島為男『夏目さんの人及思想』（昭二・一〇）と言わ

漱石が泊まった部屋（草枕交流館提供）

前田家別邸の浴場（小天温泉）（草枕交流館提供）

れるが、そこにはすでに『草枕』の舞台として、多くの人々が「鳥越の峠の茶屋」を訪れていることが記されている。

　また、かつて漱石が宿泊した「小天温泉」（前田家別邸）が廃業し、住人が変わっているにもかかわらず『草枕』の跡を訪ねてくる人が多く、家の写真を撮ったり、住人に話を聞いたりする人が絶えないことも記されている。

　つまり、こうした研究書より以前に、読者は「名作」の故郷を求めて、作品世界に浸ろうとするものらしい。ちょうど今、映画のロケ地やその舞台となった場所がいつの間にか人気スポットとなるように、嗅覚の鋭い人々がいつの時代にも情報を発信するのだろう。

　平野流香の「夏目さんと熊本」（「九州日日新聞」大九・一〇・一三）には、峠の茶屋を越えて、温泉場へ行くところが、見た事がある景色のようなので、五高での教え子でもあった白仁白楊《しらにはくよう》（後の坂元雪鳥）が熊本の小天ではないかと漱石に尋ねたら「そう見えますかね」と言って笑っていたというエピソードが載っている。ということは、発表直後から小天温泉を物語の舞台として認識した人がいたということだ。

島為男の研究書はそうした巷の噂を調査によって裏付けたことにもなる。前田案山子《かがし》の次女ツナ（通称・卓子）を『草枕』の那美のモデルとして初めて明らかにしたのは同書である。昭和一〇（一九三五）年一〇月号の『漱石全集月報』では「草枕の女主人公」の題で、前田ツナが小天での漱石を語っている。ツナ自身が主人公那美と同様、離婚して実家に戻っていたことをはじめ、青磁の鉢に入れて羊羹《ようかん》を出したこと。床の間に若冲の絵がかけてあったこと。父・案山子が骨董好きで、それを見せるためにたびたびお茶に招いたこと。そしてツナが、女湯がぬるかったので、漱石たちが中にいるとも知らず男湯に入ろうとして驚いたことなど。『草枕』に描かれているさまざまなことが現実にあったことを示した。一度見たものを精緻に描く漱石の記憶力の良さを示す話である。しかし、『草枕』の世界は現実世界ではない。ましてや漱石とツナとの間に「秘めた恋」があったのではないかと考えるのは穿《うが》ち過ぎである。

旅行⑥

耶馬溪の旅

「我に許せ元日なれば朝寝坊」――明治三二（一八九九）年の正月は穏やかに始まった。

前年の秋（九～一一月）は、妻鏡子が妊娠し、猛烈な悪阻《つわり》に苦しんだため漱石は、時には看病で夜を明かした。それも落ち着き、元日屠蘇《とそ》を酌み交わしたあと、漱石は同僚の奥太一郎と耶馬溪へ旅立った。漱石は、明治三〇（一八九七）年夏に耶馬溪行きを計画したが、父の死で実現しなかった。

漱石はこの旅で、六六句の俳句を作り子規に送っている。旅程については、その俳句を元に荒正人が『漱石研究年表』で推定したが、近年日田市、中津市を中心に日田往還の復原が進み、郷土史研究家の尽力もあって漱石がたどった道の検証が進んでいる。

冒頭の一句「宇佐に行くや佳き日を選む初暦」には、はずむような気分がうかがえる。しかし、小倉に向かう汽車は、太宰府から博多に帰る人でいっぱいで座る場所もなかった。小倉で一泊し、二日宇佐神宮に参詣した。俳句の前書きに「新暦なればにや門松たてたる家もなし」とある。当時旧正月を祝う慣習だったかどうかは未調査だが、「神苑に鶴放ちけり梅の花」の句は、やはり新春を感じさせる。西参道にある珍しい屋根付きの呉橋でも一句詠んでいる。

　宇佐市大字四日市で宿泊し、三日羅漢寺に向かう。羅漢寺は岸壁に無数の洞窟があり、山門も本堂も岩壁に張り付いたように建つ。「凩《こがらし》や岩に取りつく羅漢路《らかんみち》」。参詣路の入口で道ばたの笹の葉を結んで登る事になっているが、極楽との縁を結ぶためという。漱石は雪の積んだ笹を結んで「かしこしや未来を霜の笹結び」「二世かけて結ぶちぎりや雪の笹」の二句を詠んだ。

明治末期の羅漢寺全景（近砂敦『耶馬溪』より）

　三メートルほどの高さの藁《わら》を積んだ上で座禅を組む小僧がいて、凩が吹くたびに崖下に落ちそうになるのを見て、漱石は思わず「危険ではないのか」と問うと、「命は一つしかないので諦めている」という。漱石は松の木の上で座禅を組み、白楽天に「危険ではないか」と問われた鳥巣《ちょうか》禅師の故事を思い出している。
　羅漢寺から城井《きい》峠を越えて口の林で一泊。仲屋旅館がその宿という（近砂敦『耶馬溪』）。「寝まらんとすれど衾《ふすま》の薄くして」。寒さが厳しいのに布団が薄く、難儀した様子がわかる。

四日は口の林から守実まで山国川沿いの日田往還をひたすら歩いている。谷道では漁師に出会い、吹雪の中、氷を踏みながら進む。そそり立つ岩壁を見上げると空は狭く感じる。「只寒し天狭くして水青く」。守実では郵便局を営んでいた河野家に宿泊。その隣にある大歳《おおとし》祖《みおや》神社は漱石が宿泊したときもあった。境内には「せぐゝまる布団の中や夜もすがら」の碑が建つ。

五日、明治二二（一八八九）年完成した大石隧道《ずいどう》を越えるルートで日田へ下った。「隧道の口に大なる氷柱《つらら》かな」と詠んでいる。しかし、この峠で漱石はとんでもない災難に遭う。馬に蹴られて雪の中に倒れ込んだのだ。「漸《よう》くに又起きあがる吹雪かな」。筑後川を下り吉井で一泊し、六日久留米を経て熊本に帰った。

耶馬溪といえば青の洞門（当時は「樋田《ひだ》の刳抜《くりぬき》」と呼んだ）を思い浮かべるが、漱石はそこを通っていないようだ。鏡子はこの旅で漱石が馬に蹴られたといって「いやなしかめっ面」をして帰ってきたと述べている。足にまめを作り、鳥といつわって兎を食べさせられたなど不満を述べたらしいが、残された多くの句が漱石の確かな足跡を残している。

旅行⑦

阿蘇登山、通説「四泊五日」の真偽

明治三二（一八九九）年夏、漱石は、一高転任が決まった山川信次郎と阿蘇登山に出かけた。山川とは明治二四（一八九一）年に富士登山もしている。

旅行中に作った俳句から、戸下《とした》温泉、内牧《うちのまき》温泉、立野《たての》の馬車宿に宿泊したことはわかっていた。日程は、熊本から兄直矩に宛てた九月二日付の書簡があるため、荒正人は『漱石研究年表』で八月二九日から九月二日まで、四泊五日の旅と推測した。周知の通り、漱石たちは阿蘇山中で道に迷い、火口を見ることなく下山した。荒は漱石が内牧を出発して阿蘇登山をしたあと、再び内牧に戻ったと考えている。その根拠は不明だ。

当時の阿蘇山に関する本や『龍南会雑誌』に掲載された生徒の登山記録などを見ると、熊本から阿蘇登山をする場合、登山前日、麓で一泊するが登山後は、一気に熊本まで帰るという例が多い。漱石たちは内牧には戻らず、道に迷った末に立野にたどり着き、宿泊せざるを得なかったのではないか。最初から宿泊するつもりならば、馬車宿ではなく、温泉宿に泊まっただろう。

『阿蘇火山』（角田政治編・明四四）には最初の宿泊地・戸下温泉まで熊本から約八里（三二キロ）

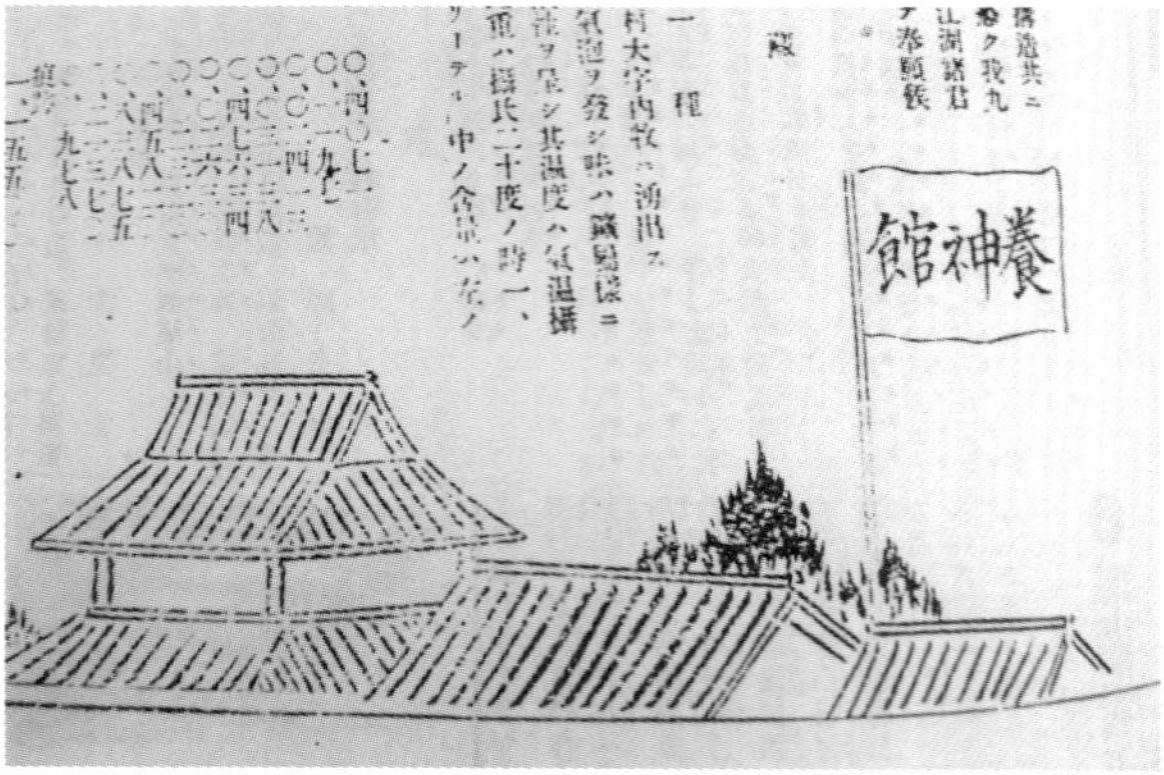

明治 32 年 7 月 23 日付「九州新聞」に掲載された「養神館」の広告（熊本市歴史資料室所蔵）

とある。戸下温泉の開発に尽力した長野一誠の観山亭や紅葉館など数軒の温泉宿があった。漱石の宿泊した宿はわからないが「温泉湧く谷の底より初嵐」と渓間の温泉を詠んでいる。

翌日は内牧まで一六キロ弱の道のりである。内牧村には古来、村の東西（湯山、折戸）に温泉があったという。明治三〇（一八九七）年八月、七カ所で温泉が湧出し、温泉ブームが始まった。村のあちこちで掘削が始まり、一一月には温泉は四〇カ所近くに及んだ（「九州日日新聞」明三〇・一一・一二付）。宿屋も次々にでき、当時養神館、対岳楼などがあった。漱石は宿泊先を書き残していない。しかし平野流香が「夏目さんと熊本」（「九州日日新聞」大九・一〇・一三付）に、五高で同僚だった奥太一郎の証言として「養神亭」に泊まったと記している。「囲ひあらで湯槽に逼《せま》る狭霧《さぎり》かな」と漱石は詠んだ。

翌日、漱石たちは宮地町の阿蘇神社に詣でた。「鳥も飛ばず二百十日の鳴子かな」の句からこの日は九月一日と推測されている。新聞や阿蘇神社の「社務日記」から一日は終日雨模様だったようだ。

参詣後、火口に向かったが、坊中から登ったというのが通説だ。坊中路は最も平易で女こどもにも登れると案内書にも出ている。しかし、地元の郷土史家嘉悦渉氏は、阿蘇神社前の道を真っ直ぐに登るルートを主張している。これは明治三八（一九〇五）年の地図や『阿蘇小誌』（大四）でも確認できる。坊中路を行けばこのルートより約六キロ遠回りになる。

「登山案内」には麓で案内人を頼むようにと注意書きがある。地図を見ると、頂上近くで湯ノ谷、地獄、坊中、宮地からの登山道が交錯する。うっかり曲がれば下りの道に入り込む。各登山道は二里から三里半とある。しかし、「阿蘇の山中にて道を失ひ終日あらぬ方にさまよふ」と俳句の前書きにあるように漱石たちは道を失い山中を歩き続けた。湯ノ谷路を行けば立野辺りに出る。そうして馬車宿にたどり着いたのではなかっただろうか。阿蘇旅行は、八月三〇日から三泊四日の旅と考えるのが妥当だろう。

旅行⑧

「二百十日」には「出張記録」が使われた

明治三二（一八九九）年の阿蘇旅行で、漱石は三〇余句の俳句を作ったが、珍しく短歌も二首詠んでいる。

大正六（一九一七）年版の全集では「阿蘇山二首」として収められていたが平成八（一九九六）年版の『漱石全集』では「短歌」一八首の中に前書きなしで「赤き烟黒き烟の二柱真直に立つ秋の大空」「山を劈《さ》いて奈落に落ちしはたゞ神の奈落出でんとたける音かも」が並んでいる。

この二首は、現存の漱石自筆の手帳では「戸下《とした》温泉」の句と「内牧《うちのまき》温泉」の句の間に書かれているという。しかし、二首目の意味が腑に落ちない。全集の「後記」を見ると手帳は「山を劈いて奈落に落ちしはたゝ神奈落を出んとたける音かも」となっていて、「たゞ神の」の「濁点」はこの全集で新たに付けられたものだった。「底本」は「自筆資料」を重視するという編集方針を示しながら、なぜここで「濁点」を打ってしまったのか。これは「はたたがみ（霹靂神）」と読むべきで、雷のことだ。山をさいて奈落に落ちた雷がそこから出ようとして、ものすごい音を立てているという歌なのである。目の前に「赤き烟」「黒き烟」が立ち上り、山を切り裂くような音を聞いたとき、漱石は、俳句には収めきれない阿蘇山のエネルギーを感じて歌にしたのだろう。

漱石が登った阿蘇山は明治二七（一八九四）年三月以来、活発な火山活動を続けていた。新聞にもしばしば「鳴動」「降灰」の記事が見られる。明治三一（一八九八）年一一月一九日付「九州日日新聞」には「昨年と全く一変し噴火口の傍らに一の小山」ができ、火口が「三カ所」になったことが報じられている。

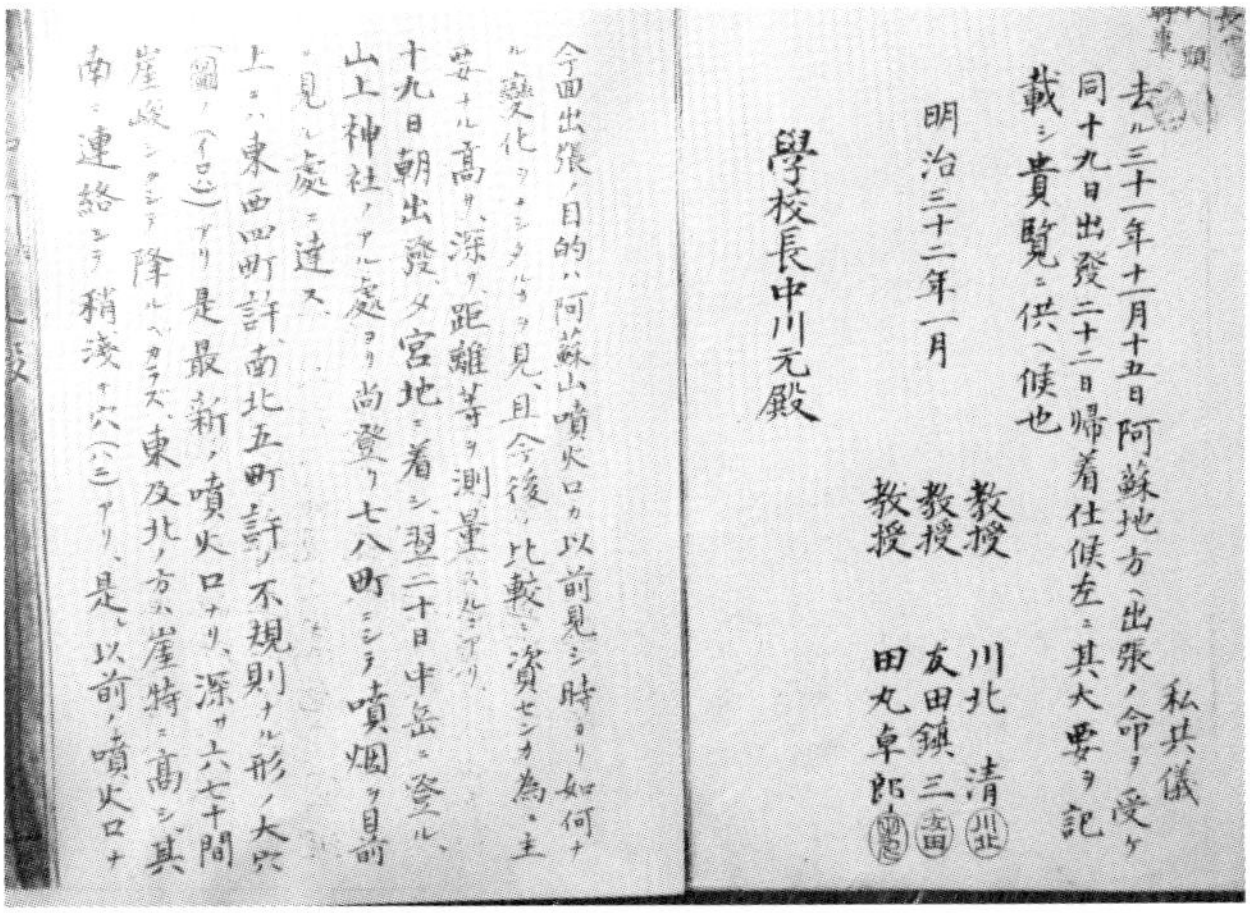
私共儀
去ル三十一年十二月十五日阿蘇地方ヘ出張ノ命ヲ受ケ
同十九日出發二十二日帰着仕候左ニ其大要ヲ記
載シ貴覧ニ供ヘ候也
明治三十二年一月
教授　川北清
教授　友田鎮三
教授　田丸卓郎
學校長中川元殿

今回出張ノ目的ハ阿蘇山噴火口カ以前見シ時ヨリ如何ナ
ル變化ヲナシタルカヲ見且今後ノ比較ニ資センカ為ニ主
要ナル高サ深サ距離等ヲ測量スルニアリ
十九日朝出發夕宮地ニ着シ翌二十日中岳ニ登ル
山上神社ノアル處ヨリ尚登リ七八町ニシテ噴烟ヲ目前
ニ見ル處ニ達ス
上ニハ東西四町許南北五町許ノ不規則ナル形ノ大穴
（圖ノ（イロニ））アリ是最新ノ噴火口ナリ深サ六七十間
崖峻ニシテ降ルヘカラズ東及北ノ方ハ崖特ニ高シ其
南ニ連絡シテ稍淺キ穴（ハニ）アリ是レ以前ノ噴火口ナ

『復命書』にある「阿蘇山測量報告」（五高記念館所蔵）

漱石は明治三九（一九〇六）年一〇月、『中央公論』に阿蘇登山の経験をもとに「二百十日」を書いた。第三章、温泉宿に泊まった夜、圭さんと碌さんは「五六里先き」の空が「一面に真赤」になるのを、「奈落から半空に向つて真直に立つ火の柱」を眺めている。あるいは第四章、道に迷った圭さんが「あの烟りの横の方から又新しい烟りが見えだしたぞ。あれが、多分新しい噴火口なんだらう」と述べている。

火口から五里も離れた宿まで聞こえる地鳴り、

火口から立ち上る二本の烟。まさにこれが明治三二年当時の阿蘇の様子なのである。

第二章では、風呂に入った圭さんが「何でも、沢庵《たくあん》石の様な岩が真赤になつて、空の中へ吹き出すさうだぜ、夫《それ》が三四町四方一面に吹き出すのだから壮《さか》んに違ひない」と話す。これは噴火口の風景だが、火口にたどり着かなかった漱石は、どこからこのような情報を手に入れたのだろうか。

五高資料の「復命書」の中に阿蘇中岳の新たな噴火口調査のために出張した川北清、友田鎮三、田丸卓郎教授の「報告書」がある。明治三一年一一月一九日から二二日の出張で、「半ハ融解セル赤熱ノ岩石片ヲ絶間ナク空中ニ噴出」する様子が観測された。「炎」は「高サ一五六間」まで達し、一分間に二〇〇個ほどの「白ク赤ク輝ケル無数ノ溶岩」が吹き上げられ、落下する様子は「一大火柱」が立つようだと記されている。

漱石は阿蘇の話を同僚から聞く機会もあっただろう。この出張報告書は明治三二年三月の『龍南会雑誌』（校友会雑誌）にも掲載されたため、詳細に知ることができたはずだ。宮地から登るルートもこの教授たちから示唆された可能性はある。「二百十日」には山中をさまよった体験とともに、当時の阿蘇の風景が間違いなく「写生」されている。

俳句①

漱石が聞いた午砲

漱石が明治二九（一八九六）年七月八日、正岡子規に送った句稿の中に「午砲《ごほう》打つ地城の上や雲の峰」という句がある。熊本城は明治一〇（一八七七）年の西南戦争で焼け落ち、漱石がいたときには熊本城の天守閣はなく、城域には第六師団が駐屯していた。午砲は月見櫓跡に山崎町方面に向かって据えられていた。熊本城跡を詠んだ漱石の句はない。かろうじてこの句が熊本城をしのぶ句になっている。

この午砲について面白い記事がある。明治四五（一九一二）年四月一八日付「九州日日新聞」に掲載された「熊本の午砲《どん》は音響が低くなつた」（上）だ。翌日に（下）が載った。

熊本の午砲《ごほう》は、明治四（一八七一）年、鎮西鎮台（明治六年熊本鎮台に改称）の設置に始まる。当時は朝六時、正午、夜の八時半に発砲していた。だからその当時は「午砲」とは言わなかった。西南戦争の時は、薩軍が熊本付近に迫ってきた危険を「三発」連発して城下の市民に知らせたという。この西南戦争後、午砲は破損して使用できなくなった。それを知った細川家が、持っていた二門の大砲を鎮台に寄付した。これは、ペリーの浦賀来航の際、緊急時に備えて作らせたものだった。

熊本城内の午砲台で記念撮影する五高生。後方は第六師団司令部（大正14年頃、五高記念館所蔵）

一つは一八斤《きん》砲、もう一つは二四斤砲で、これは、一八斤砲よりはるかに大きく、「一度発砲すれば市中の障子が悉く震ひ出し、殊に或時の如きは山崎町の某写真館の障子窓が破壊して負傷者を出した」とある。本当だろうかと思うが、この二四斤砲の午砲は「風の向きによっては天草の町山口地方まで聞こえてゐた」とも書かれている。

「二四斤砲」とは、「二四斤《ぽんど》砲」つまり、重さ二四斤《ぽんど》の砲弾を射撃する大砲のことだそうだ。一ポンド（〇・四五kg）は、日本の一斤（〇・六〇kg）とは違うため、一英斤、一听と表記していたが、いつの間にか「斤」の字をあてるようになったという。

もちろん「午砲」は実弾を込めない空砲だ。新聞記事によると、この二四斤砲は、明治三〇（一八九七）年頃から老朽化し、代わりに一八斤砲が使われることになった。それも一〇年余り経過して使用不能になったため、明治四〇（一九〇七）年の正月から砲兵隊の野砲に代わった。これは明治一五（一八八二）年に大阪の「工《こう》廠《しょう》」で作られたもので日清戦争では第六師団に従って天津付近で活躍したが、日露戦争では旧式となって使用されなかったものだという。しかし、一八斤砲と比べるとその音が小さく、市中にさえ行きわたらなくなったという。

さらに記事は、毎日、砲兵隊から発砲指令の上等兵が兵卒二名を連れてきて当直下士の立ち会いの上、午砲を発砲することを伝えている。正午三分前に発砲所そばの信号機に東京の逓《てい》信《しん》省から信号が送られ「りんりん」と鳴り始める。それが鳴り終わったときが正午。この時、下士が「打て」という号令を掛け発砲される。

この午砲に必要な火薬の重量は一日一三三匁《もんめ》、二一銭一厘。一年三六六日で計算すると七七円二二銭六厘になる、と記している。二代目の午砲がいつまで使われていたか、よくわからないが、漱石が聞いた午砲は、二代目と三代目の午砲の可能性がある。二四斤砲はすでに割れるような音ではなかったかもしれない。一八斤砲の午砲との音の違いを漱石は感じただろうか。

俳句②

紫溟吟社（上）――内坪井町の家で誕生

寺田寅彦は明治三一（一八九八）年七月、漱石を井川淵町の家に訪ね俳句の教えを受けるようになったが、寅彦よりもっと前に漱石を訪ねていた五高生がいた。厨川肇《くりやがわただし》（千江）と蒲生栄《がもうさかえ》（紫川）の二人である。厨川は、しばしば厨川辰夫（白村）と間違えられる。白村は、漱石が英国留学後、東京帝国大学の講師となったときの教え子で、漱石が推薦して五高の英語教師になった。自由恋愛を主張した『近代の恋愛観』（大一一・一一）は学生に多く読まれた。

『漱石全集』第二二巻（岩波書店、一九九六・三）では、書簡番号一五二・四五八に出てくる厨川についての人物注を巻末にあげ、厨川白村としている。四五八の厨川は確かに白村のことだ。しかし、書簡一五二の厨川は、白村ではなく、千江である。さらに厨川白村の人物注には「五高生時代、紫溟吟社に加わり、千江と号した」とある。これは、厨川白村と千江とを混同した誤りである。厨川肇は、島根県の生まれで、明治二九（一八九六）年五高文科に入学した。中学時代から俳号を用いており、故郷の松原湾が「千江《ちえ》が浜」と呼ばれていたことに由来するという（原井拓士「厨川千江の俳句について」）。

蒲生栄は、北九州市生まれで、明治三〇（一八九七）年五高第三部（医科）に入学した。明治三一（一八九八）年一月、五高の習学寮で同室だった千江と話をしているうちに「俳句を作ってみよう」ということになり、後日数十句を持ち寄ったが、ほとんど俳句の知識のない二人は、「これでは面白くない」と千江が「夏目先生が句を作るということだから話を聞きに行こう」ということになり、井川淵町の家を訪問した。この時期について蒲池正紀は「紫溟吟社・その成立と終焉」（『熊本商大論集』一五号、昭和三七・一二）で五月くらいのことと推測した。

紫川は「九州の新派俳句界」（『懸葵』明三七・五）に、漱石を初めて訪ねた時のことを書き、次に来るときは句を持ってくるように言われて、「田螺《たにし》十句」を持って行ったと記している。その時、佳い句と評された「田螺とはあはれな貝の名なりけり」が五月五日刊の雑誌『日本人』に掲載されている。

ということは、漱石の家を二度目に訪問したのは遅くとも五月の初め。最初の訪問は四月という

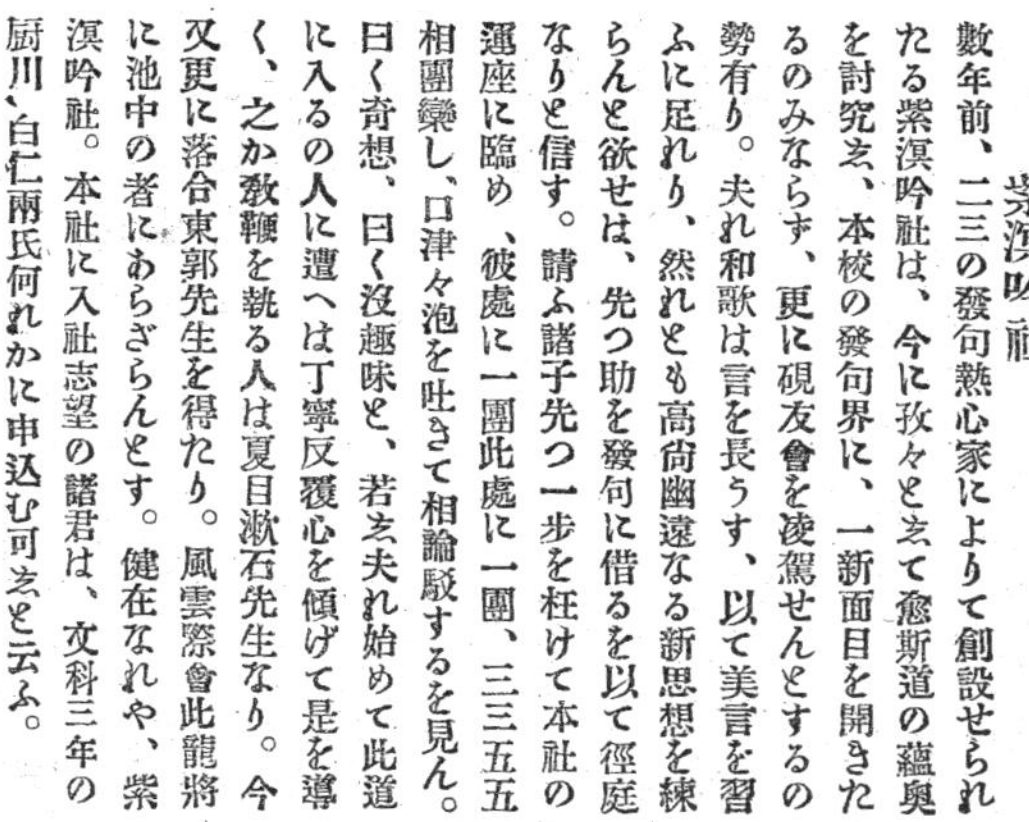
紫溟吟社

数年前、二三の發句熱心家によりて創設せられたる紫溟吟社は、今に孜々として愈斯道の蘊奥を討究し、本校の發句界に、一新面目を開きたるのみならず、更に硯友會を淩駕せんとするの勢有り。夫れ和歌は言を長うす、以て美言を習ふに足れり、然れとも高尚幽遠なる新思想を練らんと欲せは、先つ助を發句に借るを以て徑庭なりと信す。請ふ諸子先つ一歩を枉けて本社の運座に臨め、彼處に一團此處に一團、三三五五相團欒し、口津々泡を吐きて相論駁するを見ん。曰く奇想、曰く沒趣味と、若し夫れ始めて此道に入るの人に遭へは丁寧反覆心を傾けて是を導く、之か教鞭を執る人は夏目漱石先生なり。今又更に落合東郭先生を得たり。風雲際會此龍將に池中の者にあらざらんとす。健在なれや、紫溟吟社。本社に入社志望の諸君は、文科三年の厨川、白仁兩氏何れかに申込む可しと云ふ。

『龍南会雑誌』（74 号）にある紫溟吟社の記述（熊本大学図書館所蔵）

ことになるだろう。つまり、漱石が井川淵町の家に引っ越してまもなく彼らは漱石を訪問したのである。

この二人の作句意欲はすさまじく、「日に百句二百句以上を物したことも稀ではない」（紫川前掲文）という。『漱石全集』に収録されている唯一の紫川宛書簡（明三一・六・一〇付）には「大兄の俳句千江氏の分と共に過日子規手許迄送り置候処本日着の日本に三句丈掲載」とある。これは六月四日付「日本」に掲載された千江の俳句三句、五日掲載の紫川の俳句三句のことである。この二人の俳句熱さながらに、雑誌『日本人』、新聞「日本」には次々と俳句が掲載されている。

特に千江は熱心で、秋になると「俳句会」を興そうと、学校内で俳句を作るという者、俳書を読むという者すべてに声を掛け、一〇月二日漱石の内坪井町の家で初めての運座を開くことになった。

メンバーは、寅彦、千江、紫川のほか、白仁《しらに》三郎（白楊、のちの坂元雪鳥）、石川芝峰、平川草江、古橋蓼舟など一一人が集まった。これが熊本に初めて新派俳句の結社「紫溟吟社《しめいぎんしゃ》」ができた記念すべき日だった。

俳句③

紫溟吟社（中）――陸軍、町方の有志も参加

明治三一（一八九八）年一〇月、五高で結成された新派俳句会は、厨川千江《くりやがわせんこう》と蒲生紫川《がもうしせん》によって「紫溟吟社《しめいぎんしゃ》」と命名された。

五高の校友会雑誌『龍南会雑誌』に、千江と紫川の俳句が掲載されたのは六八号（明三一・一二）からである。六九号（明三二・一二）の「雑報」には、漱石に頼んで「俳句の会」を起こし、「毎月一回運座を催す」ことになったので入会希望者は、紫川のところに申し込むようにという記事が載った。「紫溟吟社」の名が使われたのは、七一号（明三二・三）が初めてである。

この会の運営実態をつかむことは難しい。この間の様子をほんの少しだけ知ることができるのが『厨川千江句集』（原井拓士編）である。一〇月二日漱石の家で初めての運座が開かれてのち、千江の句集には「十二日、久本寺《くほんじ》にて運座」「十月二十二日」という前書きのある句があり、一〇日に一度句会を開き、情熱をもって句作に取り組んでいたことがわかる。

「鳴子《なるこ》つけし愚陀仏庵《ぐだぶつあん》の折戸《おりど》かな」は、千江が当時の作として書き残していた句の一つだが、内坪井町の漱石の家を「愚陀仏庵」と称していたこと、その戸に鳴子がついていたことがわかり興味

紫溟吟社の句会があった忍法寺（熊本市中央区西子飼町）

深い。

しかし、紫川の書いた「九州の新派俳句会」（『懸葵《かけあおい》』明三七・五）によると、あれほどの情熱を持って始められたにもかかわらず「三十二年の春以来千江氏も僕も或る事情の為殆ど全く俳句をやめてゐた」という。そこにどんな「事情」があったのかはわからない。明治三二（一八九九）年春は、千江にとって三年生最後の学期で、六月末には卒業試験を受けなければならなかったはずだが、卒業試験を受けていない。学籍簿には「欠席回数超過」と朱書きされている。つまり留年である。千江は大学時代にも健康を害しているので、体調不良が原因だったかもしれない。

紫川も病気のためしばらく故郷に帰っていたという。ところが三二年秋、療養中の紫川に「千江氏は書を寄せて、今回校外の有志多数でき、紫溟吟社を再興して大拡張をなすとのことを通じてきた」（前掲『懸葵』）。有志とは「陸軍側の六走、玄耳、町側の迂巷《うこう》、楚雨、莨楚諸氏で、ことに迂巷子の熱心ときたら驚くべきものであった」と紫川は書いている。

千江の句集には、「九月二十三日小園にて運座」「同急吟三十分」「九月三十日忍法寺にて運座」「十月四日小園にて運座」「十月七日小園運座」「十月十一日まさこ庵運座」「十月十三日紫川子と」と、前書きのある句が並び、三日にあげず句会が開かれていることがわかる。これは一一月も続き、一二日には「愚陀仏庵急吟三十分」という前書きもあり、漱石の家で句会があったことがわかる。「急吟」とは時間を決めてその間にできるだけ多くの句を詠むことである。一〇分一〇句と決めてやることもあった。

『龍南会雑誌』七五号（明三二・一二）には、新たなメンバーも加え一五人が「紫溟吟社」として句を掲載している。紫川が記した「町方《まちかた》」との連携が確認できるのは一一月一九日の「迂巷庵運座」（『厨川千江句集』）が初めて。新派俳句が校外に広がりを見せた始まりである。

千江らが句会場にした「久本寺《くほんじ》」「忍法寺」は今も熊本市にある。千江が明治三二年一〇月一七日漱石を詠んだこんな句がある。「漱石は酒嫌ひなり冬籠《ふゆごもり》」。

俳句④

紫溟吟社（下）――選句はしても指導はせず

明治三二（一八九九）年秋、厨川千江の尽力で復活した「紫溟吟社《しめいぎんしゃ》」は、さらに校外の有志を加えて、「九州日日新聞」に姿を現す。

初めてその名が出たのは明治三二年一一月二九日。「黄鐘白聲《こうしょうはくせい》」と題され、連日一〇数句ずつ掲載された。新聞掲載に尽力した池松迂巷《うこう》、五高生の竹田双松、白仁白楊《しらにはくよう》、山口諫江、後に大江小学校校長となった小塚雪枝ら一八人が名を連ねた。その後、第六師団の渋川玄耳《げんじ》、中村桂州、川瀬六走《ろくそう》らが加わった。

迂巷は本名常雄。明治八（一八七五）年、現在の熊本市中央区黒髪に生まれた。明治三一（一八九八）年熊本尋常中学済々黌を中途退学後は家業の質商を手伝っていた。漱石は高浜虚子宛書簡（明三二・一二・一一付）で、迂巷を「先般来突然知己に相成候《あいなりそうろう》人」と述べているので、面識を得たのは一一月頃だったと思われる。

迂巷は、東京の俳人の句を掲載したいと虚子に願ったが返事がなかったため漱石に仲介を頼んだのだ。漱石は、虚子に迂巷が新派俳句普及に熱心なことを説き、「俳句の何ものたるを解せざる有

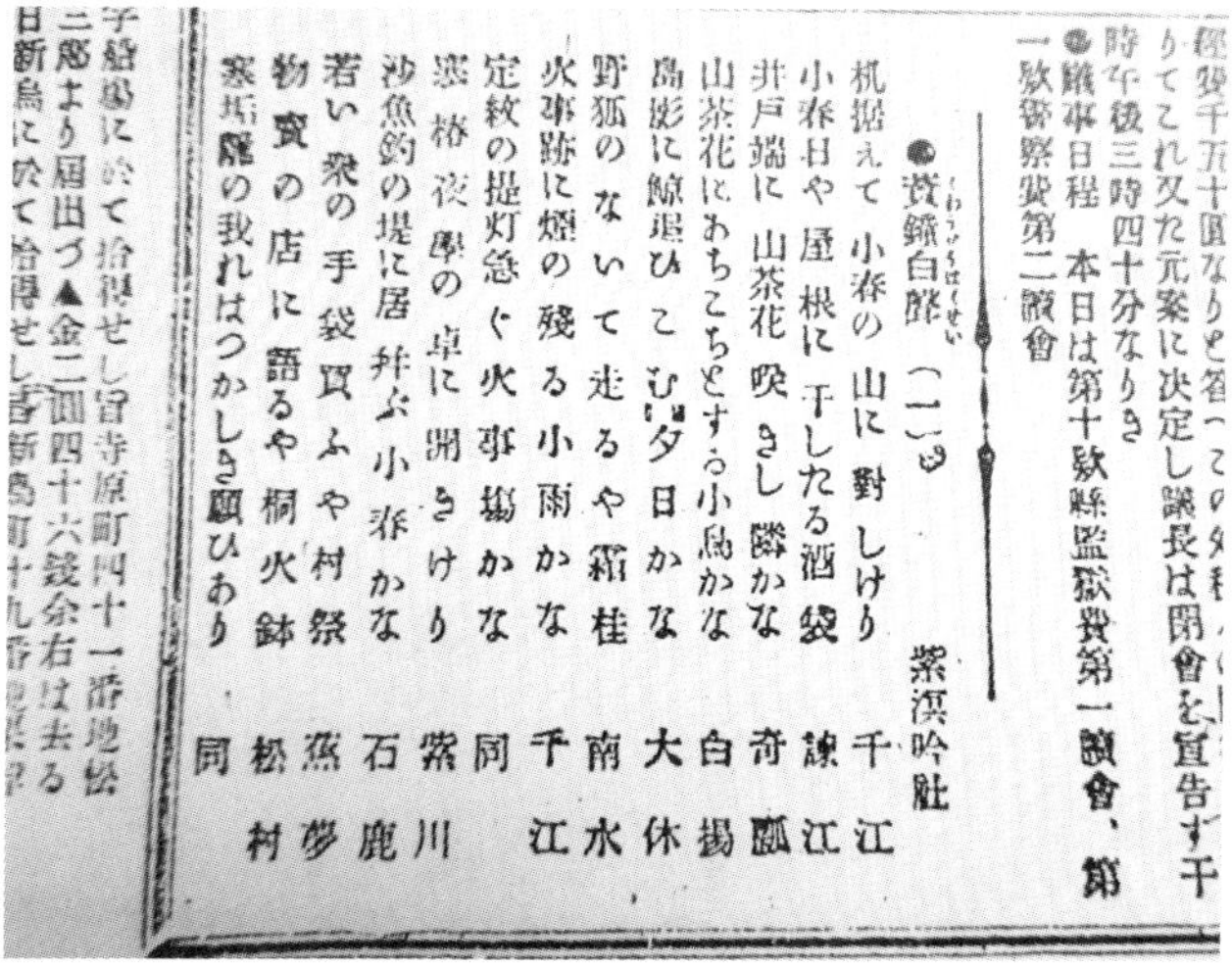

種變千五十圓なりと答へての外種々の質問……りてこれ又た元案に決定し議長は閉會を宣告す于時午後三時四十分なりき
●議事日程　本日は第十數縣監獄費第一讀會、第一數警察費第二讀會

●蛍録白醉（一）　紫溟吟社

机据えて小春の山に對しけり　千江
小春日や屋根に干したる酒袋　謙江
井戸端に山茶花咲きし隣かな　奇瓢
山茶花にあちこちとする小鳥かな　白揚
島影に鯨退ひこむ夕日かな　大休
野狐のないて走るや霜柱　南水
火事跡に畑の残る小雨かな　千江
定紋の提灯急ぐ火事場かな　同
寒椿夜學の卓に開きけり　紫川
沙魚釣の堤に居弁ぶ小春かな　石鹿
若い衆の手袋買ふや村祭　燕夢
物賣の店に語るや桐火鉢　松村
寒垢離の我れはつかしき願ひあり　同

字絵場に於て拾得せし旨寺原町四十一番地松二郎より届出づ▲金二圓四十六錢余右は去る日新島に於て拾得せし旨新島町十九番地

明治32年11月29日付「九州日日新聞」に掲載された紫溟吟社の俳句（熊本市歴史文書資料室所蔵）

様」の九州に新派俳句を「鼓吹奨励」するために協力を要請した。

漱石の尽力によって、一二月二一日の新聞紙上に虚子の句が一〇句掲載されたのを初めに東京の俳人たちの句が次々と紹介されることになる。またここで「当地にありては夏目漱石氏は紫溟吟社を率ゐて盛んに斯《この》道の為めに西海の俊英を鼓吹せられ」と、初めて漱石の名が登場した。紫溟吟社の俳句は一二月九日から連日「九州新聞」にも掲載された。

千江と迂巷が発起人となって第一回の「新派俳句会」が開かれたのは翌三三（一九〇〇）年一月二一日。「例会急吟俳句抄録」として二七、二八日の「九州日日新聞」に、漱石選として五二句が掲載された。二月一一日開催の第二回新派俳句会は広く市民に呼びかけられた（「九州日日新聞」明三三・二・一〇付）。これに驚いた俳人がいた。のちに熊本の新派俳句の中心となり、

「九日俳壇」選者となった広瀬楚雨《そう》である。明治一三（一八八〇）年生まれで、当時満二〇歳だった。楚雨は、青年雑誌『文庫』の愛読者で、しばしば俳句を投句した。東京で『ほととぎす』が刊行されると俳句に没頭した。熊本には俳友がいなかった。ところが突然、新聞紙上に「紫溟吟社」という新派俳句同人の句が次々と掲載された。「熊本の何処にこんなに沢山の俳人がいたのだろう」と驚き、また「多くの同好者を見つけだした喜びに急に世の中が明るくなつたような気持ちになつた」（「俳壇反魂香」『日本談義』昭四一・七）という。

楚雨はさっそく迂巷に連絡し、一本竹町（現熊本市中央区草葉町）の南山楼で開催された第二回紫溟吟社句会に出かけた。楚雨は驚異的な記憶力の持ち主で「紫溟吟社」について貴重な証言を残している。最も注目されるのは、句会に漱石が一度も現れなかったということだ。楚雨は漱石の指導を期待していたが、句会に漱石の姿はなかった。先輩も後輩もない自由な雰囲気で互いの句を痛烈に批判したり、自分の句を弁護したりしたという。

漱石は、七月には英国留学のため熊本を離れるが、その直前まで都合六回選句をしている。選句はしても指導をしないのは、自らの分をわきまえていたということではないか。五高生たちには、教師として指導しても、最終的には子規へ句稿を送った。あくまで漱石にとって俳句の師は子規ということであろう。

俳句⑤

紫溟吟社の終焉

熊本における新俳句の一大勢力となった「紫溟吟社《しめいぎんしゃ》」の変遷の過程は『ほととぎす』にも見ることができる。

『ほととぎす』の「地方俳句界」に厨川千江《くりやがわせんこう》と蒲生紫川《がもうしせん》の名前が漱石と共に載ったのは明治三二（一八九九）年一月刊の第二巻四号。「紫溟吟社」の名は、第二巻一〇号（明三二・七）に初めて出た。その後、明治三二年一一月二日に「紫溟吟社」第九回例会が開かれたことが『ほととぎす』第三巻四号（明三三・一）で確認できる。この時まで会員は五高生だけだ。

第三巻五号（明三三・三）には、一月二一日に新年宴会、二月一一日に例会が南山楼で開かれたことが報告され、新入会員に渋川玄耳《げんじ》、広瀬楚雨、野々口湖南らの名前がある。二月一一日の句会は「九州日日新聞」で「第二回新派俳句会」と記されたもので、この三三年は、町方有志が参加する新たな「紫溟吟社」の始まりと言える。しかし、この年七月に千江、紫川、白仁白楊《しらにはくよう》、平川草江が大学に進学し、漱石もまた英国留学のため熊本を離れると、五高生の勢力は急速に衰えていく。『龍南会雑誌』八一号（明三三・九）では「紫溟吟社の衰頽《すいたい》」と題して、いまや「紫溟吟社」は「僅

「銀杏」創刊号の表紙（複写本、熊本県立図書館所蔵）

かに命脈を保ちつつある」に過ぎず、「尾羽打枯らしたる寒《かん》鴉《がらす》」のような有様だと嘆いている。このため、町方の池松迂巷、玄耳、川瀬六走が「紫溟吟社」の中心となり、明治三四（一九〇一）年六月には機関誌『銀杏《いちょう》』を発行した。

蒲池正紀氏によると誌型は縦二五・四、横一三・二センチの細長い本。表紙に銀杏の字が木版で刷られているが、玄耳が熊本城の銀杏の古木から採った台木に、長男の手を取って書かせたものを彫ったという（「紫溟吟社その成立と終焉」）。

九州各地の句会と連携し、句も全国から募った。俳句だけでなく、和歌、短文、漢詩なども掲載した。この『銀杏』の発刊は『ほととぎす』第四巻一一号（明三四・八）でも報じられた。しかし雑誌は一一号（明三五・五）で廃刊。『ほととぎす』第六巻四号（明三五・一二）以後、「紫溟吟社」の名は見られなくなる。句会は継続したが、日露戦争の勃発で明治三七（一九〇四）年六月、玄耳、長野蘇南、中村桂州らが出征すると、新聞紙上での作品も激減した。

一方、『龍南会雑誌』では九二号（明三五・四）から、再び毎号紫溟吟社の句が掲載されるようになる。広瀬楚雨の「俳壇反魂香」によると明治四二（一九〇九）年春に、町方と五高生との間に亀裂が生じた。「夏目先生」が始めた「紫溟吟社」は五高のもの、と五高生が主張したのだ。町方有志は「紫溟吟社」から離れ「銀杏会」と称するようになったという。五高生たちは「紫溟吟社」を取り戻した体であったが、明治四三（一九一〇）年一一月の『龍南会雑誌』一三七号を最後に、姿を消す。しかし「紫溟吟社」がまいた新派俳句の種は確かに熊本に根付いた。

「紫溟吟社」を興した千江は教師となり生前一冊の句集も残さなかったが、「防長新聞」俳壇選者を務め、俳句界に貢献した。紫川は内科医となり、結核の「大気安静療法」を初めて本格的に紹介した。

千江は昭和一五（一九四〇）年六月一三日死去。その報を受けた紫川は「訃音聞く五月雨の窓に吾も老ゆ」と詠んだという（茂野吉之助『療苑』）。紫川はその二年後、昭和一七（一九四二）年九月八日死去している。

俳句⑥

もう一人の漱石

漱石が熊本にいた時代、もう一人の漱石がいた、という衝撃的な記事が出たのは、平成八（一九九六）年一〇月一四日付「熊本日日新聞」夕刊だった。ちょうど漱石来熊一〇〇年の記念年でもあった。俳誌『霏霏』主宰・星永文夫氏の「もう一人の『漱石』」という記事である。漱石が熊本にいた頃、漱石より「十四歳年長で（中略）この地における知名度はその社会的地位からして一歩先んじ、当時〈漱石〉といえば、こちらの方を指していたかもしれない」という、もう一人の漱石がいたというのだ。

名前は「黒川漱石」。星永氏によると、「江戸俳諧の伝統を守る梫楓《せいふう》社の著名な俳諧師」で、嘉永六（一八五三）年一〇月一五日、細川藩士河島元長の次男として生まれる。幼名末雄、のち修。一八歳の時、黒川家の養子となり、明治九（一八七六）年、熊本医学校に入学。卒業後は熊本県本願寺施薬病院などを経て、熊本市大学町五一三番地（現熊本市中央区本荘三―八）で開業し、その功績も大きかったという。

いつから漱石と名乗ったのかは不明としながら、明治三二（一八九九）年二月七日付「九州日日新聞」の「漱石庵新年発句会」の記事を挙げて、「この地の俳諧師としては、相当名のある存在であったことは間違いない」と述べている。大正二（一九一三）年には第九世宗匠となり、大正九（一九二〇）年には熊本俳人会の会長となった。

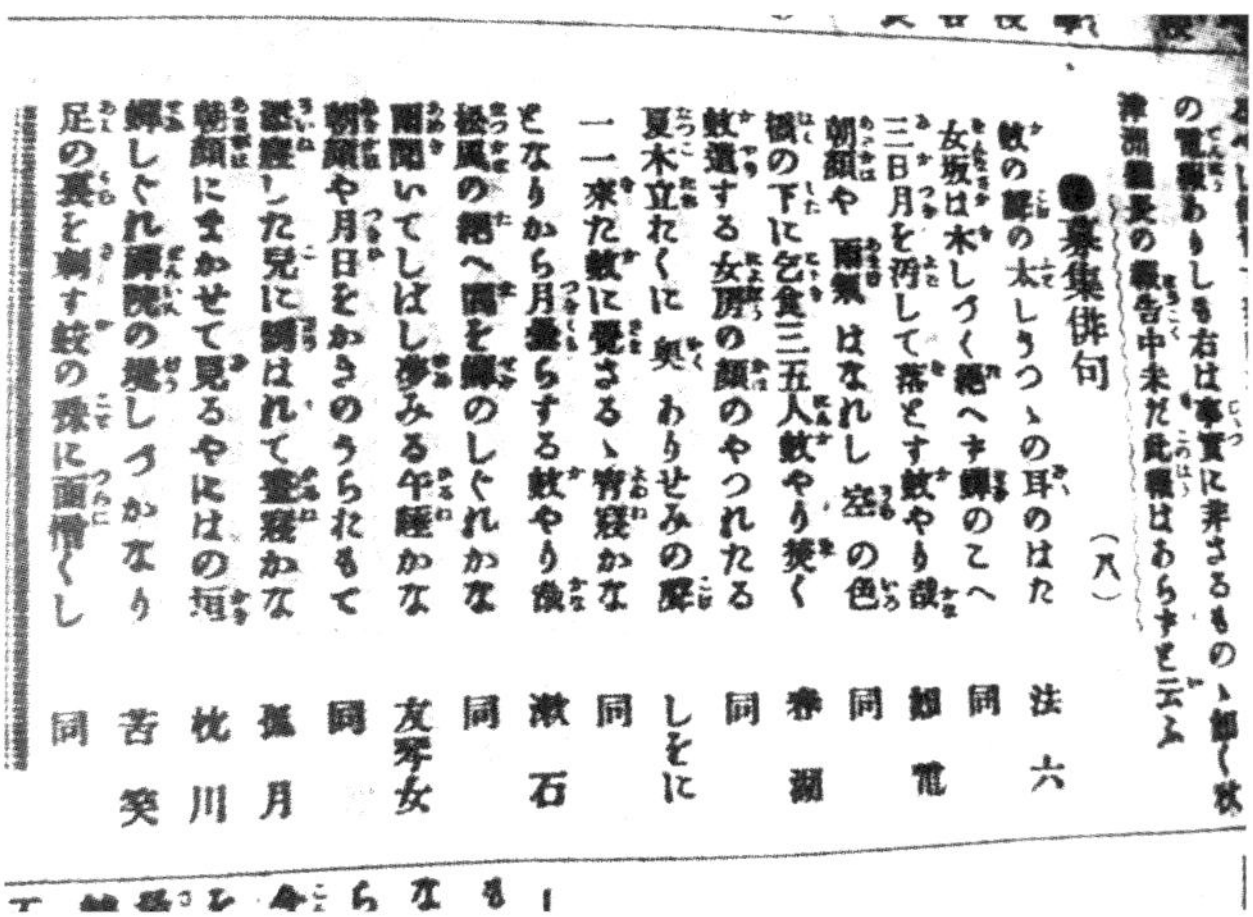
の電報ありしも右は事実に非ざるものゝ如く
津洲艦長の報告中未だ此報はあらずと云ふ

●募集俳句（八）

蚊の群の太しうつゝの耳のはた　法六
女坂は木しづく絶へず蝉のこへ　同
三日月を消して落とす蚊やり哉
朝顔や雨気はなれし空の色　同
檐の下に乞食三五人蚊やり焚く　春湖
蚊遣する女房の顔のやつれたる　同
一一来た蚊に覚さるゝ宵寝かな　同
となりから月曇らする蚊やり哉　漱石
松風の絶へ間を蝉のしぐれかな　同
朝顔や月日をかきのうらおもて　同
朝顔にまかせて見るや垣はの短　枕川
足の裏を刺す蚊の殊に面憎くし　同

黒川漱石の俳句が掲載された明治31年7月28日付「九州新聞」
（熊本市歴史資料室所蔵）

　この記事が出た当時、熊本大学に残っている資料調査を始めたばかりだった。遅ればせながら「紫溟吟社《しめいぎんしゃ》」について調べるため、新聞調査を開始したのは、平成二〇（二〇〇八）年のことである。長年気になっていた黒川漱石についても調べたが、その名が「九州日日新聞」に初めて出たのは、明治三一（一八九八）年一〇月一二日であることを確認した。また、「紫溟吟社」の選句者に夏目漱石の名はあっても、漱石の名では、新聞に一句も掲載されていないことも確認した。

　ところが『漱石全集』（岩波書店、一九九六年版）に、「九州新聞」掲載の漱石句が、新たに収録されていた。「となりから月曇らする蚊やり哉」「松風の絶へ間を蝉のしぐれかな」の二句である。これは岡崎一氏の「夏目漱石と『九州新聞』—新資料の俳句を中心に」(『新編夏目漱石研究叢書一』)の論文によって収録されたものだ。

岡崎氏は、「九州新聞」の「募集俳句〈八〉」(明三一・七・二八付)に漱石の名で掲載された二句を『漱石全集』未収録俳句として紹介した。これは七月一二日の「俳句募集」広告によって集められた俳句で、広告には「点者を定めず、俳事係の素人目にて、佳しと思ふものを選み載す」とある。漱石が本格的に俳句を始めたのは明治二八(一八九五)年だが、すでに新聞「日本」や俳誌『ほとゝぎす』で新派の俳人として活躍していた漱石が、このような「素人目に佳し」とするような俳句募集に応募するはずがない。これは夏目漱石ではなく、黒川漱石の句である。その何よりの証拠は、岡崎氏が漱石の句として紹介した二句のあとに「友琴女」の二句が並んで掲載されていることだ。

星永氏が参考にした『満門乃花』によると、その妻「友琴女史」もまた「俳句狂句和歌の嗜《たしな》みあり」と記されている。「九州新聞」の句はこの夫婦の句なのである。

俳句⑦

紫溟吟社以前（上）――無名氏、失名は漱石

「九州日日新聞」や「九州新聞」など、地元の新聞調査を本格的に始めたのは、平成二〇（二〇〇八）年のことである。並行して漱石の俳句が掲載された『小日本』、『日本人』などにも当たって再確認を始めた。

漱石は「日本派」（子規を中心とする、新聞「日本」で活躍した俳人たちをいう）の俳人と言われているのに、『漱石全集　第一七巻』では俳句の初出に「日本」と書かれているものがあまりに少ないのを疑問に思ったからだ。調査の結果、『全集』の注に多くの欠落があることも判明した（拙論「〈資料〉『小日本』・『日本人』・『日本』掲載の漱石俳句」『方位』）。

新聞は、漱石のいた「明治の熊本」の風景、人々の暮らしを鮮やかに伝えてくれる。熊本における新俳句の原動力となった「紫溟吟社《しめいぎんしゃ》」の隆盛や衰退も、新聞記事から光を当てることができた。そのような調査の中で「九州日日新聞」に「紫溟吟社」の俳句より以前に新派俳句が掲載されているのに気づいたのが平成二一（二〇〇九）年のことである。

それは、明治二九（一八九六）年一二月一〇日付「九州日日新聞」の「朧枝《ろうし》」と号する四句の俳

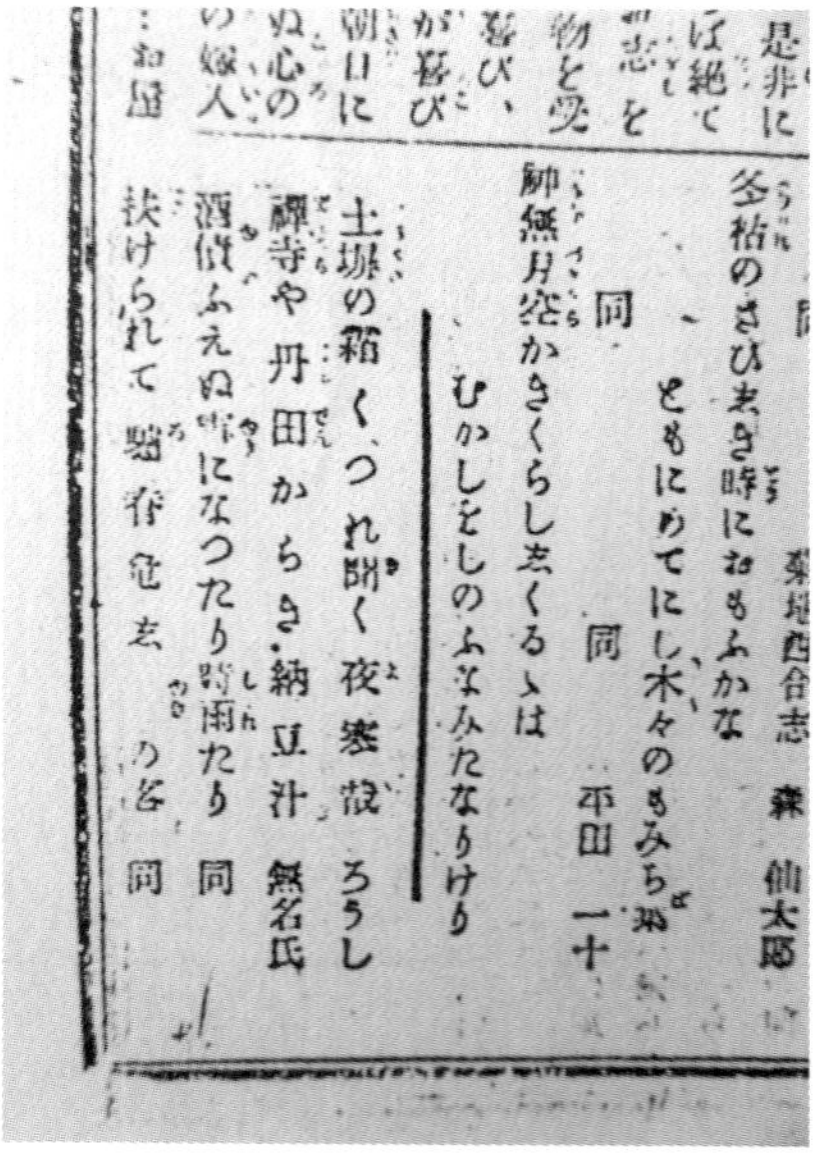
冬枯のさび志き時におもふかな　森　仙太郎
ともにかてにし木々のもみぢ葉
同　平田一十
師無月空かきくらし志ぐるゝは
むかしをしのぶなみだなりけり
土塀の霜くづれ聞く夜寒哉　ろうし
禅寺や丹田からき納豆汁　無名氏
酒債ふえぬ雪になつたり時雨たり　同
扶けられて驢背危し雪の客　同

明治29年12月18日付「九州日日新聞」。無名氏の号で漱石の全集未収録の句が載っている（熊本市歴史文書資料室所蔵）

句である。当時「九州日日新聞」は本紙四頁に付録紙一枚がついていた。以後は、この「付録紙」に掲載されているが、一一日には「朧枝」と「小竹」の句が二句ずつ。一三日には「ろうし」が三句ある。一五日には「朧枝」二句のあと「無名氏」として「水仙や主人唐めく秦の姓」という句が載っている。これは漱石の句である。一六日には「ろうし」句のあとに「無名氏」の「六波羅《ろくはら》へめされて寒き火桶かな」と「初冬や竹切る山の鉈《なた》の音」の句があり、これも漱石の句。一七日には「無名氏」「小竹」句が二句ずつあり、この「無名氏」の句も漱石の句である。

また、一八日にも「無名氏」の句が三句、「朧枝」の句が一句あり、「無名氏」の三句のうち「禅寺や丹田からき納豆汁」「扶けられて驢背危し雪の客」は『全集』にあるが、「酒債ふえぬ雪になつたり時雨れたり」の一句は『全集』未収録の句であることがわかった。一九日には「朧枝」二句、「無名氏」二句。この「無名氏」の句も漱石の句。さらに、二〇日には子規、虚子、霽月《せいげつ》、露石といった日本派俳人の句が並ぶ。これは二七日まで続いているが、その中に「失名」として挙げられた「むつかしや何もなき家の煤掃」が、やはり漱石の句である。

これらの俳句の新聞掲載は翌三〇（一八九七）年一月一七日、二〇日、二四日、二月一三日、一四日、一六日、一八日と断続的に続く。そこには七句の「失名」句があり、すべて漱石の句である。また、これらの俳句の中には「無為」と号した菅虎雄の句一二句もある。菅は、鏡子の『漱石の思い出』に、「私と同じ無能の俳句の生徒」と書かれた人である。鏡子は「俳句の機運にそそられて入門か何か、ともかく人真似でしきりと句をつくってみせられたらしい」が、「とうとうものにならずじまい」だったと述べている。

「朧枝」は徳永右馬七のことで、明治二五（一八九二）年第五高等中学校を中途退学後、東京専門学校に編入。卒業後、明治二八（一八九五）年四月から四カ月五高の英語嘱託を勤め、翌二九年二月から、熊本県尋常中学済々黌に勤務していた。

この一連の俳句は、誰が掲載したものか。なぜ漱石の俳句のみが「無名氏」あるいは「失名」として掲載されたのだろうか。

紫溟吟社以前（中）――「枕水」は安東真人か

明治二九（一八九六）年一二月一〇日から三〇（一八九七）年二月一八日まで断続的に「九州日日新聞」に掲載された俳句は一一〇句。一部「新俳句」ではない句も混じっている。一二月二六日の龍山、小子、酔子、黒子、陋子や、明治三〇年一月六日の朧枝以外の八人の句である。漱石らの句と並んでいるが関係はない。新聞社側にまだ「新俳句」の認識がないのだろう。

一二月二〇日から二六日まで五回にわたって東京の「日本派」俳人の句が掲載されているがここにも何の説明もない。俳句は、霽月《せいげつ》、虚子、子規、露石、無為、朧枝《ろうし》の順に記載して投稿したものだろう。ところが、誌面の都合で初回は霽月から露石までしか載せられず、二回目で残りの朧枝までの句を、三回目には霽月から朧枝までの句が二巡する形で掲載されている。

ここから見ても、これを投句したのは最後に名前がある「朧枝」と考えられる。朧枝（右馬七）の子息・徳永春夫氏の『徳永家の歴史』、春夫氏の岳父・山崎貞士氏の『熊本文学散歩』によると、朧枝は、漱石が東京専門学校で講師をしていたときの教え子で、合羽町《かっぱちょう》の家に漱石を訪ね、俳句の教えを乞うたのではないかと推測する。朧枝の句に漱石が添削したものが徳永家に保存されている。

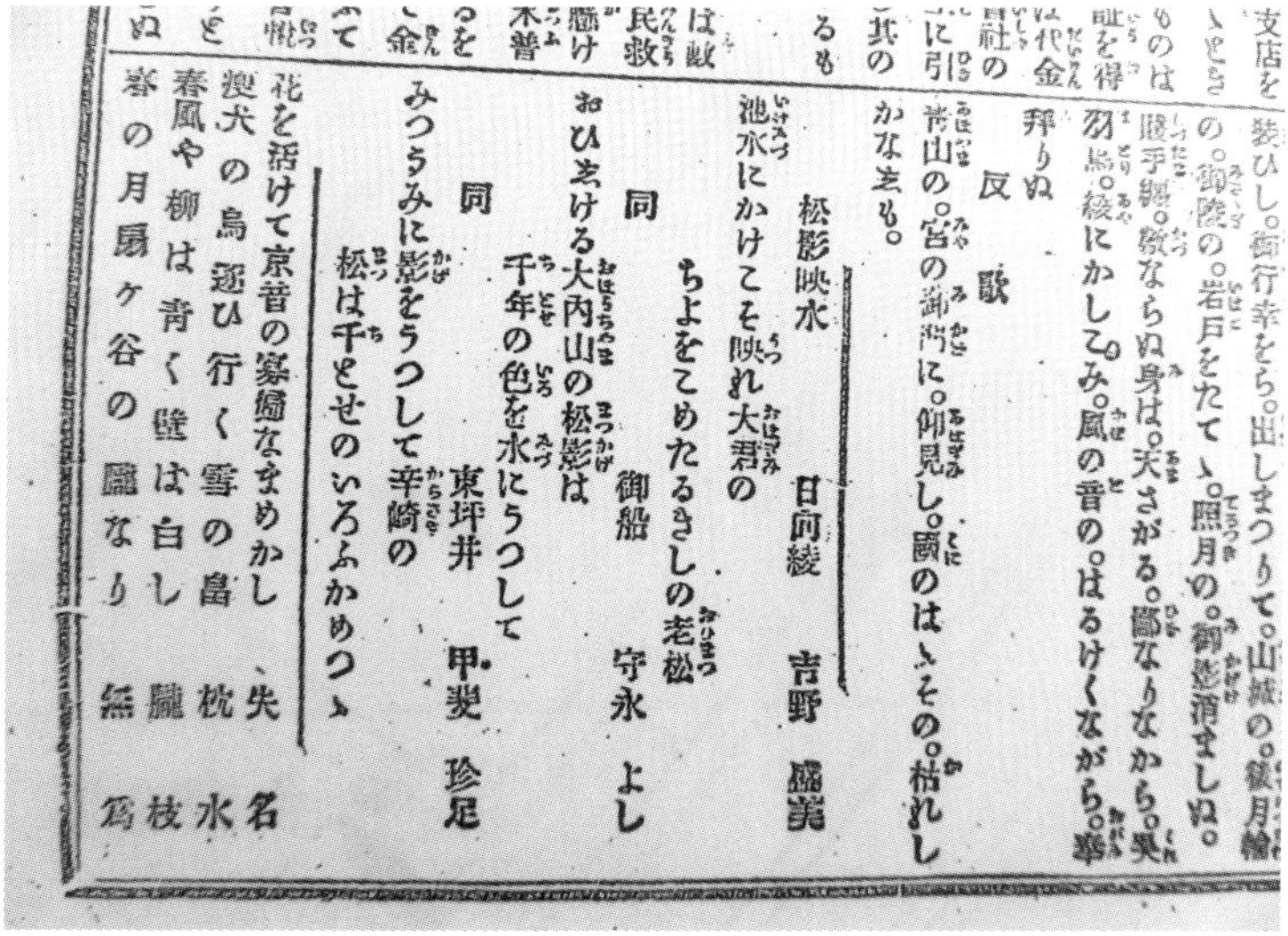

装ひし。御行幸をら。出しまつりて。山城の。
の。御陵《みさゝぎ》の。岩戸をたてゝ。照月《てるつき》の。御影消しぬ。
賤手縄。数《かず》ならぬ身は。天《あま》さがる。鄙《ひな》なりながら。
羽鳥。綾にかしこみ。風《かぜ》の音《と》の。はるけくながら。
拜りぬ

反　歌

香山の。宮《みや》の御門《みかど》に。仰見し。國《くに》のはゝその。枯れし
かなしも。

松影映水　日向綾　吉野　盛実

池水《いけみづ》にかけてそ映《うつ》れ大君の
ちよをこめたるきしの老松

同　御船　守永　よし

おひさける大内山の松影《まつかげ》は
千年《ちとせ》の色《いろ》を水にうつして

同　東坪井　甲斐　珍足

みつうみに影《かげ》をうつして辛崎《からさき》の
松は千《ち》とせのいろふかめつゝ

花を活けて京音の寡婦なまめかし　失名
獵犬の鳥逐ひ行く雪の畠　枕水
春風や柳は青く壁は白し　朧枝
春の月扇ヶ谷の闇なり　無爲

明治30年2月14日付「九州日日新聞附録」（熊本市歴史文書資料室所蔵）

そのうちの二句が新聞の句と同じである。

また、これらの句を調べると、「明治二十九年秋」の子規の句稿に書かれた虚子の俳句が三句確認できる。子規の三句は、『寒山落木』（子規の死後刊行された句集）に明治二九年作として載っている。つまり、それぞれの句には関連性がなく、「日本」や『ほととぎす』に掲載されるより早く、「九州日日新聞」に発表された句があるということになる。

徳永春夫氏によると、朧枝は漱石に願って日本派の諸大家の短冊を貰ったという。その短冊との一致は確認できないが、新聞に掲載された句は、朧枝が漱石を通じて手に入れ、許しを得て投稿したものではないだろうか。

この一連の俳句の中で、特に興味深いの

は二月一三日から一八日まで掲載された「失名」「枕水」「朧枝」「無為」の四人の俳句だ。「失名」は本来、名前が分からない場合に使うが、名前を伏せたい場合に用いられる伝統的手法でもある。これが漱石であることは句から明らかだが、「枕水」は誰か。

『図説漱石大観』(角川書店)に漱石が子規に送った無為、枕水、朧枝の句稿がある。一八句のうち六句が新聞の句と同じである。菅虎雄(無為)の次に並ぶ人だから学生などではない。大胆な推測だが、これは安東真人《まひと》ではないか。安東は、長い間行方が分からなかった親しい友人で、明治三〇年の正月頃、島崎に住んでいたのを探し出した、と『漱石の思い出』に書かれている人だ。安東は二松学舎で漱石と同級だった。東京職工学校に入学したが家庭の事情で退学し長洲に帰郷。当時は済々黌で国語漢文を教えていた。それが朧枝を介して再会できたのではないか。教え子の岡崎鴻吉は、安東から新俳句を初めて教えられ、新聞にも時折その句が出ていたと回想している(「済々黌七十年」)。漱石の俳号が「漱石枕流」の故事に由来することは有名だが、「枕水」は「枕流」をもじったものではないか。金之助が「漱石」なら自分が「枕水」だと。友人だからこそ名乗れる号ではないだろうか。

俳句⑨

紫溟吟社以前（下）――名を伏せた理由

明治三〇（一八九七）年二月一八日まで断続的に「九州日日新聞」に掲載された新俳句は、以後姿を消す。

一月二日に誕生した朧枝の長女が二六日には亡くなったこと。菅虎雄が六月に体調を崩し、やがて熊本を離れたこと。同じく六月に漱石の実父が亡くなり、鏡子と上京したことなどが重なり、句会をする余裕がなくなったのだろう。しかし、漱石が熊本に来た年から新聞紙上に新俳句が掲載されたことは、驚くべきことである。

五高の『龍南会雑誌』においても、その端緒はあった。漱石赴任以前、明治二四（一八九一）年一一月創刊以来、俳句は三冊に二二句載っているだけである。赴任後の四八号（明二九〈一八九六〉・六）には中内蝶二、一二句、梓氷川九句が掲載され、以後しばしば俳句が掲載されるようになる。

氷川は不明だが、中内蝶二は二年の時、漱石が担任である。中内は、のち「国民新聞」で劇評を執筆する傍ら、小説、演劇などを創作した人である。宇野哲人（中国哲学者）は、中内と同級生で

「中内蝶二が幹事となり先生の新屋敷のお宅でクラスの懇親会を開いたことがある」（「龍南の思い出」）と回想している。漱石の影響で中内が俳句を作った可能性は高い。

当時、漱石は「小生の駄句時々新聞雑誌に出るよし生徒抔の注意にて承知致候」（明二九・九・二五付子規宛書簡）と、生徒の間では俳人として知られていた。その影響は着実に五高生に及んでいた。『龍南会雑誌』五〇号（明二九・一一）以降は多くの俳句が掲載されている。五七号には「俳句を漱石先生に嘱して一層撰攻を厳にせられんことを望む」という投稿もある。五九号（明三〇・一〇）には、俳句の投稿が多かったので漱石に「是正」を乞うたが「悉く再考」が必要だと言われたともある。漱石自身の俳句も六〇号（明三〇・一一）に初めて掲載された。校内で「紫溟吟社」が誕生するのは翌年一〇月のことだが、その機運は高まりつつあったといえる。

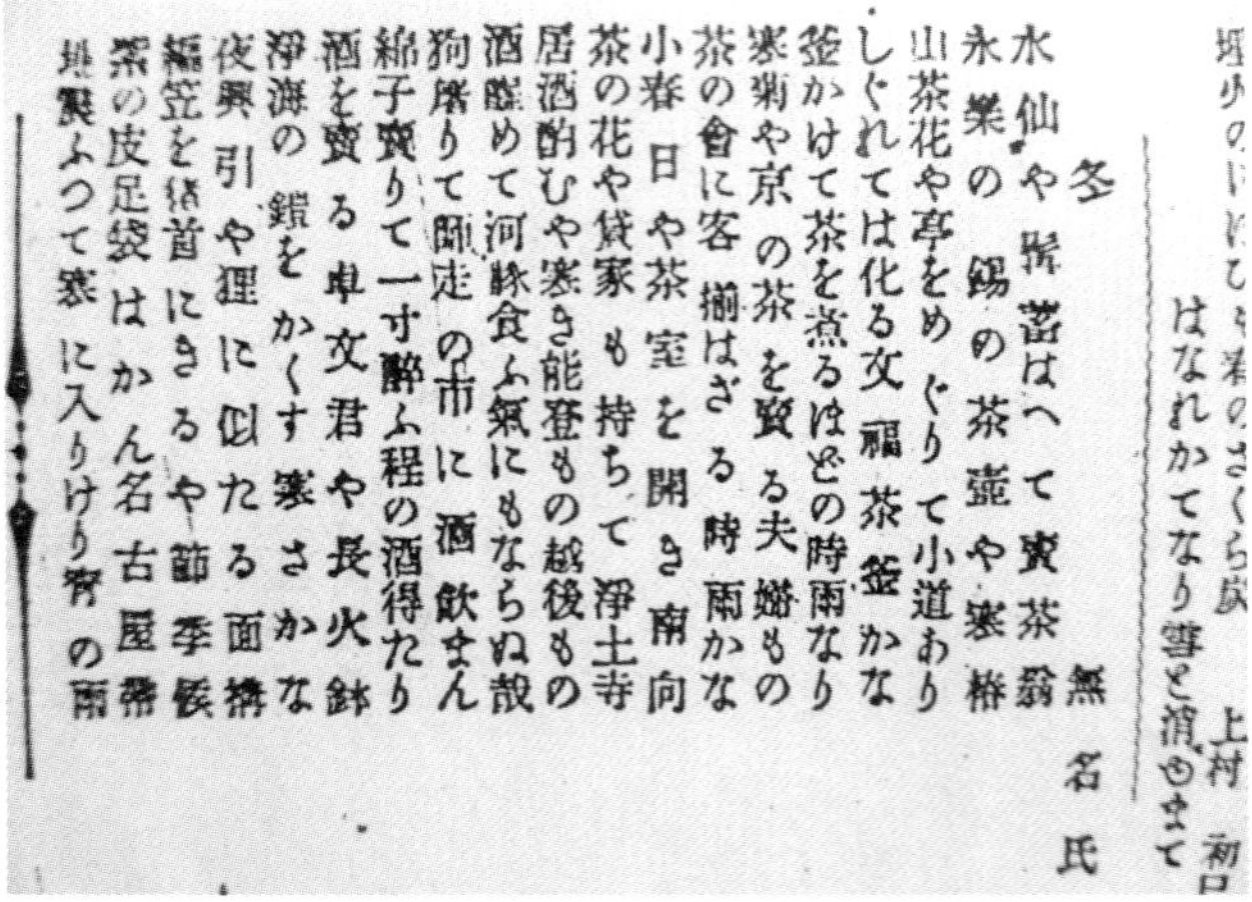
冬　無名氏
水仙や髯蓄へて売茶翁
永楽の錫の茶壷や寒椿
山茶花や亭をめぐりて小道あり
しぐれては化る文福茶釜かな
釜かけて茶を煮るほどの時雨なり
寒梅や京の茶を売る夫婦もの
茶の会に客揃はざる時雨かな
小春日や茶室を開き南向
茶の花や貸家も持ちて浄土寺
居酒酌むや寒き能登もの越後もの
酒醒めて河豚食ふ気にもならぬ哉
狗屠りて師走の市に酒飲まん
綿子売りて一寸酔ふ程の酒得たり
酒を売る卓文君や長火鉢
浄海の鎧をかくす寒さかな
夜興引や狸に似たる面構
編笠を猪首にきるや節季候
紫の皮足袋はかん名古屋帯
地震ふつて寒に入りけり宵の雨

第2句と第5句、第10句以降が全集未収録の漱石の俳句（明治32年12月20日付「九州日日新聞」（熊本市歴史文書資料室所蔵）

一方、新聞紙上から姿を消した新俳句が、再登場するのは、明治三二（一八九九）年八月一〇日のことである。記者が「当地には新派の俳句少なかりしが湖南生ありて（中略）一異彩を添たるは余が大いに喜ぶ所」と述べ、「夏季十五句」を掲載した。湖南は、のちに紫溟吟社の主力会員となる野々口永二郎のことである。紫溟吟社が新聞紙上に現れるまで盛んに俳句を投稿した。漱石の友人・安東真人《まひと》の甥で、その兄・野々口勝太郎は、漱石が英国留学のため熊本を離れるとき、五高の作文の先生として斡旋した人。湖海と号して漢詩に優れ、長く五高に勤めた。

こうして明治三二年一一月二九日「九州日日新聞」紙上に初めて紫溟吟社が登場するのだが、特筆すべきは一二月二〇日に掲載された「冬」と題する一九句の「無名氏」の俳句である。明治二九年の新聞に記された「無名氏」「失名」は漱石だったが、この「無名氏」も漱石である。一九句のうち七句は『漱石全集』に掲載されているが、一二句が全集未収録だった。これだけ多くの未収録俳句が見つかることは滅多にない。何度も全集の頁をめくった。この発見は、平成二二（二〇一〇）年九月一〇日の「熊本日日新聞」に掲載され、詳細は『方位』二八号（平二三・三）に書いた。

しかし、なぜ漱石の名が伏せられたのか。そこに、松山時代とは異なる、熊本時代の漱石の意識を読みとることができるのではないか。明らかに、五高教授であることが、地元新聞に俳句を発表することをためらわせる意識が働いている。

俳句 ⑩

漱石が詠んだ自転車の句

熊本時代の漱石の俳句の中に珍しい句がある。「自転車を輪に乗る馬場の柳かな」という句だ。漱石が詠んだ唯一の自転車の俳句だ。全集では明治三二（一八九九）年頃の作と推定されている。漱石と自転車と言えば、「自転車日記」（明三六）が有名である。ロンドン留学中、神経衰弱になった時に勧められて自転車の練習をした。その体験をユーモラスにつづった作品だ。

熊本で自転車の俳句があったことに驚くが、最新の『漱石辞典』（翰林書房、二〇一七・五）の「自転車」の項には『三四郎』などを引用しながら「明治期の自転車は都会の富裕層に限られた贅沢品であり、庶民の手にいるものではなかった」「街で見かける自転車の多くは荷物を運ぶための業務用」だったと述べてある。はたしてそうだろうか。漱石の句は、珍しい風景を詠んだものなのだろうか。

熊本での自転車の普及について調べてみた。自転車には税がかけられ、昭和三三（一九五八）年に廃止されるまで、地方税の重要な収入源だった。もとは、国税だったが明治二六（一八九三）年に地方税になった。『熊本県統計書』によると明治二六年は、熊本では年五〇銭だった。税金は変動があり、詳細は不明だが明治三二年頃には一円ほどになったようだ。
税収入で、個人所有の自転車の変遷を知ることができる。明治二九（一八九六）年は税収一円なので、熊本に個人用の二台の自転車があったと思われる。明治三二年は税収一五円弱だから一五台ほどだろう。

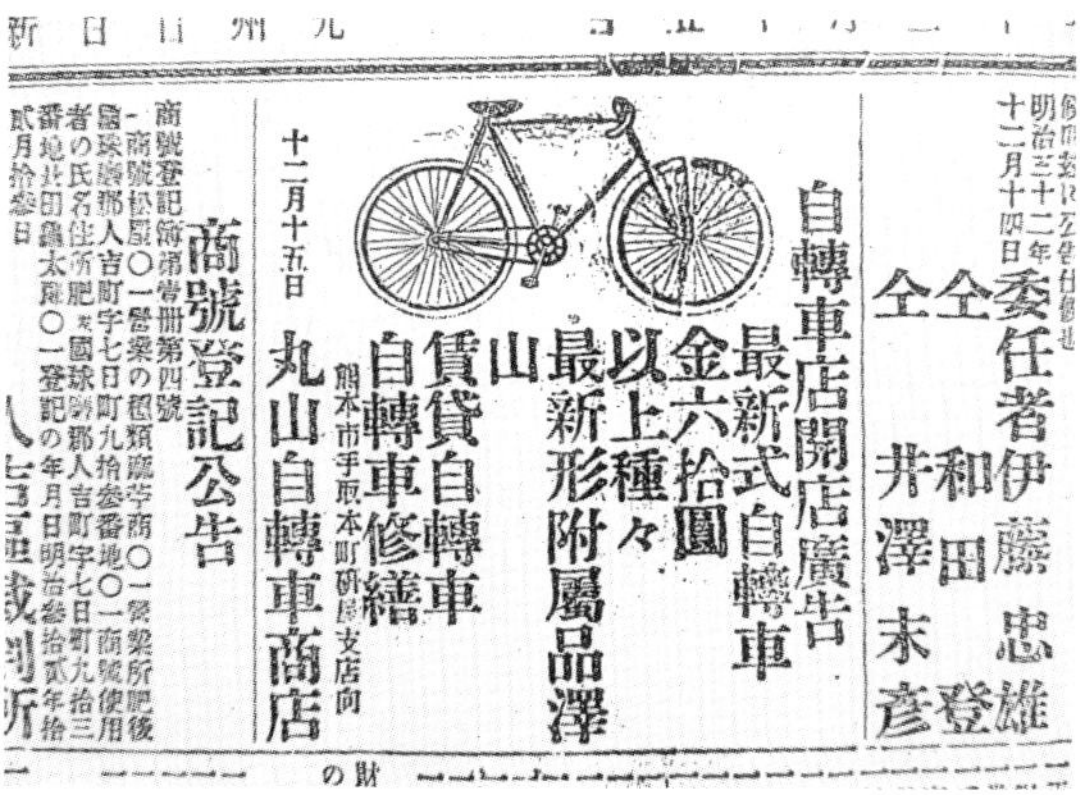
九州日日新聞

明治三十二年
十二月十四日
委任者伊藤忠雄
仝　和田登
仝　井澤末彦

自轉車店開店廣告
最新式自轉車
金六拾圓以上種々
最新形附屬品澤山
賃貸自轉車
自轉車修繕
熊本市手取本町研屋支店向
丸山自轉車商店
十二月十五日

商號登記公告

自転車の広告が掲載された明治32年12月15日付「九州日日新聞」（熊本市歴史文書資料室所蔵）

明治三二年一一月一六日付「九州日日新聞」に「自転車婦人を行き倒す」という記事がある。自転車にぶつかった婦人が倒れて気を失ったが、大事には至らなかった。記事には「近頃は自転車乗り非常に流行し」とある。一五台そこそこの自転車では「流行」とはいえない。一二月二八日には「自転車取締規則」という県令も交付されている。自転車数はもっと多かったはずだ。

『龍南会雑誌』七八号（明三三・五）に「運動場の自転車試乗」という題で、野球やフットボールをする学生が減ったが、運動場で自転車の練習が始まったことが記されている。自転車の事故が多いことや、八代《やつしろ》や木葉《このは》、大津等まで遠乗りする者が「続々輩出」しているとも。

記事には「地方幼年学校、電信局、銀行等に使用」されていることも述べられ、軍隊や営業で使用されている自転車は、自転車税には反映されないことがわかる。さらに「幾多の自転車は一時間二十四銭の賃貸を以て、どしどし輸入され」とある。学生たちが多く利用したのはこの賃貸自転車だったのだ。

明治三三年二月の新聞によると自転車の流行は、「昨冬の初め頃から」とあるので、先の記事がまさにそれであろう。自転車販売店も当初は一軒だけだったのが、徐々に増え、三三年には貸自転車を置く練習場が、追廻田畑《おいまわしたばた》（かつての馬場）をはじめ市内に七カ所あることも書かれている。同年の鎮魂祭では「自転車競走」もあった。個人所有の自転車は少なかったとしても、市内をかなりの自転車が走っていたのは間違いない。漱石が詠んだ句は、追廻田畑で円を描いて自転車の練習をしている風景にちがいない。

輸入自転車は広告によると八〇円から二〇〇円近くする。高級品には違いない。しかし、熊本県下で自転車税の収入は明治三六（一九〇三）年には二千円を超え、四三年（一九一〇）年には一万三千六〇〇円ほどになっている。自転車は「富裕層に限った」乗り物とはいえまい。

俳句⑪

藤崎宮大祭の藤祭りを詠む

熊本市の有名な祭りと言えば「藤崎宮（「九州日日新聞」には藤崎八旛宮、藤崎神社とも書かれる）大祭」だが、漱石がいたころの祭りはどうだったろうか。

藤崎八旛宮のホームページによると、藤崎八旛宮は、山城国（現京都府）石清水《いわしみず》八幡宮の分霊で、承平五（九三五）年に朱雀《すざく》天皇の平将門追討の勅願によって勧請《かんじょう》されたのに始まるという。熊本城の西にあったが、明治一〇（一八七七）年西南戦争で焼失し、翌年仮殿を現在の地（熊本市中央区井川淵）に造り、明治一七（一八八四）年に本殿が造営された。「八旛」の字の由来は、後水尾天皇宸《しん》筆《ぴつ》の勅額による。

大正四（一九一五）年国幣小社となるまでは県社だった。ちなみに漱石が熊本にいたときには、県下には官幣大社（阿蘇神社）、官幣中社（八代宮）、別格官幣社（菊池神社）があった。毎年「藤崎宮大祭」は新聞に日程が掲載され、連日その様子が報じられた。漱石の熊本時代には、四回の祭りがあった。興味深い記事が明治二九（一八九六）年九月一五日付「九州日日新聞」にある。

維新以前は「熊本の大祭典」として賑わった祭りだが、西南戦争後、かつての地元だった新町界

大正 11 年頃の藤崎八旛宮大祭（五高記念館所蔵）

隈の人々が転宮を不快に思い、祭りに協力的でないというのだ。その上、西南戦争後始まった陸軍の「招魂祭」が非常な賑わいを見せるため、ますます衰退が案じられる。この際、北岡神社など他の神社と合同で新たな祭典を作り上げてはいかがか、という。かなり乱暴な記者の意見である。

幸いなことに祭りは合同にはならず、現在に至っている。その日程は、新聞によると第一日獅子頭飾卸《かざりおろし》、和歌式。第二日大神楽、第三日神馬《しんめ》飾卸《かざりおろし》、奉納馬飾卸、夜烟《えん》花（花火）、第四日御座子舞、第五日神幸式となっている。神幸式は、旧暦の八月一五日に行われる。

祭りのクライマックスは、旧社地である藤崎台下の「お旅所」まで行く「朝随兵《ずいびょう》」と、そこから帰る「夕随兵」と呼ばれる盛大な神幸行列である。「随兵」のいわれは、加藤清正が朝鮮から無事に帰国したことを感謝して自ら一〇〇人の兵を率いて神輿《みこし》に従ったことによるという。

四台の神輿の後に大鎧《おおよろい》、兜《かぶと》をつけた随兵頭と一〇〇人の鎧武者、長柄《ながえ》という槍《やり》を持った陣笠・陣羽織の士、それを指揮する長柄頭、御幸奉行《みゆきぶぎょう》などが従う。その後に各地区から奉納された一〇頭余の飾馬が続く。「エイコロボシタ」のかけ声と共に勢子《せこ》たちが馬を追うが、しばしば他の地区の馬に鞭を当てては、喧嘩が起きた。明治三一（一八九八）年九月三〇日付の「九州日日新聞」には飾馬奉納人に対する注意事項が掲載され、取り締まりが厳しくなったことも書かれている。

漱石が明治三一年「藤崎八幡」の題で詠んだ句がある。「禰宜《ねぎ》の子の烏帽子《えぼし》つけたり藤の花」。これは、秋季大祭を詠んだものではない。藤崎宮鎮座の際、勧請の勅使が藤の鞭を地に刺したところ、枝葉がのびた。それが「ふじさき」の名の由来になったという。その名にちなむ祭りが「藤崎神社藤祭り」である。四月一三日から一五日まで行われることが一三日の新聞に載っている。一三日和歌式、一四日大神楽、一五日舞囃子の奉納、とある。この句が詠まれたのは明治三一年四月、井川淵町の家に引っ越して間もなくのこととわかる。漱石は、馬追を見ただろうか。

五高雑詠に確かな漱石の足跡

漱石は、熊本時代、約一〇〇〇句の俳句を作った。これは生涯作った俳句の四割を占める。そのほとんどが正岡子規に送られ、添削を受けた。そのうち新聞「日本」、俳誌「ほととぎす」等に発表された句は二〇〇句あまり。その中では「日本」が最も多く、一二〇句ほど掲載された。

一方、「日本」に掲載された漱石の句は、熊本時代では二七〇句にのぼる。これは、「日本」紙上で選句をしていた子規が、送られてきた漱石の俳句を書き留めて随時、新聞に掲載するなかで、松山時代の俳句も熊本時代の俳句も取り混ぜて発表したからだ。

しかし、一九九六年版の『漱石全集』第一七巻では、この二七〇句のうち、二四〇余句に掲載誌の注記漏れがあるため、「日本」における漱石の活躍状況が確認できない。詳細は、拙論「『小日本』『日本人』『日本』掲載の漱石俳句」(『方位』)で述べた。漱石が赴任早々、俳人として知られたのは、松山出身の生徒の情報や、こうした「日本」紙上での活躍があったためだろう。

この漱石を俳句の師として生徒が集まり、五高に「紫溟吟社」ができ、子規が提唱した「新俳句」が熊本に根付くことになる。校友会雑誌『龍南会雑誌』の俳句欄は活気を呈し、やがて市井の俳人をも巻き込んで連日「九州日日新聞」に漱石選の俳句が掲載された。しかし、漱石の俳句は当時熊本では、ほとんど発表されていない。「九州日日新聞」紙上に掲載された漱石の俳句はいずれも「無名氏」だった（二二三〜二三一頁参照）。『龍南会雑誌』に掲載された俳句はわずか五句。これに対して漢詩は七首ある。ここには、高等学校教授としての漱石の意識が感じられる。

熊本大学の敷地に建つ漱石の句碑

　ところが漱石には明治三二（一八九九）年一〇月一七日に子規に送った最後の句稿で「熊本高等学校秋季雑詠」と題する二九句がある。「学校」「運動場」「図書館」「習学寮」「瑞邦《ずいほう》館」「倫理講話」「教室」「植物園」「物理室」「化学室」「動物室」「食堂」「演説会」「撃剣会」「柔道試合」の前書がある。「運動場」のみ一句で、ほかはそれぞれ二句記される。

　子規は、この句稿に点をつけ「此様ノ句ハ実際ナルガタメニ面白キガ多ケレバ総テ御保存ノ事」と記している。よく知られている「いかめしき門を這入《はい》れば蕎麦《そば》の花」「秋はふみ吾に天下の志」は、この中の句だが、これらが世に知られるのは、漱石の死後、『漱石全集』出版後のことである。『龍南会雑誌』にこれらの俳句が紹介されたのは一六九号、大正八（一九一九）年三月が最初である。

「かしこまる膝のあたりやそぞろ寒」（倫理講話）
「韋編断えて夜寒の倉に束ねたる」（図書館）
「剥《はく》製の鵙《もず》鳴かなくに昼淋し」（動物室）
「大食を上座に栗の飯黄なり」（食堂）
「容赦なく瓢《ふくべ》を叩く糸瓜《へちま》かな」（撃剣会）
「転《こ》けし芋の鳥渡《ちょと》起き直る健気さよ」（柔道試合）

生徒を「瓢」「糸瓜」「芋」に喩えるところに『吾輩は猫である』を書いた漱石の風刺の目を見ることもできる。漱石の眼差しが図書館の夜の倉庫、動物室の剥製、食堂の学生、撃剣会、柔道試合の学生に注がれているのを見るとき、五高教授・夏目金之助が、さまざまな行事に参加し、たしかにこの熊本の五高にいたことを思い知らされる。

俳句⑬

多く詠まれた「水前寺」「江津湖」の俳句

漱石の「熊本の俳句」というとき、その期間について意見が分かれる。松山を発つ時の「永き日やあくびうつして分れ行く」からとする人もいれば、初めて熊本を詠んだ「駄馬つゞく阿蘇街道の若葉かな」という人もいる。同様にその最後も熊本を離れる時か、五高辞職の時かで異なる。『漱石全集』一七巻（一九九六年刊）をもとに数えると最少で九九五句、最多で一〇四四句になる。これに未収録の句を加えても、とりあえずは一〇〇〇余句の俳句を詠んだ、ということでよさそうだ。

その多くを正岡子規に送り添削を受けた。『全集』で熊本時代に「正岡子規に送りたる句稿」と明記された句稿は一五から三五までである。子規は明治三五（一九〇二）年に亡くなるので、句稿三五が最後の句稿になる。この子規宛俳句は全部で八一四句。八割が子規の添削を受けたことになる。子規は、その中から優れたものを『ほととぎす』、「日本」などに掲載した。

これを、年代別に見ると、明治三一年だけ極端に少なく、二九年、三〇年、三二年はともに二三〇余句であることがわかる。そのうち新聞等に発表された数は三〇年が一〇一句でトップ。三二年

「湧くからに流るゝからに春の水」と漱石が詠んだ水前寺成趣園

が七五句。二九年は六三句である。明治三一年は鏡子の事故（八三頁参照）もあり、俳句を作る余裕がなかったのだろう。明治三二年は、前年に五高生を中心とする「紫溟吟社《しめいぎんしゃ》」が結成され、熊本に新たな俳句熱が起こり始めたはずなのだが新聞に掲載される秀句が減っている。「俳句の趣味日々消耗致す様に覚候」（明治三二・五・一九付子規宛）という心境が反映されているようだ。この年、英文学の評論が二本書かれているのとは対照的だ。

俳句は多く旅先で作られ、漱石の確かな足跡を示している。旅先で詠まれた俳句以外で熊本の地名のわかる句は、意外に少ない。まず、興味深いのは熊本に来て早々曹洞宗の名刹「大慈寺」を訪れ、「大慈寺の山門長き青田かな」の句を詠んでいることだ。漱石に参禅を勧めた菅虎雄が連れだったのだろうか。

多く詠まれたのは、水前寺と江津湖である。後年「頗《すこぶ》る気に入った」（「名家の見たる熊本」）と述べたように美しい水が流れる様子を「湧くからに流るゝからに春の水」と詠んだ。

意外なことに熊本の桜を詠んだ句は江津湖で詠んだと思われる「就中《なかんずく》高き桜をくるり〳〵」以外には五高の裏手にある拝聖庵《はいしょうあん》のしだれ桜を詠んだ「花一木穴賢《あなかしこ》しと見上たる」だけだ。この桜は新聞でも満開が知らされるほど有名だった。花岡山や本妙寺、藤崎八旛宮、白川、明午《めいご》橋を詠んだものもある。「若葉して手のひらほどの山の寺」は熊本市西区花園の成道寺《じょうどうじ》を詠んだもの。成道寺もしばしば新聞に登場する名勝だった。

明治三一年には菊池・山鹿《やまが》方面に修学旅行に出かけているが、その前年の三〇年五月頃、菊池路を旅していることが俳句からわかる。宿屋にも泊まったようだが、「鳴きもせでぐさと刺す蚊や田原坂」「菊地《ママ》路や麦を刈るなる旧四月」は一連の旅の句と思われる。このほか「紡績の笛が鳴るなり冬の雨」という熊本駅近くにあった「熊本紡績」付近を通った時の句がある。

最後に、新資料として『全集』未収録の句を二句。「登第の君に涼しき別れかな」「部屋住みの棒使ひ居る月夜哉」。これはラフカディオ・ハーンと漱石に英語を学び、英語教師となった落合貞一郎の回想にある。卒業の際に書いてもらったのだという。落合は、漱石が後に「断簡絵零章猶ほ人の争ひ求むるに至らうとは、当年の一生徒は夢にも思はなかつた」と書いている（「憶ひ出の一片」）。

俳句⑭

俳句より漢詩を披瀝

『肥後史談』の著者平野流香は、明治三三（一九〇〇）年当時一七歳だったが、友人達と北千反畑町の漱石の家に掛けられた「『夏目金之助』といふ門札を見ては、これが俳句の名人である五高の夏目さんの家だ、など、話し合つて眺めてゐた」（「夏目さんと熊本」）という。

五高生ではなかった平野までが漱石を「俳句の名人」というほど、漱石が俳人として著名だったことを知る事ができる逸話だ。明治三二（一八九九）年末から「紫溟吟社・漱石選」の俳句が「九州日日新聞」「九州新聞」に連日掲載されるようになった影響もあるだろう。しかし、ここ熊本で漱石の名で発表された俳句は『龍南会雑誌』の五句のみである。松山時代は地元の「海南新聞」に多くの句を発表したが、明治二九（一八九六）年末に「九州日日新聞」に掲載された一連の句は名前を伏せられていた（二二三〜二三二頁参照）。

一方、漱石は『龍南会雑誌』第五三号（明三〇・二）に「丙申五月」の前書きを持つ五首の漢詩と第七七号（明三三・二）に「古別離」「雑興」の二首の漢詩を掲載している。「丙申五月」は正岡子規を介して本田種竹の添削を受けている。「古別離」「雑興」は同僚の長尾槙太郎（雨山）の添削である。

「丙申五月」の漢詩は『九州教育雑誌』が初出でそれが『龍南会雑誌』に転載されたものという（永田満徳「漱石の熊本時代の新資料渉猟　漢詩編」）。『九州教育雑誌』は明治二六（一八九三）年、『熊本教育月報』の後継誌として発刊された初等教育を中心とした教育誌で五高の教授陣もしばしば執筆した。その文苑欄に漱石の漢詩が掲載されているのだ。これは永田氏の推測通り、同僚の片嶺忠が投稿したものだろうが、新聞に「失名」で掲載された俳句とは大違いだ。

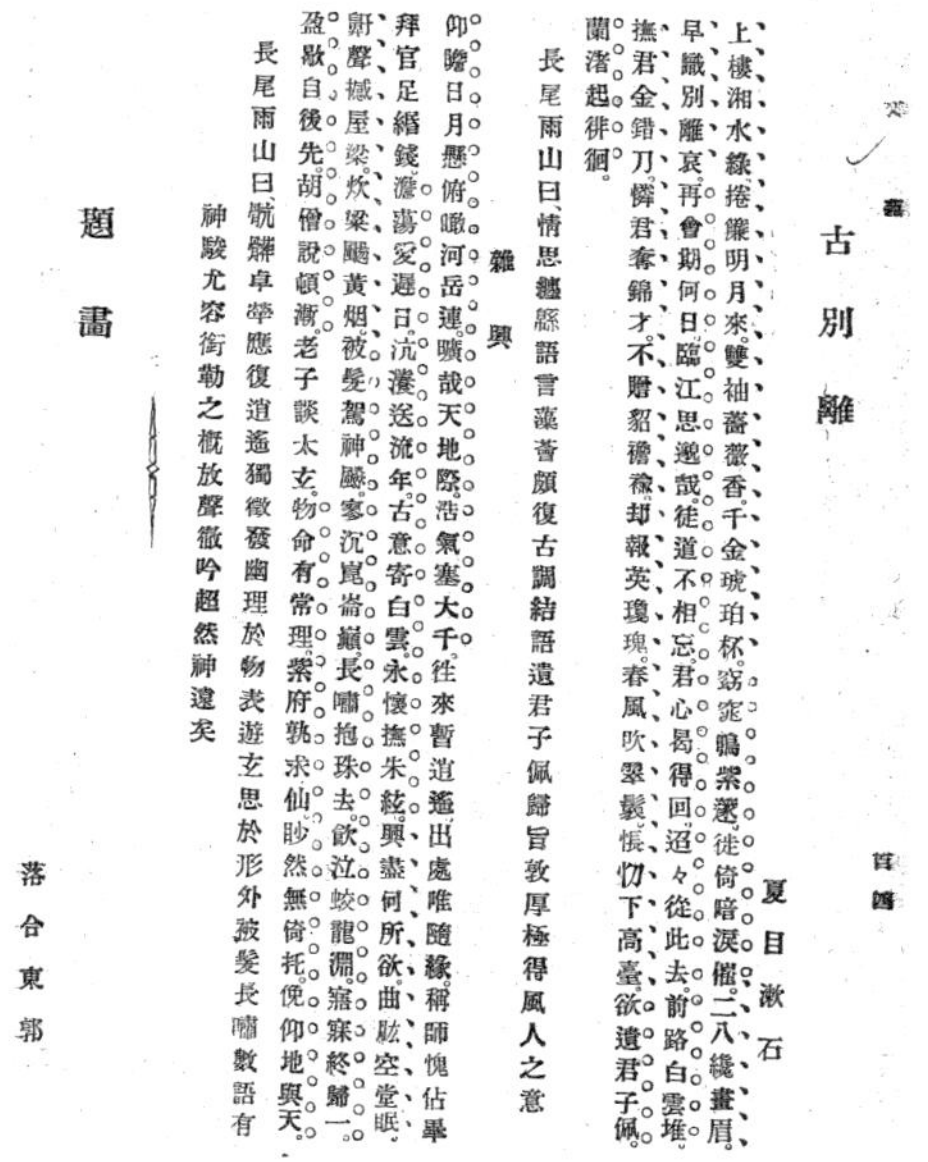
古別離　夏目漱石
上樓湘水綠捲簾明月來雙袖薔薇香千金琥珀杯窈窕鳴紫鸞徙倚暗淚催二八幾畫眉
早識別離哀再會期何日臨江思邈哉徒道不相忘君心曷得回迢々從此去前路白雲堆
撫君金錯刀憐君奪錦才不贈貂襜褕却報英瓊瑰春風吹翠鬢悵惘下高臺欲遺君子佩
蘭渚起徘徊
長尾雨山曰情思纏綿語言藻蒨頗復古調結語遺君子佩歸旨敦厚極得風人之意

雜興
仰瞻日月懸俯瞰河岳連曠哉天地際浩氣塞大千往來暫逍遙出處唯隨緣稱師愧佔畢
拜官足縉錢澹蕩愛遲日沆瀣送流年古意寄白雲永懷撫朱絃興盡何所欲曲肱空堂眠
鄒聲撼屋梁炊粱颺黃烟被髮駕神飈寥沉崑崙巓長嘯抱珠去飲泣蛟龍淵寤寐終歸一
盈歇自後先胡僧說頓漸老子談太玄物命有常理紫府孰求仙眇然無倚托俛仰地與天
長尾雨山曰毓髒卓犖應復逍遙獨徵發幽理於物表遊玄思於形外被髮長嘯數語有
神駿尤容銜勒之概放聲徹吟超然神遠矣

題畫　落合東郭

『龍南会雑誌』第77号に掲載された漱石の漢詩
（熊本大学図書館所蔵）

熊本時代の漱石は漢詩を一五首作っている。『龍南会雑誌』に掲載された五高教官の作品は明治期には、漢文・漢詩が圧倒的に多い。漱石以外に俳句を載せたのは、漱石と関わりのある野々口勝太郎（湖海）だけで、これも五句のみで漢詩の方が多い。

漱石の教え子で、後に五高教授となった八波則吉は「『龍南会雑誌』に出された俳句の中に非常に砕けた粋なのが交つてゐた。其の頃の五高生といへば、剛毅木訥《ごうきぼくとつ》そのものの様に頑固で女のをの字を言つても、拳固《げんこ》を見舞はれる時代にこんな淫猥な事を詠んでいいかしらんと思つた」(「漱石先生と私」)と述べている。

漱石の掲載句には「砕けた粋な」句はないが、注目すべきは当時の五高生の意識である。正岡子規が「新俳句」を提唱し、『新俳句』(明三二)という句集を出版し、漱石を新聞「日本」紙上で「新俳句」の優れた担い手として評価したとしても、まだ俳句は文学として正当な評価を得ていなかったということだろう。

長尾雨山の回想によると、俳句の揮毫を求めたところ漱石は赤面して固辞したという。無論、漱石は卒業する生徒には色紙を贈ることもあったし、俳句を指導し、新俳句を広めるべく力を注いだ。しかし、五高教授として公的な場で俳句を披瀝しなかったところに漱石のこだわりが感じられる。

一方で子規へ多くの句稿を送ったのは、俳人岩岡中正氏が指摘したように単に指導を仰ぐだけではなく病床にある友人への「友情やはからい」があったと考えるべきだろう(「漱石と子規の俳句交流」)。子規没後、漱石の俳句が激減することがそれを示している。

五　漱石をめぐる人々

書生

最初の書生・俣野義郎

明治三〇（一八九七）年九月から住んだ大江村の家には、初めて書生がおかれた。これは父直克の死によって、月々の送金一〇円がなくなり、大学への月七円五〇銭の返済も終わったことで経済的な余裕ができたためであった。

最初の書生は俣野義郎《またのよしろう》である。俣野は福岡県久留米市の出身で、明治二八（一八九五）年五高に入学すると、同郷のよしみで、五高教授として赴任した菅虎雄の書生となった。しかし、菅が明治三〇年八月病気で非職となり、熊本を離れると漱石に託された。漱石が大江村の家に転居した時、俣野も別棟の離れに住み込んだと思われる。この俣野をネットで検索すると「股野」と書いたものが散見される。これは漱石自身の誤用（書簡、「満韓ところ〳〵」）をはじめ鏡子の『漱石の思い出』（文春文庫・角川文庫）、小宮豊隆『夏目漱石　二』（岩波新書）、江藤淳『漱石とその時代』（新潮選書）などの主要な文献に「股野」と記されているからだろう。一度ネットにあがれば、その拡散力は印刷物の比ではない。雑誌は仕方がないが、版を重ねて出版する本では、それが「原文」通りだとしても、人名の間違いは注をつけて正していかない限り、なくならない。

漱石（左）と行徳二郎の兄俊則（左から３人目）、湯浅廉孫（右）（『漱石写真帖』より）

俣野は、『吾輩は猫である』に登場する多々良三平のモデルとされる。『漱石の思い出』には、腹立たしくはあるが「笑いの種」をまいた人として描かれている。大食漢で、ご飯も味噌汁も同じ数だけ食べ、子供のようにご飯粒をこぼす。弁当箱を持たせたら持って帰ったためしがない。酒を飲んでは夜遅く帰ってきて、鉄瓶の湯を飲み尽くして空の鉄瓶を火鉢にかけたままにして、女中のテルを怒らせた。

明治三一（一八九八）年一月、俣野は、経済的に逼迫《ひっぱく》した土屋忠治《ただはる》を夏目家に連れて来る。土屋は俣野と同じ法科の三年生。無頓着な俣野とは正反対に几帳面で真面目な人柄だった。

濱崎曲汀「熊本時代の夏目漱石」（『文藝春秋』昭九・七）によると、二人は、漱石が大江村から井川淵町に転居するとき、家が狭いため、食費の面倒を見るから五高の寮に移るように言われたという。しかし、なんとか卒業まで置いて欲しいと涙ながらに頼み、七月卒業するまで漱石の家にいた。二人は東京帝国大学に進学したが、漱石は貧しい土屋を案じ、鏡子の父・中根重一の書生に世話をした。

二人の後には、湯浅孫三郎《まごさぶろう》（明治三三年三月二六日改名届が提出され廉孫《おさひこ》）が明治三二（一八九九）年一月から、行徳二郎が明治三三（一九〇〇）年一月から書生となった。行徳は、五高生だった行徳俊則の弟で、五高生ではない。五月チブスにかかり帰郷したという（原武哲編『夏目漱石周辺人物事典』）。

明治三三年九月、漱石は英国留学に出発したが、留学先から書生たちを案じ、鏡子にその世話を頼んでいる。また書生たちも鏡子たちを心配してしばしば顔を見せた。俣野は大学卒業に六年かかった。卒業時、漱石の家を訪問し「訪問は教師の家に限るかうして寝転んで話しをして居ても小言を言はれない」（明三七・七・二〇野間真綱宛書簡）と傍若無人にふるまう姿が描かれている。熊本でのこうした生徒たちとの交流が生涯続いたことは注目される。

後年弁護士になった土屋は、漱石について「学校に於ける漱石は、めつたに笑顔も見せないおつかない先生であつたが、家庭に於ける彼は、とてもやさしかつた」（濱崎曲汀・前掲）と語っている。俣野はのちに満州大連に渡り、南満州鉄道株式会社（満鉄）に勤めた。明治四二（一九〇九）年九月漱石が満鉄総裁中村是公に招かれて満韓旅行に出かけた際、俣野と再会し、その時のエピソードを「満韓ところぐ〵」（明四二）に書いている。

狩野亨吉①

漱石、中川の要請で五高に赴任

明治三一（一八九八）年一月漱石・山川信次郎の先輩である狩野亨吉《かのうこうきち》が第五高等学校に赴任する。狩野は、漱石の葬儀の際、友人代表として弔辞を読んだ人だ。

狩野は明治二五（一八九二）年七月金沢の四高教授となり、当時、第四高等学校校長だった中川元《はじめ》の右腕として働いた。しかし、中川が人事刷新に失敗して五高に転任すると、明治二七（一八九四）年三月に依願退職し、その後は、どれほど人に勧められても教職に就こうとしなかった。その狩野を動かしたのが、漱石だった。中川元の孫であり、研究者の中川浩一氏は「熊本時代の夏目漱石」（『講座　夏目漱石　第一巻』昭五六・七）で、五高赴任には漱石の「献身的努力」があったことを認めながらも、その裏に中川元の狩野への執着の大きさがあったと考える。

中川元は五高へ転任する際にも狩野を誘い、それが断られると明治三〇（一八九七）年五月には、再び自ら出向いて五高への赴任を働きかけた。漱石の誘いは、中川の二度の要請の後、つまり「三顧の礼」の「最後の使者を勤める結果」だったというのだ。校長にこれほどまでに見込まれて、それを断ることができなかったというのが、中川浩一氏の解釈だ。

しかし、漱石の狩野宛書簡には、狩野を候補者として名前を挙げたとき校長が「大兄は到底相談に応じて呉れまじ」（明三〇・一二・七付）と述べたことが書かれている。つまり二度も断られた校長は、狩野の五高赴任が実現するとは思っていなかったということだ。無論、狩野が紹介した論理担当の教師赤木通弘が、三カ月で辞任してしまったことへの責任感もあっただろう。しかしそれ以上に漱石の熱心な働きかけが狩野の心を動かした。

校長や教頭の桜井房記とも話を進め、年俸一六〇〇円が提示された。漱石は、五高の生徒には、四高の生徒とは違って何の問題もないこと、学校も「至極平穏」で別段の配慮もいらないこと、「補佐の為し様にては随分見込のある学校」だとも述べている。

狩野の決心は早かった。一二月一九日には電報で五高赴任の意思を伝えた（青江舜二郎『狩野亨吉の生涯』）。狩野は、漱石と山川が小天の旅から帰った後、翌年一月七日頃熊本に到着したようだ。

五高時代の狩野亨吉
（五高記念館所蔵）

狩野亨吉は、後に初代京都大学文科大学学長を務めたが、明治四一（一九〇八）年に退官した後は、官職につかず、昭和一七（一九四二）年一二月死去するまでのおよそ三五年については、わずかな回想があるだけで謎だった。

昭和四五（一九七〇）年、東京大学駒場図書館に日記などの遺品があることがわかり、それを調査した青江舜二郎が『狩野亨吉の生涯』として出版したのが昭和四九（一九七四）年一一月のことである。この書によって、初めて狩野亨吉の教育者・思想家としての全貌が明らかになった。

狩野亨吉の五高教授任命は一月二二日、同二六日には教頭に任じられる。ところが、一一月二四日には突然、第一高等学校校長に任じられ、一二月には熊本を離れている。青江は熊本時代の狩野亨吉について「わずか十か月の在職でその間に二か月の休み。意欲があったとしてもほとんど何もできなかったと見なければなるまい」と述べている。

平成二〇（二〇〇八）年九月、私は、許可を得て駒場図書館で狩野の日記を調査し、翌年これを翻刻した。日記は四月から一二月までしかない。しかし、そこから漱石の熊本での日々が垣間見えてきたのである。

狩野亨吉②

漱石との交流を記したメモ

青江舜二郎は『狩野亨吉の生涯』（中公文庫、昭六二・九）に、その生年月日を「慶応元年七月二十八日」と記し、辞典類もこれを採用している。しかし、五高記念館に残っている『職員履歴』には、「慶応元年乙丑十一月二十八日出羽国秋田郡大館ニ於テ生」とある。

青江の著書の「第三章大学（一）」に掲載されている「入舎願書」の写真を見ると「明治十七年九月十日」の日付で「十八年十ヶ月」と歳が書かれているのがわかる。ここから考えても、十一月生まれでなければおかしい。「十一」と「七」は読み違いの多い文字である。

青江は、熊本時代の狩野について、小さなメモノートが二冊残されていると記している。しかし、平成二〇（二〇〇八）年駒場図書館で見ることができたのは、メモノート一冊だった。狩野の日記は、メモを清書したものが残されているが、熊本時代のものはメモのみで、四月一日から一二月五日までが確認できる。狩野が熊本に着いたのは一月七日頃。就任は一月二二日からだが、第二学期にあたるメモがないのが残念である。

しかし、このわずかな記述でも連日出てくるのは五高教師の名前と生徒の名前である。狩野は

画図橋から望む下江津湖

「漱石と自分」（『漱石全集』別巻）で「夏目君と自分が一番多く会つてゐたのは熊本時代」と述べている。その記述の通り「夏目」の文字もしばしば出てくる。
帰宅後の人の往来の多さには驚くばかりだが、多くは学校の人事や生徒処分についての話し合いのようだ。あるときは、放校処分になった生徒のための同級生の嘆願や、処分になった生徒自身の来訪もある。また、熊本県尋常中学済々黌の先生の訪問もある。想像を絶するほどの多忙さだ。漱石もそうした職員や生徒処分の話し合いのために頻繁に往来している。

そんな中で興味深いのは仕事以外での狩野と漱石の交流である。四月一七日「夏目と途上ニ遇ひ共に観聚館《かんしゅうかん》を見る」とある。観聚館は、明治二八（一八九五）年一〇月に、南千反畑町に開館した物産館である。建坪三〇〇坪余で、古器物、工業、美術、農林、水産など八部門に分けて展示されていた。明治二九（一八九六）年九月には図書館も併設された。古美術好きの狩野は、何度かここを訪れているが、この日は漱石も一緒に見物している。

最も興味深いのは、七月二四日の水前寺に遊んだ折の記事である。漱石と片嶺忠と三人で水前寺まで徒歩で出かけている。メモによれば「碧水楼《へきすいろう》」で昼食をとり、そこから船に乗り、画図《えず》橋を下り、なんと泳いでいるのだ。四時過ぎ「碧水楼」に戻り、お土産に「水前寺海苔」を買って、研屋《とぎや》支店（旅館）に引き上げている。

研屋支店は、現在の下通の入口西側にあったが、二三日、狩野は漱石夫婦を転居させるため、内坪井町の家を引き払い研屋に移っていたのである。翌二五日から上京の途についた。青江は、狩野が夏休みに東京に戻る際には旅館に移り、家賃の一一円と女中と下男に支払っていた四円をうかせた、とも書いている。

金銭出納メモが、日記の間に挟まれていて当時の熊本の生活が垣間見える。散髪六銭、髭そり三銭、米屋六円八〇銭、八百屋五円八〇銭、醤油屋一円二銭、魚屋二円三銭、牛肉一円五銭などなど。生徒への支援も惜しまず、資金が不足すると、しばしば友人に借りては返した。漱石もよく友人から借りては返している。大らかな時代だった。

一高校長へ転任

明治三一（一八九八）年一一月二四日。山鹿菊池方面への修学旅行から帰って六日後のことである。教頭の狩野亨吉《かのうこうきち》を第一高等学校長に命じる辞令がおりた。二五日の官報には「任第一高等学校長　第五高等学校教授従六位　狩野亨吉」「敍高等官五等　第一高等学校長従六位　狩野亨吉」と記載されている。

これは、明治三一年七月第一高等学校長に就任した澤柳政太郎《さわやなぎまさたろう》が、一一月文部省学務局長に任じられた後任人事だった。澤柳は狩野の友人で、明治二七（一八九四）年第四高等学校を辞めて帰ってきた狩野に、しばしば就職を斡旋《あっせん》した人だ。生活が窮乏してもなかなか職に就こうとしなかった狩野に友人たちは、さまざまな就職口を打診した。漱石の熱意によって五高で再び教育の現場に立った狩野を中央に呼び戻そうとしたのが、この人事だった。

狩野はこれを二二日夜、校長から呼び出されて知った。狩野は翌朝七時に漱石を訪問した。転任について相談をしたのだろう。漱石は誰よりも狩野を高く評価していたから、この栄転を喜んだに違いない。狩野の日記には、このあと「九時に桜井（房記）氏を訪ひ十一時校長を訪ひ発電及発信」とある。この電報の往来は五高記念館に残っている。
二六日には「九州日日新聞」と「九州自由新聞」に転任の電報を送った。文部省からは二四日付で辞令が届いたが、その「請書」を出したのは三〇日。少し間が空いている。狩野は何らかの事情

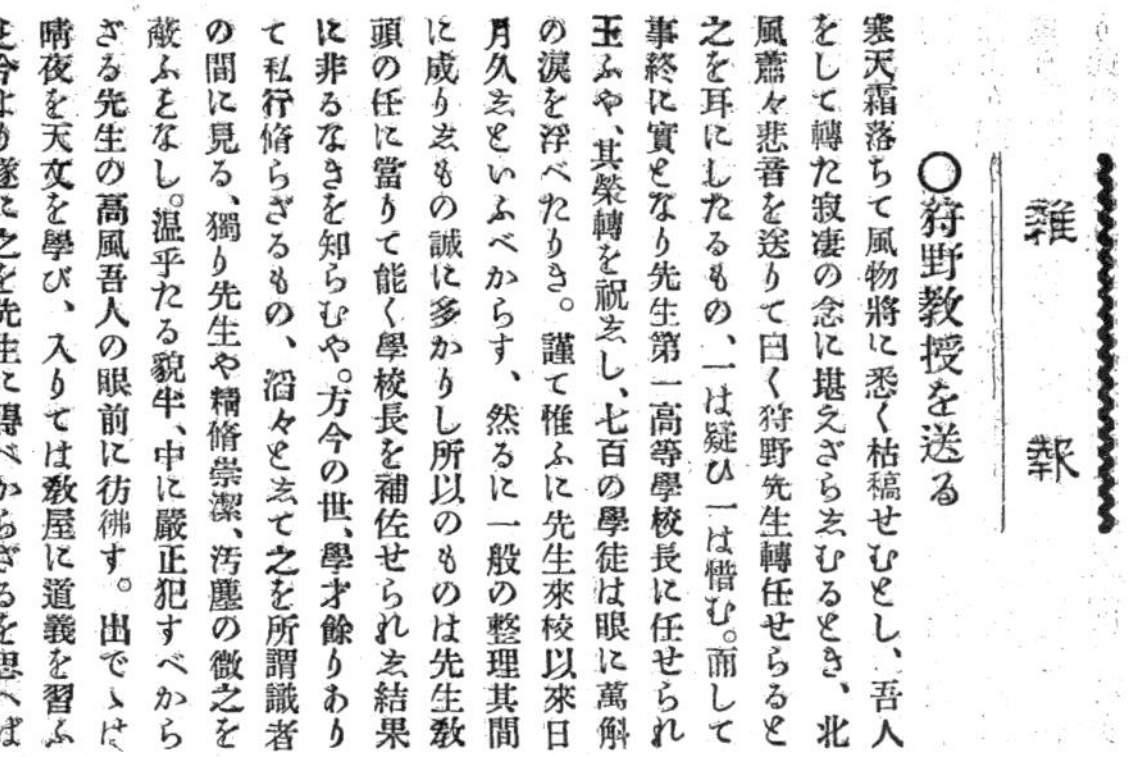
雜報

○狩野教授を送る

寒天霜落ちて風物將に悉く枯稿せむとし、吾人をして轉た寂凄の念に堪えざらしむるとき、北風蕭々悲音を送りて曰く狩野先生轉任せらると之を耳にしたるもの、一は疑ひ一は惜む。而して事終に實となり先生第一高等學校長に任せられ玉ふや、其榮轉を祝しし、七百の學徒は眼に萬斛の涙を浮べたりき。謹て惟ふに先生來校以來日月久しといふべからず、然るに一般の整理其間に成りしもの誠に多かりし所以のものは先生教頭の任に當りて能く學校長を補佐せられし結果に非るなきを知らむや。方今の世、學才餘りありて私行脩らざるもの、滔々として之を所謂識者の間に見る、獨り先生や精脩崇潔、汚塵の微之を蔽ふをなし。温乎たる貌半、中に嚴正犯すべからざる先生の高風吾人の眼前に彷彿す。出でゝは晴夜を天文を學び、入りては教屋に道義を習ふと今より遂に之を先生に得べからざるを思へば

狩野亨吉の人柄をたたえる文書が掲載された『龍南会雑誌』71号（熊本大学図書館所蔵）

でこの転任をしぶった。青江舜二郎『狩野亨吉の生涯』では澤柳に宛てて「小生転任の件事情あり暫く見合せのこと尽力頼む返事待つ、委細手紙」という電文の下書きがあると記されている。確かに狩野メモの末尾にこの文書はあったが、いつ打電したかはわからない。

一二月二日演説部では送別会を兼ねた演説会が、一二月四日には静養軒で有志による送別会が行われた。演説会については『龍南会雑誌』六九号に「朝来雨天にして道路泥濘《でいねい》なるにもかゝらはず来会者の多き未曾有《みぞう》なりき」と記されている。同七一号には、「狩野教授を送る」と題した文が掲載され、狩野を「崇潔」かつ「温乎《おんこ》」な中にも「厳正」さをもった人柄と讃《たた》えた。演説会で狩野は生徒に「我れ豈《あ》に妄《みだ》

りに去るに忍びむや、然《しか》れども又如何ともする能《あた》はざるものあり、征《いき》て彼地に至るの後我に欠ぐる所ある願くは諸君の補正を乞はむ」と述べたという。短い言葉ながら、生徒は胸中に打ち明けることのできない思いがあるように感じたと記している。

青江は前掲本で、二年文科生徒・手塚光貴が狩野に送った「惜別の辞」を紹介している。そこには「倫理」「論理」の授業でどんな質問にも丁寧に答え、謙虚で「常に己の足らざるを憂ふる」「篤学温雅」な狩野の人となりが描かれている。短い期間だったとしても狩野が生徒に与えた影響は小さくはない。

狩野の日記は一二月五日で終わっている。狩野はなかなか熊本を離れなかった。一二月一四日学務局長から狩野の出発はまだか、という電報が来た。五高には「アスキチャクノハス」と返信した電文案が残っている。狩野が熊本を発ったのは、「九州日日新聞」によれば一〇日午後一時発の汽車だった。

狩野は明治三九（一九〇六）年まで一高校長を務めた。漱石が帰朝後、この狩野の尽力で東京に職を得られたことを思えば、漱石にとっても大きな節目となる出来事だった。

寺田寅彦①

点を貫いに漱石を訪問

漱石は、「名家の見たる熊本」(「九州日日新聞」明四一・二・九付)で記者に熊本の印象を語っている。その中で、松山では生徒が教師に少しも敬意を払わないので「教員といふものは伝《か》ういふものかと思つてゐた」。しかし熊本では「学生の敬礼《おじぎ》に先づ感じた、あんな敬礼をされた事は未だ嘗《かつ》てない、余程礼儀に厚い」「着実で質素で、東京あたりの書生のやうに、軽薄で高慢痴気な所がなく寔《まこと》に良い気風である」と述べている。

熊本を離れて七年半後の回想だが、こうした生徒に対する好印象が、漱石を四年三カ月も熊本にとどめる理由の一つになったのだろう。

藤村作《つくる》が『ある国文学者の生涯―八恩記』で回想したように、漱石の学識の深さに傾倒した生徒たちは、朝課外を願い出て、熱心に学んだ。『漱石の思い出』には、生徒が夏休みに内坪井町の家に英語を学ぶために押しかけてきたことも記されている。連日叱られどおしの生徒に同情した鏡子が、学校でも同じように「がみがみお叱りになるの」と訊ねると、漱石は「いいや、学校じゃあんなに口やかましく叱りゃしないさ。しかしこうやってただで教えるというものはいいもんだよ」と

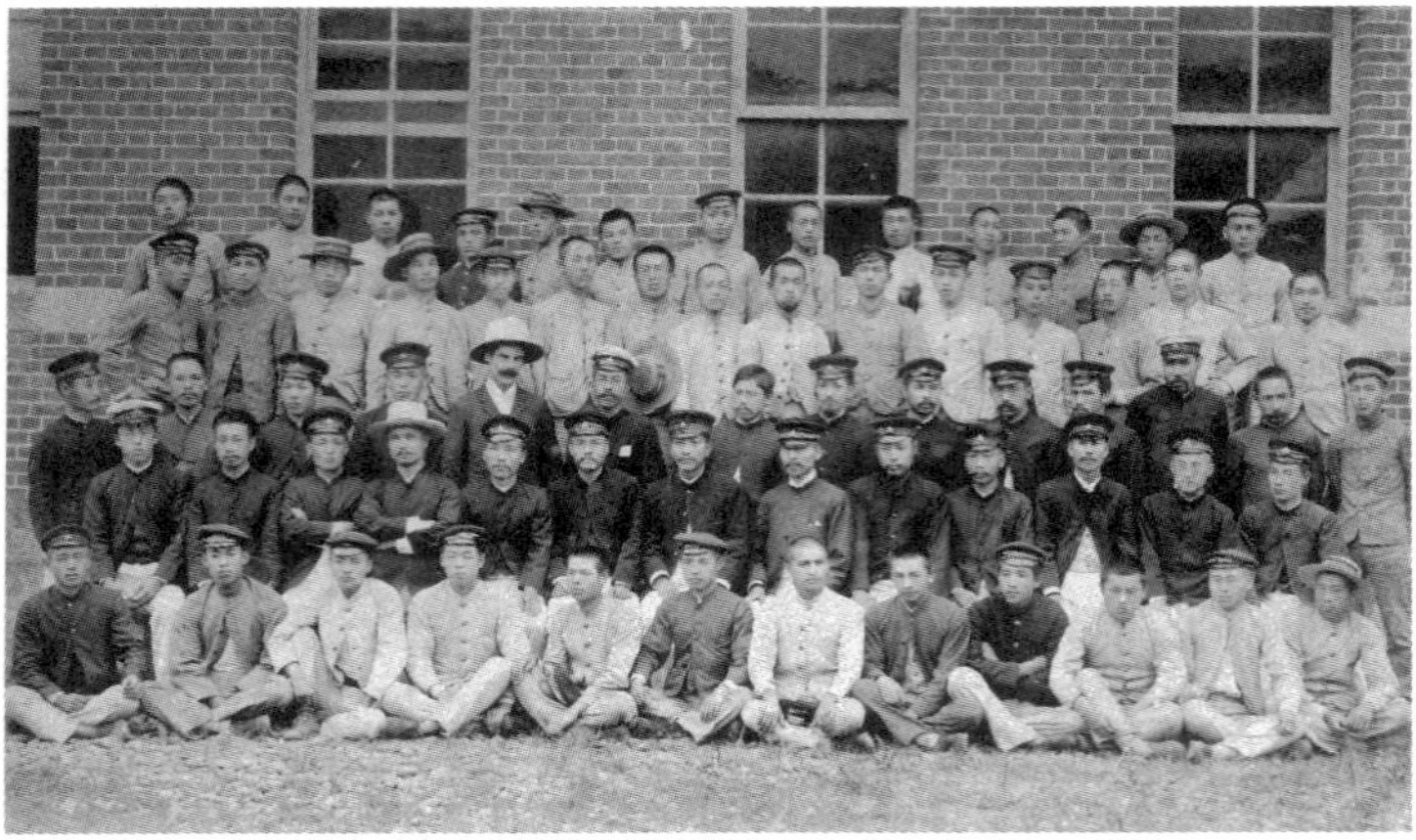

前から３列目右から２番目が漱石、最後列左端が寅彦（『写真集　五高 100 年龍南の青春賦』より）

答えたという。

「昔しの書生は笈《きゅう》を負ひて四方に遊歴し、此人ならばと思ふ先生の許に落付く故に先生を敬ふこと父兄に過ぎたり、先生も亦《また》弟子に対する事、真の子の如し、是《これ》でなくては真の教育といふものは出来ぬなり」と「愚見数則」（「保恵会雑誌」明二八・一二）で述べていたが、五高での生徒との交流は理想に近いものであったようだ。鏡子はこの時の生徒の一人を「長曽我部」と記憶していたが、五高の卒業生名簿にその名前はない。

五高での教え子で有名なのは、物理学者になった寺田寅彦である。寅彦は明治二九（一八九六）年九月五高に入学した。ここで生涯の師と仰ぐ田丸卓郎《たくろう》と漱石に出会った。その両先生の家を訪問するきっかけは、二年生の時、学年末試験後の成績不良者のために「点を貰う」委員になったことだった（太田文平『寺田寅彦』）。

明治三一（一八九八）年の二年生の学年末試験は六月二四日から三〇日まで。成績不良者の発表は七月一四日だから、漱石を訪ねたのはその直後のことだろうか。漱石の家はまだ井川淵町にあった。寅彦は「夏目漱石先生の追憶」（『漱石全集』別巻）でその時のことを、「玄関払ひを食はせる先生もあつたが夏目先生は平気で快く会つてくれた」と述べている。

委細を聞いた漱石は、点をやるともやらないとも言わなかった。委員としての使命を果たした寅彦は、以前から漱石が俳人として有名なことを知っており、自身の「俳句に対する興味が大分発酵しかけてゐた」ことから「俳句とは一体どんなものですか」と訊ねた。

すると漱石は「俳句はレトリックの煎じ詰めたもの」「扇のかなめのやうな集注点を指摘し、描写して、それから放散する連想の世界を暗示するもの」と述べたという。話を聞いた寅彦は「急に自分も俳句がやつて見たく」なり、夏休みに「手当たり次第の材料」で「二三十句」ほど作った。夏休みが終わって熊本へ着くなり、漱石に俳句を見せに行った。それが内坪井町の家を訪ねた最初だった。

寺田寅彦②

明治の熊本で青春謳歌

『寺田寅彦全集』（岩波書店）には「日記」が収録されている。熊本時代については、明治二九（一八九六）年九月は入学式後の記事だけで明治三〇（一八九七）年のものがなく、明治三一（一八九八）年は一月から六月までは日記があるが、それ以後はまばらで漱石に関する記事は一行しかなく、ずいぶん前に読んで以来、読み返していなかった。しかし、今回、読み返してみると、わずか半年の記録ではあるが、五高生としての寅彦の姿が明治の熊本の空気そのままに浮かび上がってきた。視点を変えると見えるものも違ってくる。

寅彦は明治一一（一八七八）年一一月二八日東京生まれ。父の転勤に伴い転々とするが、明治一九（一八八六）年から高知に定住。明治二九年高知県尋常中学校を首席で卒業すると、成績優秀のため無試験で五高に入学した。習学寮に入ったが、剛健な気風になじめず、立田山の麓の柏木家に下宿し、三年間過ごした。

明治三〇年七月、寅彦は妻夏子を迎えている。寅彦は数えの二〇歳、夏子は一五歳。式は高知の実家で挙げられたが、熊本へは同行しなかった。三一年の正月休みには父から帰郷を許されず、熊本で正月を迎えている。「早婚は土佐の常識」（太田文平『寺田寅彦』）とあるが、たしかに寅彦の同級生で一八歳の時に結婚を勧められた話や、婚約した話も日記に記されている。

「土佐会」という名も目に付くが、これは文字通り「土佐」出身の同郷人の会である。旧制高等学校では、出身地ごとに結成され、同郷同窓の親睦《しんぼく》を深めていた。「夏目漱石先生の追憶」や「田丸卓郎先生の追憶」で書かれたように、同郷人の「点を貰う」係になって先生の家を訪問したのも「土佐会」での運動委員になったからである。

大正９年頃の上通、梧桐の街路樹
（五高記念館所蔵）

「田丸卓郎先生の追憶」によると物理の田丸卓郎の家に「点を貰い」に行ったとき、田丸がバイオリンを弾いて見せたという。しかし、日記によると田丸訪問の最初の記事は、四月二四日。この時は来客のため家には上がらず、田丸のバイオリンを聴いたのは五月九日のことだ。寅彦の記憶違いによるのか、「学年末試験後」より、二カ月早い。

寅彦は、明治三一年五月一一日上通の書店・長崎次郎支店に出かけた際、バイオリンの値段を聞き、「菓子の間食を節して貯金し購はんとの計画」を立てる。五月一九日にはバイオリンを八円八〇銭で購入した。それからは、連日のように五高の裏手にある立田山に登ってバイオリンを練習した。『吾輩は猫である』の寒月君が高等学校時代、バイオリンを独学した話はこの寅彦の話が基になっている。

寅彦はよく立田山に登ったがそこから有明海が見えたという記事も見える。しばしば通町の本屋に出かけているが、上通一丁目の好文堂の名はよく出る。新聞と雑誌を中心に扱った本屋らしく、寅彦は「中外英字新聞」や学芸雑誌を毎月注文している。中学時代から東京の丸善に物理や文学の原書を注文していたが、熊本でも注文している。経済的にも恵まれていたが、学問への熱意があったということだ。ドイツの大学教授に直接手紙を書いて、その著書を送って貰ったことも記されている。

菓子や酒を買った「龍南堂」、夕食を食べた「いろは」、頻繁に出てくる善哉《ぜんざい》屋はどんな店だったのだろう。五高時代の寅彦の写真には、どこかあどけなさが残っているが、身長一六七センチ、五四キロと日記に記されている。漱石は一五九センチだから、少し高い。

寺田寅彦③

俳句で結ばれた師弟の縁

寺田寅彦が、夏休みに作った俳句を持って漱石の内坪井の家を訪れたのは明治三一（一八九八）年九月のことである。句稿を漱石に渡し、次に行ったときに返してもらうと、「短評や類句を書入れたり、添削したりして、其中の二三の句の頭に○や◎が附いて居た」（「夏目漱石先生の追憶」）。寅彦は、それから熱心に句作をし、一週に二度も三度も「丸で恋人にでも会ひに行くやうな心持ちで」漱石の家へ通ったという。

寅彦が漱石に見せた句稿は『寺田寅彦全集』に明治三一年から三二年にかけて二一収録されている。総数五八五句。漱石が正岡子規に句稿を送って添削してもらったように、今度は漱石が寅彦の句稿に◯をつけたり、添削したりした。

漱石が子規に送った句稿数は三五で句数一四四八句。寅彦の句稿はわずか一年間で、漱石は明治二八年から三二年までの四年間だから、寅彦の句数は漱石を上回る勢いだ。このまま俳句を作っていたら漱石の全句数約二五〇〇句を軽く越えていたはずだ。しかし、そうはならなかった。

寅彦は以前から俳句に関心があった。明治三一年一月一〇日の日記には「春陽堂懸賞俳句」に応

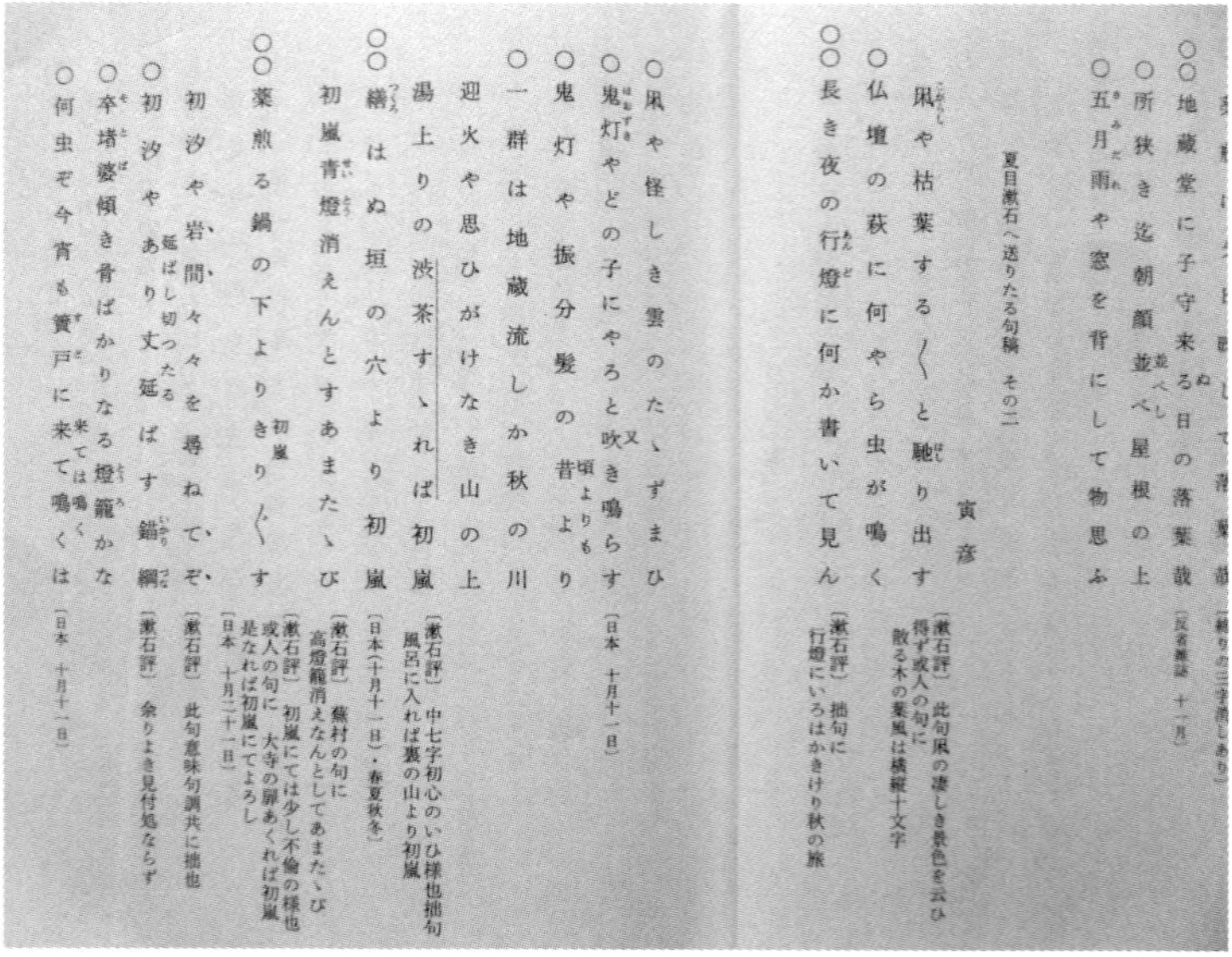
○○地蔵堂に子守来る日の落葉哉　（反省雑誌　十一月）
○所狭き迄朝顔並べ屋根の上
○五月雨《さみだれ》や窓を背にして物思ふ

夏目漱石へ送りたる句稿　その二

寅彦

凩《こがらし》や枯葉する〳〵と駈《はし》り出す　（漱石評）此句凩の凄しき景色を云ひ得ず或人の句に　散る木の葉風は横縦十文字
○仏壇の荻に何やら虫が鳴く
○○長き夜の行燈《あんど》に何か書いて見ん　（漱石評）拙句に　行燈にいろはかきけり秋の旅
○凩や怪しき雲のたゝずまひ
○鬼灯《ほゝずき》やどの子にやろと吹き鳴らす　（日本　十月十一日）
○鬼灯や振分髪の昔より
○一群は地蔵流しか秋の川
迎火や思ひがけなき山の上
湯上りの渋茶すゝれば初嵐　（漱石評）中七字初心のいひ様也拙句　風呂に入れば裏の山より初嵐
○○繍《つゝみ》はぬ垣の穴より初嵐　（日本（十月十一日）・春夏秋冬）
初嵐青燈《せいとう》消えんとすあまたゝび　（漱石評）蕪村の句に　高燈籠消えなんとしてあまたゝび
○○薬煎る鍋の下よりきり〳〵す　（漱石評）初嵐にては少し不倫の様也或人の句に　大寺の扉あくれば初嵐是なれば初嵐にてよろし　（日本　十月二十一日）
初汐や岩間々々を尋ねてぞ　（漱石評）此句意味句調共に拙也
○初汐やあり丈延ばす錨綱《いかりづな》　（漱石評）余りよき見付処ならず
○卒塔婆《そとば》傾き骨ばかりなる燈籠《とうろ》かな
○何虫ぞ今宵も簀戸《すど》に来て鳴くは　（日本　十月十一日）

寺田寅彦が漱石に送った俳句（『寺田寅彦全集』第11巻〈岩波書店〉より）

募した二句が書き留められている。「野に老て菜の花のみは見飽かざる」がその一句だが、理屈だけで何の風情もない。漱石に「花が散つて雪のやうだと云つたやうな常套な描写を月並みといふ」「秋風や白木の弓につる張らんと云つたやうな句は佳い句である」（「夏目漱石先生の追憶」）という話を聞いて寅彦は猛然と俳句の勉強を始める。夏休みには、子規や高浜虚子らを中心とした初めての日本派の句集『新俳句』（明治三一・三）を読み、句を作った。

漱石に見せた最初の句稿で、全五〇句のうち○が付いているのは一〇句。○○は一四句。坪内稔典氏は、○○について「傑作とか秀作というのではなく、俳句として一応は合格」（『寺田寅彦全集』第一一巻解説）という印、という。「句稿その一」の「鳴子《なるこ》引《ひき》日に五匁《もんめ》の麻をうむ」が初めて『ほととぎす』明治三一年一〇月号に掲載された。新聞「日本」にも時折掲載されたが、それほど多くはない。

明治三一年一〇月二日には、運座が漱石の家で開かれ、寅彦も参加している。この時期、寅彦よりも早く漱石に俳句を学びに来ていた生徒がいた。厨川肇《くりやがわただし》（千江）と蒲生栄《がもうさかえ》（紫川）だ。この二人が中心になって、五高で俳句を作る生徒に声をかけ、漱石家での句会となった。これが「紫溟吟《しめいぎん》社《しゃ》」の始まりだが、その同人として寅彦が詠んだ俳句が七句『龍南会雑誌』に掲載されている。しかし寅彦は、このような句会には熱心ではなかったようだ。

坪内氏は前掲解説で「寅彦の俳句作りは、漱石とただ二人の共同の内に閉じており、そこに自足していた」と述べている。三二年七月に五高を卒業して上京すると次第に句作も減り、三五年以降は激減した。寅彦の総句数は一三九七。漱石のおよそ半分だ。

漱石の死後、寅彦は「俳句とはかゝるものぞと説かれしより天地開けて我が眼に新《あらた》」と歌を詠んだ。新たに開かれたのは、俳句の世界だけではなく、多彩な言葉で紡ぎ出す文学の世界だったのではないか。寅彦の随筆「祭」は、初めて『ほととぎす』（明三二・一一）に掲載されたものだが、寅彦の本領は俳句より随筆にあるような気がする。

山川信次郎①

一高転任へ漱石が尽力

山川信次郎は、菅虎雄と共に漱石の熊本時代のキーパーソンと言える人物である。慶応三（一八六七）年八月二九日埼玉県に生まれた。漱石と同い年で明治一七（一八八四）年東京大学予備門に入学するが、帝国大学入学は一年遅れた。明治二八（一八九五）年帝国大学の英文学科を卒業し、大学院在学中の明治三〇（一八九七）年四月、漱石の斡旋で五高の同僚となった。赴任早々、漱石の合羽町の家に同居し、結婚一年後の漱石夫婦の様子を正岡子規に伝えている（七八頁参照）。

『漱石写真帖』（昭四）には「明治三十一年山川信次郎氏撮影」として四枚の写真が掲載されている。新聞広告には「軽便早取写真器」が小形一円二〇銭、中形一円八〇銭、大形二円二〇銭と出ている。暗室不用のものだと小形が五円、大形八円。各種その他五百円までとある。手頃な値段のものも出てきた時代だが、安い物は壊れやすかったらしい。山川は新しい物好きだったのだろうか。どのような写真機を使ったのだろうか。

この山川に明治三二（一八九九）年三月、東京転任の話が持ち上がった。漱石が、一高校長の狩野亨吉に送った三月九日付書簡には「同氏（山川）は冒頭より意なき趣故小生も賛成は致さず」とある。この時、山川の東京転任は実現しなかった。しかし、六月二〇日付狩野宛書簡では一転して、山川が一高への転勤を希望していることが記される。漱石は山川の事情を酌み、校長にその希望を取り次いだ。書簡によると、校長、幹事、教頭と「熟議」のうえ、山川の事情を察し、願いを聞き入れた。五高にとっては惜しい人材だが、強いてとどめて「辞職公然の交渉等に相成ば其結果面白からず悪感情を抱て分手せねばならぬ様になる」のは良くないとの判断だった。

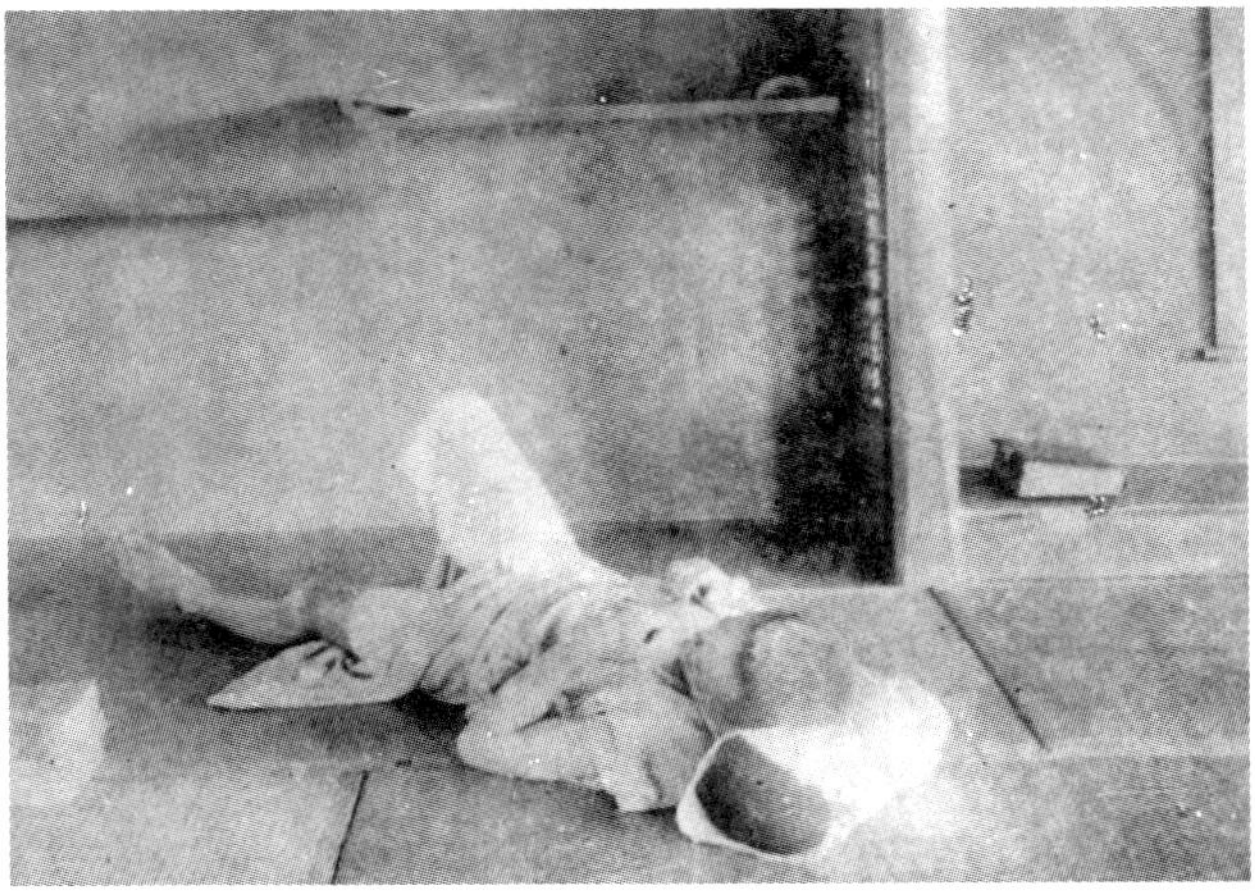

山川信次郎が撮影した「午睡の漱石」（『漱石写真帖』より）

漱石は、狩野に「可然《しかるべく》一日も早く御取計ひあり度」と依頼した。しかし、漱石はそれに続いて「小生も山川に別れては学校の為には相談相手を失ひ閑友としては話し相手を失ひ」と「暗然たる」気持ちであることを述べている。また山川は、自身の後任が見つからなければ、転任しないと言っていると、狩野にも助力を求めた。

この書簡で注目すべきは「小生近況は因例《れいによって》如例《れいのごと》き茫漠たるものに御座候他人が移転すると自

分も移って見たき様な心持が一寸《ちょっと》起り申候」と述べている部分だ。漱石はすぐに「欠伸や涙の伝染位の処」と言い添えてはいるが、漱石の「本音」が漏らされた。

山川を招聘し、狩野の五高赴任を実現させ、中川校長の期待に添うべく、一心に五高の英語教育に尽力してはや三年経っていた。久しぶりに漱石に兆した「里心」だった。狩野は、漱石の微妙な心境に気づいただろうか。漱石は、その後は自身の思いを封印し、山川の転任に尽力する。狩野からは山川採用の通知がなかなか来ず、漱石は七月七日、八日と立て続けに狩野に採用を訴える書簡を書いた。

山川採用の通知は、漱石の書簡と行き違いだった。漱石は七月一二日再度狩野に書簡を送り、山川の給与については提示された年俸一〇〇〇円ではなく、五高で得ている一二〇〇円にするよう交渉している。後任は、狩野からの推薦や五高側の奔走の末に鎮西学院出身の遠山参良に決まった。遠山は後に、九州学院の初代院長になるが、五高の英語教育には、亡くなる直前まで貢献した。

山川の一高赴任を前に、漱石は山川と阿蘇登山に出かける。八月末のことである。

山川信次郎②

醜聞事件で一高を去る

山川信次郎は阿蘇旅行の後、すぐに熊本を離れた。明治三二（一八九九）年九月五日、第一高等学校に転任する。熊本での生活は、明治三〇（一八九七）年四月以来、二年五カ月に及んだ。

熊本では、漱石の合羽町の家で四カ月同居し、毎日学校で顔を合わせ、共に尽力して友人の狩野亭吉を招聘し、小天、阿蘇登山にも出かけた。漱石は「小生も山川に別れては学校の為には相談相手を失ひ閑友としては話し相手を失ひ当人には何とも申さねど心裡は大に暗然たるもの」（明三二・六・二〇付狩野亭吉宛書簡）と、山川の存在の大きさを語っていた。

しかし明治三六（一九〇三）年、漱石が英国留学を経て東京に戻って以来、山川との交友は次第に疎遠になったように見える。漱石研究では、その後の山川信次郎について、ほとんど言及されない。原武哲氏は『夏目漱石周辺人物事典』（笠間書院、平二六・七）の「山川信次郎」の項目でその後の山川信次郎について調査し「あれほど親密に交友関係を結んだ漱石が、留学から帰国後、すっかり冷淡、疎遠になったのはやはり醜聞事件が影響しているのであろう。才気煥発で慎重さに欠ける山川は、友人を思いやるデリカシーがなく、次第に親友を失っていった」と記している。

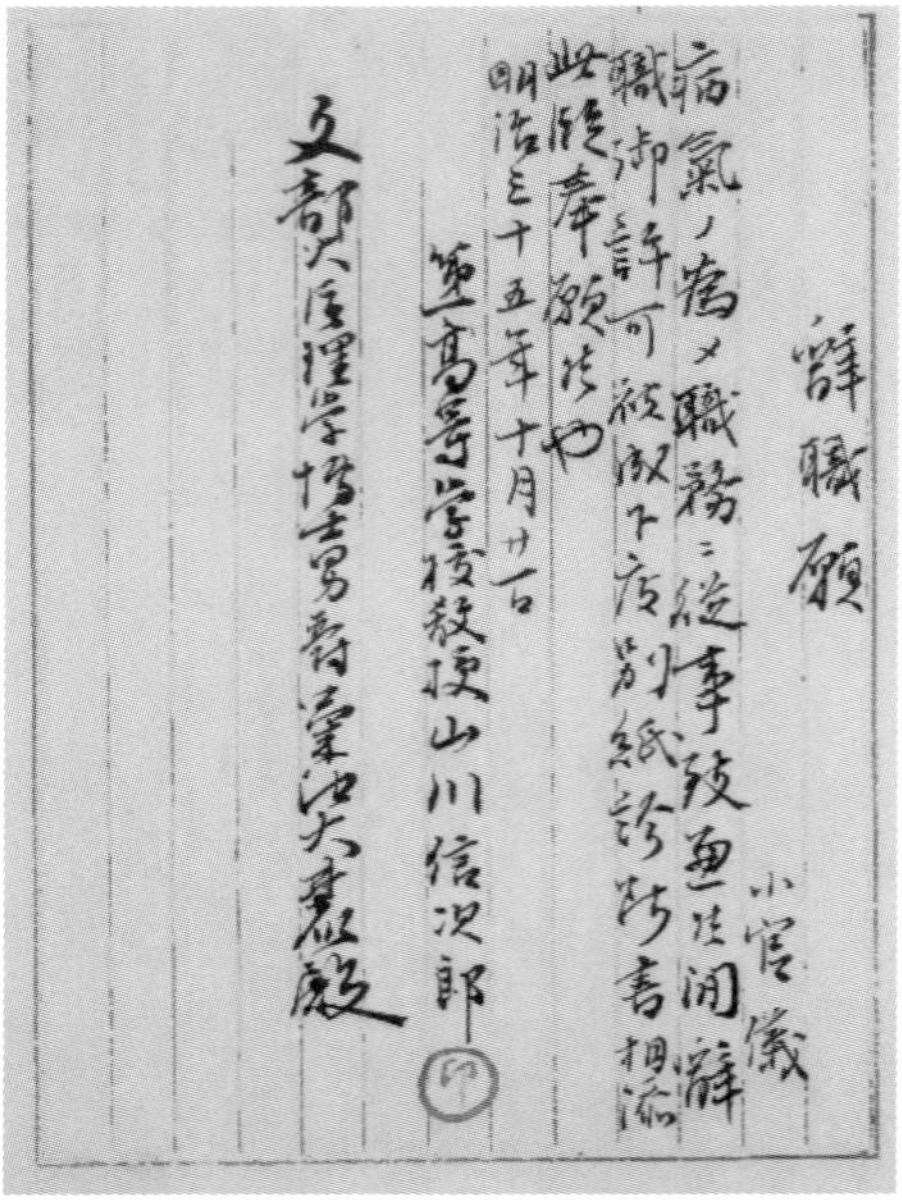
辭職願
小官儀
病氣ノ爲メ職務ニ從事致兼候間辭
職御許可被成下度別紙診断書相添
此段奉願候也
明治三十五年十月廿二日
第一高等学校教授山川信次郎 印
文部大臣理学博士男爵菊池大麓殿

文部省に提出された山川信次郎の辞職願の写し
（国立公文書館デジタルアーカイブより）

「醜聞事件」は、明治三五（一九〇二）年一〇月一七日付「二六新報」（新聞）の「第一高等学校教授の罪悪」という見出しの記事に始まる。連日、新聞は山川信次郎と住み込みで働いていた近藤センという一七歳の女性とのスキャンダルを書き立てた。「娘たらしの名人」（一〇・一八付）、「甘言蜜の如し」（一〇・二〇付）など、過激なタイトルで七回にわたって掲載された。

これに対して一高向陵会はその記事の大半が虚構だとして、山川の名誉回復をすべく、一高教授であった菅虎雄を訪問した。菅は「友人間に其相談あるが故に吾々に任されたし」（『向陵誌』一九一三年）と、奔走したらしいが、山川は一〇月二二日付で辞表を提出。二三日付で免官となった。新聞は、山川の辞任を報道、一〇月二五日に「記事中止の辞」を掲載し、「敵は已に滅びぬ」と述べ筆を絶った。真偽は不明だが記事が出て四日後の辞任だった。

帰朝後の漱石の山川に関する発言は極めて少ない。ましてや狩野亨吉宛書簡の「余の攻撃しつゝあるは暗に山川氏の如き人物かも知れぬ」（明三九・一〇・二三付）という記述を見れば、山川と漱石との絶交は決定的に見える。しかし、果たしてそうだったのだろうか。書簡は貴重な一次資料だが、偶然に残された、ほんの一部分でしかない。

漱石は明治三六（一九〇三）年五月、友人に借りたお金を返却するため、一高辞職後まだ無職であった山川に借金している。菅宛書簡に「貧乏なる山川を煩はし候」（五・二一付）とあるが、親しい友人でなければ到底このようなことは頼めまい。七月二日の菅宛書簡には山川の仕事について「周旋シ様ト思フロモナイ実ハ甚ダ気ノ毒ニ存ジテ居ルガドウモ仕様ガナイ」とも書いている。

山川がやっと職を得たのは明治三六年七月末のことだった。漱石は狩野に宛てて、山川からの伝言として「浄土宗学校へ一週二日八時間」の仕事が見つかったことを伝えている。その後明治四〇（一九〇七）年四月山川は長崎高等商業学校に赴任。明治四三（一九一〇）年には再び五高に赴任している。

山川信次郎③

五高に再奉職、そして再び東京へ

山川信次郎が五高に再任したのは、明治四三（一九一〇）年八月二日。明治四〇（一九〇七）年に長崎高等商業学校に職を得たが、翌四一年一〇月には休職している。漱石研究者の原武哲氏によれば校長排斥運動の中心になったためという。一年余、東京高等師範学校に勤務した後、熊本に赴任した。しかし大正二（一九一三）年七月二二日休職。同四（一九一五）年七月、休職満期により退官した。原武氏はこの理由を述べず、その後の山川を「未詳」とした。

五高記念館には「他ノ職員トノ折合悪シク為ニ教務上ニ影響スルコト尠カラサルニ依ル」との上申書が残る。国立公文書館の山川に関する一九通の辞令関係書類には、右の書類も含まれているが、五高の履歴書以外のものはない。

そこで、一高辞職後、窮地の山川を救った「浄土宗大学」を調べると、『高輪学園百年史』（昭和六〇・四）に山川に関する記事を見つけた。浄土宗大学は、明治一八（一八八五）年京都西本願寺により設立された「普通教校」に端を発する。同三三（一九〇〇）年学制更改により東京市芝区高輪台町に仏教大学・模範仏教中学・仏教高等中学と改称移転。仏教大学は明治三七（一九〇四）年京都に移転し、模範仏教中学（のち高輪中学校）のみが残った。これが現高輪高等学校の前身である。

この『百年史』に四人が山川の思い出を語っていた。平成一八（二〇〇六）年、学校を訪問し、山川が昭和七（一九三二）年三月二二日死去し、その直前まで働いていたことがわかった。山川は長崎赴任まで高輪中学校にいたと推測される。五高を休職後は、再びここに勤務したのだ。当時校長は滝口了信で、明治二七（一八九四）年帝国大学国史科卒業。漱石、中村是公とも交流があるので、山川も滝口との関係から職を得たのかも知れない。

ところが大成高校（東京都三鷹市）の『大成百年史』（平九・一一）にも山川に関する記述があることを知った。平成二六（二〇一四）年のことだ。校長の遠藤眞文氏に閲覧を願い、快諾を得た。

山川信次郎先生

晩年の山川信次郎（大正13年の大成中学の卒業アルバムより）

ここには何人もの卒業生が「名物先生」として山川を回想していた。歴代職員名簿により勤務期間が明治四二年一月から四三年七月、大正二年九月から昭和七年三月であることも判明した。大成高校は、当時は神田区三崎町にあった。旧大成中学では「他の学校との兼務を禁ずることなく、むしろ勧める」風潮があったらしい。山川が高輪中学と兼務していたことは間違いないだろう。

回想には「博学」で「怖い」先生像が語られるが、興味深いのは、関東大震災後、職員の厚生のため「共済会」「謝恩会」などの構想を立て、推進するなどかなりのアイデアマンだったことだ。さらに平成二七（二〇一五）年遠藤氏から創始者杉浦鋼太郎の山川信次郎への追悼文が提供された。そこには明治三六（一九〇三）年の東洋商業専門学校創設の際、山川を英語主任として招聘した新事実も記されていた。山川の人となりについては、同僚の思惑も気にせず「色々の案を立てたり、世話を」するなど、反感を買うことの多かった山川への深い理解を示し、貴重な資料となっている。

研究者が懸命に探していることが意外なところで「周知のこと」であることも多い。職業作家となった漱石と生涯教員だった山川が会う機会が無かったことは想像できる。しかし『漱石の思い出』には「筆子などはよく遊びに参っておりました」と筆子と山川の交流があったと読めるところがある。山川が漱石の葬儀に参列したか、それだけが気がかりだ。

森鷗外

鷗外来熊、一日半の滞在で史跡巡り

明治三二（一八九九）年九月二六日付「九州日日新聞」に「森軍医監来熊」という記事が掲載された。新聞によると「小倉第十二師団軍医部長医監医学博士森林太郎氏は当地衛生材料支廠《ししょう》への用向を帯び明日若くは明後日頃来熊の筈なり」と。同二八日の新聞は「高橋一等軍医を随《したが》へ昨日午後六時卅分《さんじっぷん》池田着にて来熊研屋《とぎや》支店へ投宿せり」と、その到着を伝えた。

軍医監森林太郎とは、森鷗外のことである。鷗外は明治三二年六月に第一二師団軍医監に任じられ、小倉に赴任した。この異動は、従来「左遷」と言われているが、順当な「栄進」とみる研究者もいる。当時、軍医たちが「左遷」と噂していたことは鷗外の書簡にも書かれているから、「都落ち」の気分はあっただろう。しかし、この小倉時代に鷗外は、積極的に各地の神社・仏閣、史跡を訪ね、古書を探し、墓を訪ね歩いている。それは後の鷗外の歴史小説に生かされることになる。

鷗外の「小倉日記」には、熊本での動向が細かに記されている。九月二七日、博多を午後一時五八分の汽車で出発し、夕刻六時半に池田駅（現上熊本駅）に到着。出迎えの二人と静養軒で夕食を食べた後、現在の下通入口西側にあった研屋支店に宿泊した。静養軒は、市内有数の料亭で研屋支店の近くにあった。
二八日朝、鷗外は熊本衛戍《えいじゅ》病院内にある衛生材料支廠に行き、所管の材料を見ている。これで公務は終わった。そこで三善支廠長から、「大石良雄等自殺の図巻及榊原康政の小田原陣中に在りて加藤清正に与ふる書」を見せられ複写する。帰途、新町の長崎次郎書店を訪ね、その後大江村九品寺あたりの茨木中将宅を訪れ、名刺を置いて宿に帰り昼食をとった。

午後四時には坪井町の宗岳寺に行き、江戸中期の国学者で関口流抜刀術の師範だった井沢蟠龍《ばんりゅう》の墓を訪ねた。その後、本妙寺まで足を伸ばし、清正の墓に参った。朱子学者・藪孤山の墓も探したが、見つけることはできず、日も暮れたので人力車で宿に帰った。境内に多くのハンセン病患者がいたことも書き留めている。

この夜、おそらく新聞記事を見て駆けつけたと思われる落合為誠《ためのぶ》と下瀬謙太郎が研屋支店に来た。鷗外は、立田山にあるという漢学者・秋山玉山の墓について尋ねたが、落合が、まだ行ったことが

小倉赴任の前日に撮影された森鷗外の写真（『新潮日本文学アルバム　森鷗外』より）

ないと答えたことが日記には記されている。鷗外は下瀬に医学者らしく本妙寺の中腹で見た難病医院や救癩《きゅうらい》院についても話を聞いている。

二九日の新聞には鷗外の用が済んだこと、三〇日の新聞には「内藤少将と森軍医監」の見出しで昨日、当地を出発し帰任した、との記事が出た。日記によると、午前九時八分の汽車で久留米に向かった。

漱石と鷗外は明治二九（一八九六）年一月三日、正岡子規の句会で初めて会っている。漱石は、鷗外の初期作品を高く評価していた。この時、親しく言葉を交わした様子はないが、鷗外の主宰する『めさまし草』に明治二九年から三〇（一八九七）年にかけて句を寄せている。

落合は漱石の大江村時代の家主でもあり、八月からは五高に勤務していた。鷗外の様子は漱石に伝えられただろうか。漱石も「永き日を太鼓打つ手のゆるむ也」と本妙寺で句を詠んだ。しかし、漱石がハンセン病者をどのように見たかを知る資料はない。わずか一日半の滞在で積極的に史跡を追った鷗外と比較するとき、興味深いものがある。

六　英国留学と帰国後

英国留学①

「高等学校教授初」の留学は誤り

漱石が、英国留学を命じられたのは明治三三（一九〇〇）年六月一二日のことである。荒正人『漱石研究年表』には五月一二日に「文部省第一回給費留学生として神田乃武《ないぶ》と共に満二カ年イギリス留学を命じられる」となっている。しかし、これは間違いである。神田乃武はイギリス留学ではなく、パリ万国博覧会で開催された「商工実業教育万国会議」の委員として出席したもので、出発も漱石より二カ月早い七月である。

留学命令の期日は、五高資料の「職員履歴」に五月一二日の記録があるのでそれによったものだろう。しかし、五高の他の資料「命令簿」「拝命転免通知簿」では六月一二日と記載されている。どちらが真実かを決定づける資料が同じ五高資料の中に残っていた。「誓書」である。

「誓書」は「文部省外国留学生規程」によって留学を命じられたものは「七日以内ニ誓書ヲ差出スヘシ」と決められている。その「誓書」が六月一六日付で書かれ、同一九日文部省に送付された記録が残っている。これによって留学命令が出たのは六月一二日であることがわかる。

荒正人の年譜でさらに問題があるのは「文部省第一回給費留学生」という部分だ。これは、荒が

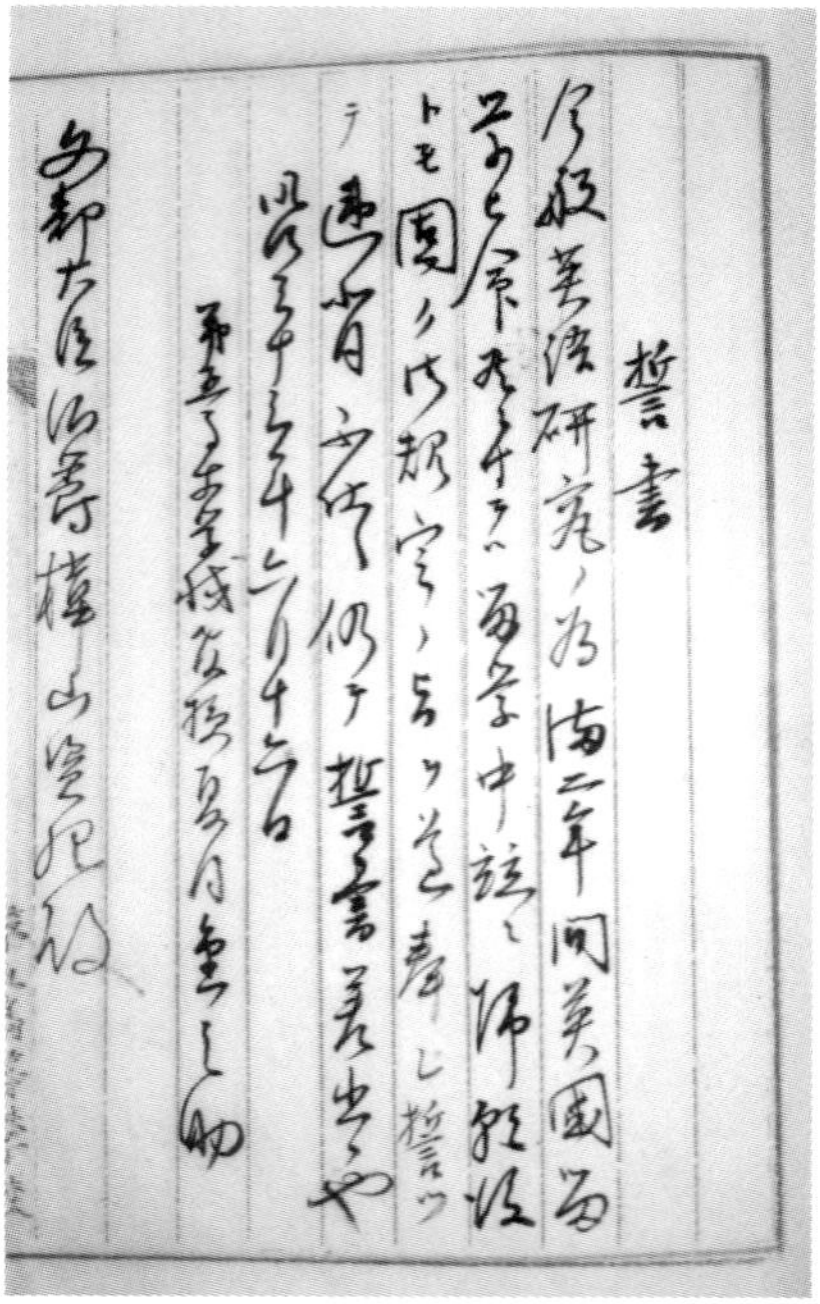

漱石の英国留学に関する誓書
（五高記念館所蔵）

『漱石研究年表』を出版した昭和四九（一九七四）年から明記されていた。高等学校の先生として初めて官費留学生となったとの意味である。何の疑いもなく受け入れ、『漱石の思い出』で鏡子が語った「高等学校の先生が選ばれて洋行する始め」という記述と重ねて了解していた。しかし、「第一回というのは間違いないのか」と改めて聞かれると心もとない。

調べてみると、松岡譲も鏡子と同様、漱石は藤代禎輔とともに「高等学校教授の海外留学の最初」（『漱石・人とその文学』昭一七）と記していた。荒も昭和三五（一九六〇）年出版の『評伝夏目漱石』ではほとんど同じ表現だったが、いつの間にか「第一回給費留学生」に変わった。

まず「給費」という言い方は条例にはなく、明治一五（一八八二）年から「官費留学生規則」がある。明治三〇年代の留学について研究した辻直人氏によると文部省では明治二八（一八九五）年から留学生を派遣するようになった。当初の目的は帝国大学等の教員不足に対応するためだったという。辻氏の論文では高等学校から派遣された留学生について詳細な記述がない。しかし明治三一（一八九八）年の「文部省外国留学生規程」改正には帰朝の日まで「当該各学校教官定員ノ外ニ置キ」という文が加わり、現職が保障されていることがわかる。

官報を調べると明治三二年派遣の文部省留学生中に、西洋史の箕作《みつくり》元八をはじめとして第一高等学校教授で現職のまま留学している人が何人もいる。五高医学部でも栗本東明、村上安蔵が現職のまま留学しており、職員名簿には留学中と掲載されている。つまり漱石は、高等学校教授で現職のまま留学した最初とは言えないのである。

漱石の留学は、五高の校長・桜井房記と教頭・松本源太郎の尽力によるものだった。文部省の辞令が「英語研究のため」となっていたのは、五高の英語教育拡充という学校側の意図だったのだろう。残念なことに漱石は再び五高に戻ることはなかった。ロンドンで漱石は五高の依頼を受け、スウィートという英国人を英語教師として斡旋したが、彼が五年余勤め、高い評価を受けたことは、漱石にとっても幸いなことだった。

豪雨の合間、列車で熊本を発つ

明治三三（一九〇〇）年六月に英国留学の辞令を受けてから、漱石はめまぐるしい日々を送ったに違いない。

六月末の学年末試験とその処理。七月一日の卒業式。卒業生の中に俳句結社・紫溟吟社《しめいぎんしゃ》を立ち上げた厨川肇《くりやがわただし》（千江）、蒲生栄《がもうさかえ》（紫川）、紫溟吟社に属し、帝国大学で再び漱石に学んだ野間真綱《のままつな》（奇瓢）、同じく紫溟吟社で白楊という号で活躍し、漱石が朝日新聞に入社する際の交渉役になった白《しら》仁《に》三郎（のちの坂元雪鳥）、また明治三二（一八九九）年から夏目家の書生になった湯浅廉孫《おさひこ》らがいた。東京帝国大学に進学する湯浅については、一高の校長をしていた狩野亨吉《かのうこうきち》に書生としておいてほしいと六月末に二度書簡で依頼している。そして入学試験。漱石が外国人のような発音でヒヤリングのテストをしたことは、五高生の回想にある。漱石の授業は受けられなかったが、生徒たちに鮮烈な印象を残した。

こうした校務の傍ら、漱石は自身の留学先について模索しなければならなかった。荒正人の『漱石研究年表』には、五高の外国人教師ファーデルの紹介でミセス・ノットを訪ねたことが記されて

漱石が描いた内坪井町の家と思われる水彩画（個人所蔵）

いる。ノットは、日本聖公会の宣教師で当時熊本市長安寺町二番地の自宅を説教所にしていたことが『熊本市統計年鑑』で確認できる。このノットは、漱石が乗船した英国行きの船に乗り合わせていて、漱石は船中でケンブリッジ大学関係の人への紹介状を書いて貰った。

鏡子の『漱石の思い出』には、熊本を発つに当たって家具はほとんど「置き土産」として人にあげ、松山時代から使っていた机は五高の同僚だった浅井栄凞《えいき》に譲ったと記されている。出発した日付は記されておらず「ちょうど洪水のあった後で、至るところで汽車が不通になっていて、歩いて連絡した」とある。このため、荒正人は、熊本を発った日を七月一八日または一九日と推測した。

折から新聞では連日「北清事変」での列強諸国の動きや、日本の第五師団出兵が伝えられていた。一方、熊本は七月四～八日、一〇～一二日、一五～一六日、と三度の大雨に見舞われていた。特に一六日の雨はひどく、白川に架かっていた橋のほとんどが流失した。一八、一九日は到底身動きできる状況ではない。ところが、平成一一（一九九九）年一二月、許斐彗二《このみけいじ》氏が漱石の出発が七月一五日であることを発表した（「漱石が熊本を去った日」）。池松迂巷《うこう》が七月一八日、白仁三郎に宛てた書簡に一五日午後二時池田駅発の汽車で東京に向かう漱石を見送ったことが記されていたという。四月一五日付「九州日日新聞」に列車時刻の改正があり、午後二時一分発の列車があったことが確認できる。

七月一五日付「九州日日新聞」では一部不通だった九州鉄道が、一四日午前〇時一六分池田駅発の列車から開通したという記事が掲載された。しかし一六日には再び不通になる。漱石の熊本出発はまさに間一髪だったわけだ。

湯淺廉孫は、漱石一家と同じ汽車で上京した。東京帝大卒業後は漱石の斡旋で神宮皇學館に就職し、のち第三高等学校教授になった。終生漱石を師として慕ったが、平成二一（二〇〇九）年この廉孫が漱石に貰ったという未発表の水彩画（前頁参照）が吉備路文学館に展示された。長い間、本の間に挟まっていたのだという。廉孫にも懐かしい内坪井町の書斎の絵だ。漱石は南向きの書斎を好んだが、絵でも南向きに机が置かれている。内坪井町の六畳の部屋を漱石が書斎にしていたことが、この絵からもわかる。

英国留学③

往復書簡にみる夫婦の絆

明治三三（一九〇〇）年七月熊本を離れた漱石は、東京で留学の準備をし、九月八日横浜港からロンドンに出発した。船中には、漱石とともに留学命令を受けた芳賀矢一《はがやいち》、藤代禎輔《ふじしろていすけ》がいた。三人は一〇月一九日、イタリア・ジェノア港に着き、そこから陸路でパリに向かった。パリで開催されていた万国博覧会を見て、ドイツに留学する二人と別れ、ロンドンに発ったのが二八日。同日夜七時頃ロンドンに到着した。

二年間の留学中、漱石が妻鏡子に宛てた書簡が二二通残っている。近況報告だけでなく、鏡子の歯並びや曲げを結うためにできた禿《はげ》のこと、朝寝坊や子育ての注意など細やかだ。なかでもしばしば引用されるのが半年ほどたった頃「おれの様な不人情なものでも頻りに御前が恋しい」（明三四・二・二〇付）と漱石が鏡子への慕情を吐露した書簡だ。鏡子は一月二五日に次女恒子を出産していたが、三月になっても手紙が来ないので、自分で書けなければ誰かに書いてもらうようにとまで頼んでいる。待ち望んだ手紙が着いたのは五月二日のこと。一月末の手紙で依頼した、熊本で撮影した鏡子と筆子の写真を早速暖炉に飾っている。

漱石が送ってほしいと願った鏡子と筆子の写真
（熊本市立図書館所蔵）

漱石は、手紙を出さない鏡子に不満も述べた。漱石の弟子の一人だった小宮豊隆は『夏目漱石　二』（岩波新書）で一連の漱石の書簡を取り上げ、漱石が鏡子に「情の濃やかな手紙」を送り続けたのに対して、鏡子からの返信は少なく、たまに送った手紙は「漱石の愛をへし曲げ、漱石の人格を誹謗する、毒毒しい内容を持つた」「ヒステリックな手紙」で「夫婦生活の前途を暗くしてしまふほど、悲しい、腹立たしい内容を持つた愛想のつきる手紙だつたに違ひない」と述べている。漱石の孤独に無頓着であった鏡子の手紙は、「精神衰弱」を起こすほど孤独な学問を続けている漱石の精神を、さらに傷つけたと見るのだ。

　こうした「鏡子悪妻説」や自伝的要素の多い『道草』によって、熊本時代の夫婦生活は最初から「亀裂」の入ったもので、留学によってさらに夫婦の確執が深まったと見る研究者も多い。

しかし、鏡子がロンドンの漱石に手紙を送れるようになるのは、漱石の第四信でロンドンの住所を知らされて以降のことだ。しびれを切らして不満を述べた手紙を出した直後に鏡子からの手紙が着くこともあった。鏡子が漱石に送った手紙は少なくとも一七通認められる。そのほかに漱石の手元に届かなかった一通もあるようだ。漱石が二週間に一度くらいの手紙を望んだとはいえ、ほぼ一カ月に一度のやり取りは、幼子を抱えた鏡子にとって少ないとはいえないのではないか。

昭和六一（一九八六）年秋、鏡子の漱石宛書簡が発見された。明治三四（一九〇一）年二月二〇日の漱石の手紙に対する返信である。「あなたの帰り度なつたの淋しいの女房の恋しいなぞとは今迄にない珍しい事と驚いて居りますしかし私もあなたの事を恋しいと思ひつゝけている事はまけないつもりです」（「図書」昭六二・四）という恋文は、熊本時代の漱石と鏡子の間に愛がしっかり育まれていた証である。読んだ後は破り捨てるようにと頼んだ鏡子の恋文を漱石は大切に持ち帰った。そして、小言ばかりのような漱石の書簡も鏡子は保存し続けた。熊本時代の二人の生活は確かに幸せであったのだ。

申報書（上）——留学生活の転換を示す

平成七（一九九五）年、熊本大学で『復命書』と題する書類の中から一枚の報告書を見つけた時の驚きは忘れられない。それは「申報書《しんぽう》」で、官費留学生は年に二回、一月と七月に提出することが義務付けられていた。妻・鏡子の『漱石の思い出』によると、漱石がこれを白紙で提出したため、発狂したといううわさが流れたという。

当時、この資料は未発表だった。「従明治三十四年一月至明治三十四年七月」の申報書で、七月二二日に書かれていた。自筆ではなく送付先の五高事務官が複写したもので、留学後、初めて提出された申報書だろうと思われた。「修業所教師学科目等」の項には「クレイグ氏W・J・Crygニ就キ近世英文学ヲ研究ス（原文横書）」とあり、「入学金授業料」の項には「一回毎ニ五シリングヲ払フ（一週二回）」と、わずか二行書かれただけで、その他の項目は「ナシ」と書かれていた。多くの留学生が大学や研究所に籍をおいたのに対し、漱石は大学の聴講を三、四カ月でやめ、シェイクスピア研究で著名なクレイグを個人教授にした。

「英語研究ノ為二カ年ノ英国留学ヲ命ス」という辞令がおりた時、漱石は「英語研究」ではなく

「英文学研究」でもかまわないかと、わざわざ文部省に上田万年を訪ねたという。漱石は、長年英文学を学びながら、幼少の頃から親しんだ漢文学のようにはわからないという不安を抱えていた。

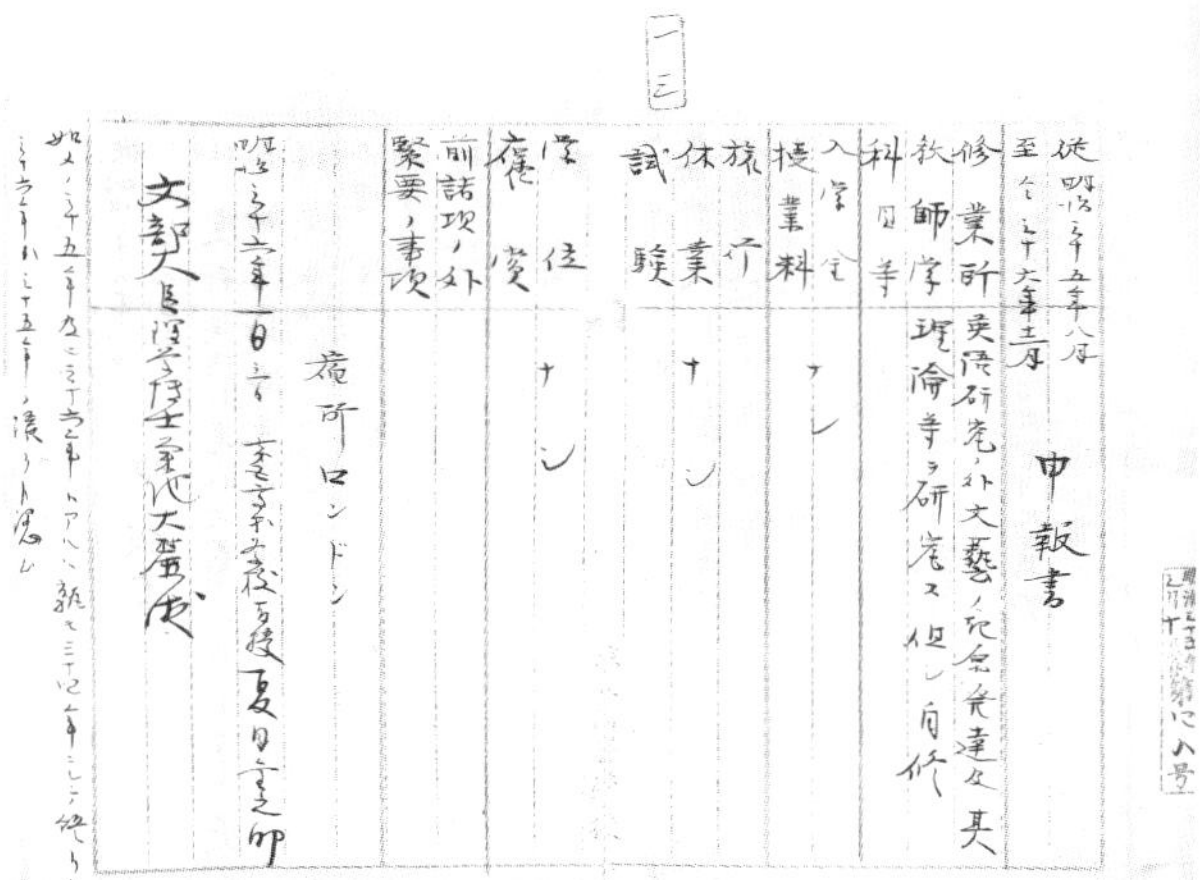

教師学科目等の欄に「自修」と記された申報書（五高記念館所蔵）

「英語研究」と「英文学研究」の違いなど関知しない文部省はそれを許可した。

しかし、漱石は大学に籍を置かなかった。パリで別れた藤代禎輔《ふじしろていすけ》が大学で六時間も講義を受けているのを知って、漱石は「感心の至」とは述べながら、「往復の時間と待合せの時間と教師のいふ事と三つを合して考へて見ると行のは愚」（明三四・二・五付）と藤代に書き送った。漱石は、自身のさまざまな疑問をぶつけられる個人教授を選んだ。それが、この申報書に書かれた内実だった。

その後、原武哲氏のご教示で「申報書」はもう一通あることを知った。それは「従明治三十五年八月至三十六年十二月」の申報書（写真参照）で「明治三十六年一月三日」提出とある。

これら二通は一九九六年刊の『漱石全集』に収録された。あとの申報書は「修行所」の項目に「英語研究ノ外文芸ノ起原発達及其理論等ヲ研究ス　但シ自修」とだけ書かれたものである。クレイグの個人教授を辞めたということだ。

欄外には「始メノ三十五年及ヒ三十六年トアルハ孰《いずれ》モ三十四年ニシテ終リノ三十六年ハ三十五年ノ誤リト認ム」と注記がある。「終リノ三十六年」は提出の日付のこと。実際は明治三四年八月から同年一二月のものと五高事務官が指摘した注記のとおりなら前の申報書の続きとなるが、『漱石全集』は注記に従わず、三五年八月から同年一二月までのものとした。根拠は八月以降もクレイグの所に通っていたからという。しかし、そうなると漱石は三五年一二月には帰国の途についているので、申報書は船上で書かれたことになる。果たしてそうだろうか。

欄外の注記の文字は、申報書の文字と同一なので、この書類を複写したときに書かれたものと考えられる。ロンドン時代の漱石の日記には、八月二七日までクレイグの所に行ったことが書かれているが、その後はない。一〇月にクレイグに手紙を書いているが、これは荒正人の推測どおり、個人教授を断る内容だったのではないか。つまりこの申報書は三四年のもので、同年八月以降大きな転換があったことを示す重要な報告書ということになる。

英国留学⑤

申報書（下）——過酷な留学生活を証明

二通の留学報告書（「申報書」）は一九九六年刊の『漱石全集』第二六巻に収録された。しかし、平成一九（二〇〇七）年もう一枚の「申報書」を発見した。それは最初の申報書と思われたものより早い「従明治三十三年十一月至三十四年一月」のもので、これこそが最初の申報書だった。明治三四（一九〇一）年一月三一日提出である。

「修業所教師学科日等」の項には「倫敦『ユニヴァーシチコレヂ』ニ於教授『カー』の英文学講義ヲキク『クレイグ』氏ニ就キ英文学ヲ修ム一月以降『ユニヴァーシチコレヂ』ニ出席セズ専ラ『クレイグ』氏方ニ至リ疑問ヲ質シ兼テ講義ヲキク」とある。

大学は「訪問者」として聴講したため授業料を払う必要がなかったこと、個人教授のクレイグには一回五シリング支払うことが記されていた。「旅行休業」の項目には「就業前」にケンブリッジに行き、クリスマス前後に三週間休業とあった。

漱石は当初、英国の最高学府であるケンブリッジ大学かオックスフォード大学での留学を考えていた。そのため熊本で紹介されたノット婦人にケンブリッジ大学関係者への紹介状を書いてもらっ

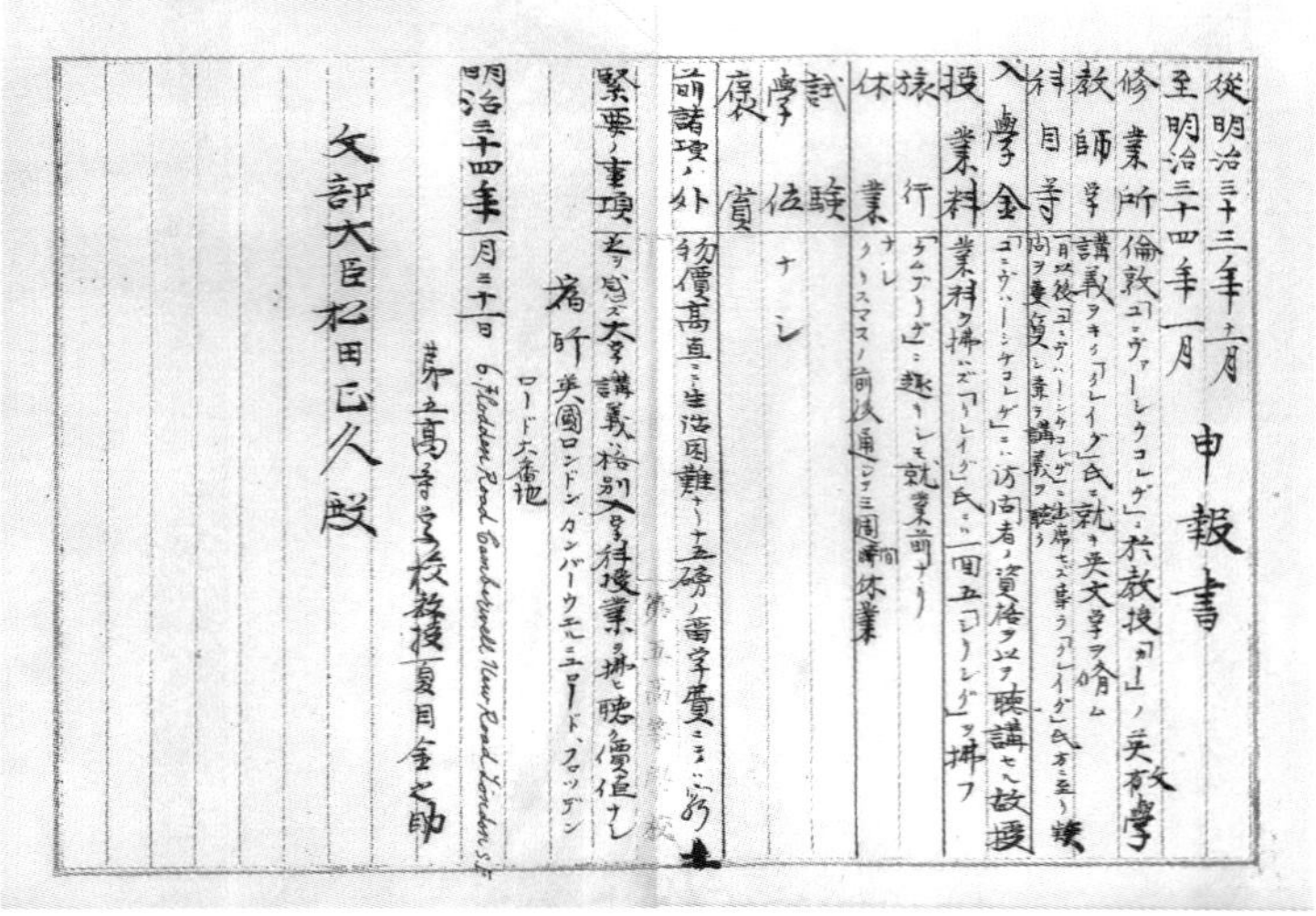
従明治三十三年十一月
至明治三十四年一月　申報書
修業所　倫敦「ユニヴァーシテイコレッヂ」ニ於テ教授「カー」ノ英文学
教師学科目等　講義ヲキヽ「クレイグ」氏ニ就キ英文学ヲ脩ム
一月以後「ユニヴァーシテイコレッヂ」ニ出席セズ専ラ「クレイグ」氏方ニ至リ
尚ヲ重ニ専ラ講義ヲ聴ク
入学金　「ユニヴァーシテイコレッヂ」ニハ訪問者ノ資格ヲ以テ聴講セル故授
授業料　業料ヲ払ハズ「クレイグ」氏ニハ一回五「シリング」ヲ払フ
旅行　「ケムブリッヂ」ニ趣キシモ就業前ナリ
休業　ナシ
クリスマスノ前後通ジテ三週間休業
試験
学位　ナシ
褒賞
前諸項ノ外　物価高直ニテ生活困難ナリ十五磅ノ留学費ニテハ窮ス
緊要ノ事項　大学ノ講義格別ノ大学科授業ヲ排シ聴ク価値ナシ
寓所　英国ロンドン、カンバーウエル、ニューロード、フロッデン
ロード六番地　6 Flodden Road Camberwell New Road London S.E.
明治三十四年一月二十一日
第五高等学校教授　夏目金之助
文部大臣松田正久殿

ロンドン留学で最初に記した申報書（五高記念館所蔵）

た。

漱石の日記によると、ロンドン到着四日後の一一月一日には、ケンブリッジに向かい、ノット婦人から紹介されたアンドリュー氏（ケンブリッジ大学のカレッジの一つであるペンブローク・カレッジの学寮長）に会い、大学を見学した。しかし、金銭的にも時間的にも性格的にも、とうてい留学地としてはやっていけないと諦め、二日にロンドンに帰っている。これが申報書に書かれた旅行である。

漱石は、留学地をロンドンに定め、ロンドン大学のユニバーシティ・カレッジに行き、カー教授の紹介を求め、聴講を開始した。ところが早くも翌年一月以降はやめ、個人教授に変えている。この申報書は、こうした留学当初の動向を報告した貴重なものである。最も注目すべきは、最後の項目「前諸項ノ外緊急ノ事項」に「物価高直《こうちょく》ニテ生活困難ナリ十五磅《ぽんど》ノ留学費ニテハ窮乏ヲ感ズ大学ノ講義ハ格別入学科授業ヲ払ヒ聴ク価値ナシ」と述べている点だ。ドイツ留学中の藤代禎輔宛書簡に「先達《せんだって》文部省へ申報書を出した時最後の要件といふ箇条の下に学資軽少にして修学に便ならずと書てやった」（明治三四・二・五付）とあるのがこの申報書である。

漱石はロンドンに着いてすぐ、鏡子に「西洋にては金が気がひける程入候留学費でどうしてやるか」（明三三・一〇・三〇付書簡）が問題、と書き送ったが、漱石は金銭を節約するために下宿を変わり、朝昼兼用のビスケットをかじった。窮乏生活の中、できうるかぎり本を買い、読破するため下宿にこもった。

しかし一年後、漱石は読み終えた本の少なさに驚き、方針転換を図る。それが、「明治三十六年一月三日」と書かれた申報書（二九四頁参照）である。漱石は「根本的に文学とはなんぞや」という問題を解決するため、文学書は行李の底におさめ、「凡ての費用」で参考書を買い、生涯の中で「尤も鋭意に尤も誠実に研究を持続」（『文学論』序）した。神経衰弱になるほどの猛勉強の結果、文部省には「漱石発狂す」との報告がもたらされた。最後の一年間の申奉書は現存しない。しかし残された三通の報告書は、漱石の過酷な留学生活を証明している。

子規の訃報に「慚愧の至」

留学中の漱石が「近頃非常に不愉快ナリ」「神経病カト怪シマル」と日記に書いたのは明治三四（一九〇一）年七月一日のことである。しかし、当時の書簡に精神の不調を思わせるものはない。八月、化学者の池田菊苗（「味の素」の発明者）との出会いによって刺激を受けた漱石は、「もつと組織だつたどつしりした研究」（「処女作追懐談」）をしようと社会学、心理学などの参考書を買い込み、猛勉強を始めた。帰国後の著作計画を語るようになるのは、九月以降のことだ。

明治三五（一九〇二）年には個人教授もやめ「自修」を始めた。日記が中断し、書簡も少ないので、留学最後の一年の動向はわかりにくい。漱石の様子がおかしいといううわさが日本に流れたのだろう。二月一四日付の鏡子からの書簡に対して漱石は「おれの事を世間で色々言」（明三五・三・一八付鏡子宛書簡）っても勝手に言わせておけばいいと、意にも介していない。しかし九月一二日付鏡子宛書簡には「近頃は神経衰弱にて気分勝れず」とある。大したことはないとも付け加えている。

そのような中、文部省に「夏目が発狂した」との電報がもたらされた。これを受けて一〇月、ドイツ留学中の藤代禎輔《ふじしろていすけ》に「夏目ヲ保護シテ帰朝セラルベシ」という電命が伝えられた。しかし、漱石と同船して帰朝しようとロンドンに来た藤代は、漱石がそれほど心配な状況ではないことを確認し、一人帰国の船に乗った。藤代は、漱石の部屋に「よくもこんなに買集めたと思ふ」ほどの書籍が山積みだったことも記している（「夏目君の片鱗」）。

明治 32 年 4 月に撮影された正岡子規（『新潮日本文学アルバム　正岡子規』より）

漱石は、藤代より二便遅れて一二月五日の便で帰国の途につく。その直前、漱石のもとに正岡子規の訃報が届いた。

漱石は一二月一日付高浜虚子宛書簡に「出発の当時より生きて面会致す事は到底叶ひ申間《もうすま》敷《じく》」と互いに覚悟の上の別れとは言いながら、「ついつい御無沙汰をして居るうちに」子規が亡くなったことは「慚愧《ざんき》の至」と書いている。

子規の最後の書簡は、明治三四年一一月六日付で「僕ハモーダメニナツテシマツタ」に始まる悲痛なものである。漱石がかつて子規に送った書簡は病床の子規を喜ばせ、『ホトトギス』（明治三四年一一月、『ほととぎす』から誌名変更）に「倫敦消息」として掲載された。子規は「モシ書ケルナラ僕ノ目ノ明イテル内ニ今一便書イテクレヌカ」と頼んできたのだ。

漱石は同年一二月一八日に手紙を書いた。それが子規に宛てた最後の書簡となった。これは『ホトトギス』（明三五・二）に「欧州より来状」として掲載された。ロンドン留学以来、子規への書簡は四月に三通、そしてこの手紙を合わせて四通だ。少なくとも「今一便」という子規の望みには応えたのだが、「つい其の儘《まま》にして居るうちに子規は死んでしまつた」（『吾輩は猫である』中編序）と、なぜか最後の返信の記憶は欠落し、漱石の心に生涯消えない「悔い」が残った。

明治三八（一九〇五）年一月『ホトトギス』に発表した「吾輩は猫である」で一躍漱石の文名があがる。子規の死から四年後、漱石は『吾輩は猫である』中編序（明三九・一〇）に子規の最後の書簡を掲載し、「余は此手紙を見る度に何だか故人に対して済まぬ事をしたやうな気がする」「憐れなる子規は余が通信を待ち暮らしつゝ、待ち暮らした甲斐もなく呼吸《いき》を引き取つたのである」と書いた。そして『吾輩は猫である』を代わりとして捧げたのだ。

留学時代の「神経衰弱」と「慚愧」の念は漱石を作家に導くものだったともいえる。

帰国後①

漱石、惜しまれつつ五高辞職

明治三五（一九〇二）年一二月五日、日本郵船の博多丸でロンドンを発った漱石は、翌三六（一九〇三）年一月二三日神戸に上陸し（江藤淳の調査による）、帰京したのは二四日である。漱石は神戸上陸後、電報を打ったらしく、鏡子たちは二四日国府津《こうづ》（神奈川県小田原市）まで出迎えた（『漱石の思い出』）。

漱石は、一月二八日付書簡で、五高教頭だった松本源太郎に帰朝を知らせている。漱石の留学に尽力したという松本には、留学が決まった時にも手紙を書いており、漱石の律儀さがわかる。評論家の荒正人は、これを帰朝後初の手紙としているが、これ以前に提出された重要な書類があった。それが「留学始末書」である。帰朝後の留学生に義務付けられていたもので、「往返発着」「修学景況」「学位卒業証書及褒賞」について記し、文部大臣に提出した。

五高記念館には、一月二六日付で提出された書類の写しが残っており、ユニバーシティ・カレッジでカー教授に学んだこと、クレイグに指導を受けたことが記されている。注目すべきは、「往返発着」に「一月二十日長崎港着同二十一日熊本着」となっていることである。書式の事例には「東

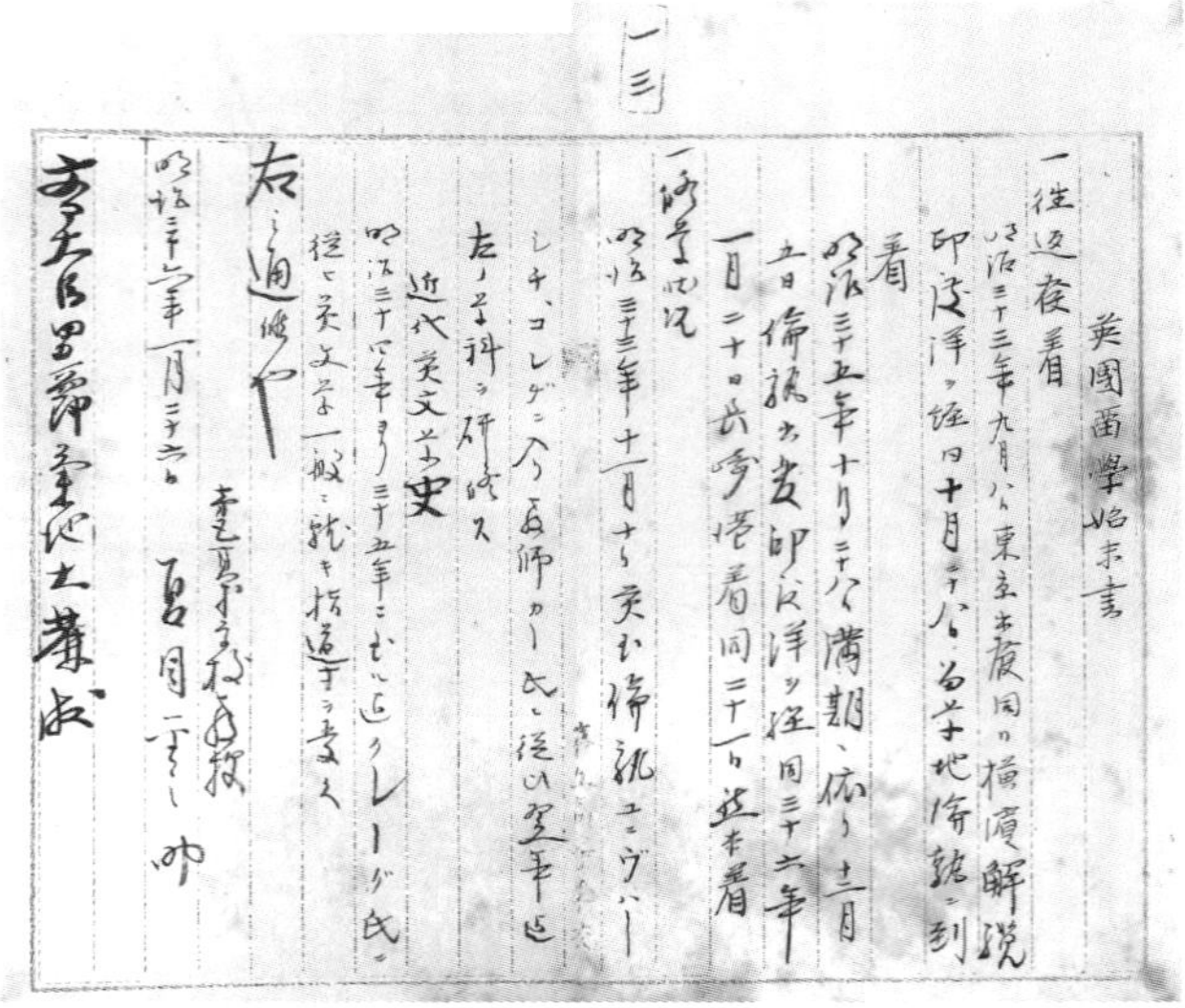

英國留學始末書

一 往返發着

明治三十三年九月八日東京出發同日横濱解纜印度洋ヲ經テ十月二十八日倫敦ニ到着

明治三十五年十二月五日滿期ニ依リ十二月五日倫敦出發印度洋ヲ經同三十六年一月二十日長崎港着同二十一日熊本着

一 修學状況

明治三十三年十一月ヨリ英文學研究ニ「ユニヴァーシチ、コレヂ」ニ入リ教師カー氏ニ從ヒ翌年迄

右ノ學科ヲ研究ス

近代英文學史

明治三十四年ヨリ三十五年ニ至ル迄クレーグ氏ニ從ヒ英文學一般ニ就キ指導ヲ受ク

右之通候也

明治三十六年一月二十六日

第五高等學校教授 夏目金之助 印

第五高等學校長 櫻井房記殿

帰国後に漱石が提出した「留学始末書」（五高記念館所蔵）

京出発…東京着」と書かれており、五高に残っている他の「留学始末書」もこれに従っている。「熊本着」との記述は極めて珍しい。

『漱石全集』では、第二六巻にこれを所収し、「実際には漱石は熊本には帰らず」と注をつけている。長崎港に着いたのは二〇日午前九時、出航は、二二日正午である。武田勝彦氏は「公明新聞」（平七・九・一六）で熊本―長崎間の列車時刻を調べ、熊本に立ち寄った可能性を指摘した。

熊本―長崎間には船の便もある。東京での就職を望みながら、五高への義理も感じていた漱石が、帰朝の挨拶のため熊本に立ち寄った可能性はやはり捨てきれない。「職員出勤簿」の一月には「二十一日帰校」と朱筆で記されている。

明治三五年三月一八日には、ロンドンから校長の桜井房記に熊本へは帰りたくないと返事を出した漱石だが、「義理もある事故我儘な運動も出来ず」（同四・一七付）と鏡子に手紙を書いていた。漱石を手放したがらない桜井との折衝には時間がかかった。

五高辞職が決まったのは明治三六年三月だった。三月九日付菅虎雄宛書簡で「熊本の方愈《いよいよ》辞職」が決定し、ついては「医師の診断書」が必要なのでそれを医師の呉秀三に依頼してほしいと述べている。五高資料では三月一四日に診断書を添付した辞職願が文部大臣宛てに提出されたことがわかる。ただ、この診断書の存在は長い間確認されていなかった。それが平成二一（二〇〇九）年国立公文書館にあることがわかり、写真撮影することができた。診断書は写しのようだが三月一一日の日付で呉秀三が「目下神経衰弱症ニ罹リ激務ニ堪へ難キモノト診断ス」と記している。

漱石の辞職願は二八日には裁可されたが、発令は五高からの要請を受けて三一日となっている。五高辞職の内定と同時に東京帝国大学から漱石採用の打診があり、五高ではそれについて三月一三日には、近々漱石から辞職願いが提出され「直チニ其筋ニ進達ノ見込」なので採用については差し支えないと返答している。これらの資料から漱石が惜しまれながら辞職したことがわかる。

帰国後②

「三四郎」は漱石が見た熊本時代の五高生

明治三六（一九〇三）年四月二〇日、漱石に「在官六年以上ニテ退官ニ付年俸三ヶ月分下賜」との辞令がでる。この退職金三〇〇円はロンドンでの書籍購入や東京での新居のための借金返済に充てられた。

二年間の官費留学をした漱石は、官立学校で四年間働く義務があり、第一高等学校嘱託、東京帝国大学講師となった。二校掛け持ちでも生活費に窮したので、翌年には明治大学予科の講師も兼ねている。

帰国した漱石のもとに真っ先に駆けつけたのは、五高時代の教え子寺田寅彦だった。寅彦は、頻繁に漱石を訪問し、漱石が亡くなるまで親交を深めた。東京帝国大学に進学した五高出身者たちによる歓迎会も行われた。熊本で書生だった俣野義郎、土屋忠治、湯浅廉孫も漱石をしばしば訪ねた。五高辞職後も五高の紫溟吟社《しめいぎんしゃ》会員が俳句の選を依頼してきたこともあった。『龍南会雑誌』一〇三号（明三六・一二）には四三句が「漱石先生選」として掲載されている。

漱石に憧れて五高から東京帝国大学の英文学科に進学した生徒もいた。思いがけず大学で再び漱石の教えを受けることになった野間真綱《のままつな》は、たいそう喜んだという。紫溟吟社の一人で、五高時代は厳格だった漱石が、大学では「くだけた温和な人がら」（「文学論前後」）に感じられた。寅彦と同様、生涯漱石に親しんだ。

漱石は、週三〇時間の授業をこなす傍ら、一編の文章を書き上げた。明治三八（一九〇五）年一月、『ホトトギス』に発表された『吾輩は猫である』は人々を驚かせた。執筆依頼が殺到し、漱石は次第に創作に没頭する。明治四〇（一九〇七）年四月、漱石は大学を辞し、朝日新聞社に入社した。専属作家への転身に世間は驚いた。

上通にあったおでん屋「三四郎」（昭和 12 年頃、五高記念館所蔵）

漱石は作家としても五高生に影響を与えた。いち早く表れたのは入社第一作『虞美人《ぐびじん》草《そう》』を模倣した作品である。『龍南会雑誌』一二二号（明四〇・一〇）に掲載された「帚木《ははきぎ》」「秋ばれ」は漱石の文体を見事にまねた作品だった。『草枕』の影響を強く受けた作品も「歌」(一三五号・明四三・三)をはじめとしていくつも見られる。

福岡出身で五高から東京帝国大学に進学する小川三四郎を主人公とする『三四郎』が「朝日新聞」(明四一・九・一〜一二・二九)に発表されると、自分がモデルだという生徒まで現れた。経済学者の大内兵衛《おおうちひょうえ》は「兵衛は三四郎である。熊本の高等学校を出て東京にのぼつたのは、明治四十二年の八月、三四郎が朝日に出た明くる年である」(『旧師旧友』)と書いている。五高生は、「われら三四郎」「龍南三四郎」と自身を称し、上通のおでん屋「三四郎」で青春を謳歌した。「三四郎」は長い間、五高生の総称となった。

漱石は、五高生について『三四郎』発表の半年前、「九州日日新聞」の取材に答えて、「東京あたりの書生のやうに軽薄で高慢痴気な所がなく、寔《まこと》に良い気風」(「名家の見たる熊本」)と述べている。『三四郎』には日露戦後の青春群像が描かれる。五高でも日露戦後、「軽佻浮薄」な風潮は現れ、「剛毅木訥《ごうきぼくとつ》」の衰退を嘆く声が聞かれた。幸いなことに漱石はそのような五高生を知らなかった。三四郎は漱石が見た熊本時代の五高生だったのだ。

帰国後③

熊本体験が名作誕生へ

漱石は、留学後熊本に帰らなかった。渡英四カ月後の明治三四（一九〇一）二月九日には、第一高等学校校長の狩野亨吉《かのうこうきち》をはじめとする四人の友人に宛てて「熊本へは帰りたくない」と述べ、一高への就職を懇願した。しかし、留学中には、東京での就職は約束されず、五高校長桜井房記からは、引き続き五高での勤務を要請された。

すでに、生まれ故郷の東京を離れて六年経っていた。五高には、教師としての漱石を高く評価した中川元《はじめ》校長も、留学に尽力した教頭の松本源太郎もなく、友人の狩野亨吉、菅虎雄、山川信次郎らは皆東京にいた。東京で職を得たいという気持ちは自然なものであろう。

しかし、五高を辞任し、東京で職を得た漱石が、明治三九（一九〇六）年一月六日、松本源太郎に「東京へ参りて何となく生き還りたる心地致し候。熊本は思ひ出してもいやに御座候」と書き送った事実に、漱石が熊本をそれほど嫌ったのかと、暗澹《あんたん》たる気持ちになる。

ただ、漱石が熊本でも例外的に愛した土地があった。英国の地で「日本流の旅行がして見たい小《お》天《あま》行抔《など》思ひ出すよ」（明三四・二・九狩野亨吉ら宛書簡）と述べた小天だ。

『草枕絵巻展　図録』に掲載された「わが墓」
（草枕交流館提供）

漱石が描いた「わが墓」と題する小さな絵は、現在では小天のみかん山から雲仙を眺めた絵と解釈するのが当たり前になっている。しかし、この絵を「小天」と特定したのは熊本における漱石研究の先達である蒲池正紀氏だ。

漱石生誕百年（昭和四一）を記念する「漱石展」でこの絵を見た蒲池氏が、水平線の果てに描かれた山を「県北部の西海岸から臨む雲仙の山形」とし、漱石が「熊本での教師生活は厭ったが、小天だけは係恋の地として、孤独なロンドン生活でも、日本を偲ぶとともに思い浮べるほどの印象があった」と推論した。

小天旅行は漱石の心に好印象を残したという蒲池氏の研究に救われながらも、私のこの二〇年の研究は、「漱石が熊本を嫌ったわけ」を探ることにあった。その糸口が見えたのが狩野亨吉の日記だった。日記には、連日漱石の名前が出ており、放課後、狩野の家に集まってさまざまなことを協議している様子がわかった。

明治三八（一九〇五）年一〇月二〇日、五高の奥太一郎に宛てて、漱石は「第一高等学校は、熊本より大分気楽」と述べ、「同僚の家抔へ参りたる事無之先方よりも参りたる事無之候」と書いている。これが漱石が熊本を嫌った理由だと確信した。狩野の日記はその集まりが生徒の問題だけでなく、職員間の問題もあったことをうかがわせる。

教師には向かないと言いながら、漱石の熊本における四年三カ月は、生徒の英語力を高めるために尽くした生活だった。人事にも関わり、優秀な教師を集めることに奔走した。気付けば、教頭心得にまでなっていた。それは、東京で生徒に教えるだけの気楽な講師の身分で、創作という自己表現の手段を獲得した漱石に「不快」な日々として回想されるしかなかったのだ。

しかし、漱石は明治三七（一九〇四）年東京帝大での教え子・厨川白村を「君も赴任したらどうか」（「葉書通信」）と五高に送り込んだ。これは五高生に対する深い愛着があったからだ。『三四郎』の素朴さも、『草枕』の風景も『二百十日』の阿蘇も熊本の体験なしに描かれることはなかった。漱石のいた熊本の風景に思いを馳せるとき、漱石はより身近に感じられる。

あとがき

本書は、漱石没後一〇〇年・生誕一五〇年を記念して平成二八（二〇一六）年一月六日から平成三〇（二〇一八）年五月三〇日まで毎週水曜日掲載で「西日本新聞」（熊本県版）に九九回、二年半にわたって連載された「漱石がいた熊本」を、出版するに当たって、新たに内容に沿って章立てし、加筆・修正したものである。

連載中忘れられないのは、熊本を襲った二度の大地震（平成二八年四月一四日、同一六日）だが、奇しくも漱石が赴任し、結婚式の六日後に「明治三陸地震」があったことを書いた第一三回（本文七四頁）が掲載された（四月一三日）翌日のことだった。立つこともできず、机にしがみつかなければならない揺れを経験する中で、「明治三陸地震」の挿絵が頭をよぎった。余震は数千回に及んだが、連載は一週間休んだのち再開された。

私の漱石と熊本に関する研究は、平成七（一九九五）年「熊本近代文学会」の共同研究から始まった。研究から遠ざかっていた私に漱石の新たな「事実」がつきつけられ、漱石研究の糸口が与えられた。少しずつ研究論文を書き始めた私に、「漱石と熊本」というテーマを与えてくださったのが、熊本近代文学会代表であった熊本大学名誉教授の首藤基澄先生だった。先生は、当時主宰されていた俳句雑誌『火神』に「漱石と熊本について何か書きませんか」と勧めてくださった。私は、明治時代の熊本がどのようなところで、漱石がそこでどのように過ごしていたか、できる限り知りたいと、明治時代の書籍や新聞等を調べた。新たな成果を踏まえながら、一般の人にわかりやすく書くことを求められた。掲載は自由にまかされたが、あまりに時間が空くと「そろそろどうですか」と促された。先生亡き後、後を継がれた今村潤子先生にも書く場所を与えられ、二〇本近くになった。「西日本新聞」の連載は、この『火神』に掲載した文章が基礎になっている。

新聞連載が始まったとき、漱石研究に導いてくださった熊坂敦子先生も首藤先生もすでになく、喜んでくださったのは、学生時代にお世話になっていた日本女子大学元学長・後藤祥子先生と筑波大学名誉教授・平岡敏夫先生だった。特に後藤先生は、分野が違うにもかかわらず拙文を読んでは、毎回激励の言葉をくださった。風間書房への橋渡しをしてくださったのも先生だ。先生がいらっしゃらなければこの本は刊行にこぎつけられなかっただろう。心から感謝したい。

平岡先生は、手製の葉書や封筒で拙文の一つ一つに丁寧なコメントをくださった。先生の「共感」もありがたかったが、「!?」が付された疑義には、さらに説得力のある根拠を示さなければと、資料集めに奔走した。連載の途中から「これは必ず本にしなさい」との言葉をいただいた。先生は「動くと息切れ、何とか呼吸をと――。」（平二九・一二・二一付葉書）とご体調の悪い中でも、「三月までラストスパートたのしみにしています」（同）とのお言葉をいただいた。この葉書に書かれた第七七回から八〇回までについてのコメントが最後のものとなった。

平成三〇年一月一七日第八四回を掲載し、残り一五回となり、平岡先生のご体調を案じ、文をまとめて送ることをためらっているうち、三月五日に平岡先生が逝去されたとの連絡を受けた。先生のご存命中に本書を届けることができなかったという悔いは大きいが、今となっては仕方がない。力の足りなかった自身を恨むしかない。

最後に、いつも出版について叱咤激励していただいた鎌倉漱石の会代表の菅佐原智治氏、新聞連載時にお世話になった西日本新聞社、元熊本総局長一瀬文秀氏、および現総局長助清文昭氏に感謝申し上げる。また、ご多忙にもかかわらず強行日程での出版をお引き受けいただいた風間書房社長・風間敬子様に感謝申し上げる。

平成三一年三月五日（平岡敏夫先生一周忌に）

村田由美

熊本時代の年表

明治二九（一八九六）年（漱石満二九歳）

四月七日	漱石の第五高等学校採用について文部省より許可が下りる。
四月八日	愛媛県尋常中学校の職を解かれる。第五高等学校第三学期始業。校長中川元より松山の漱石に出向命令が打電される。
四月一〇日	第五高等学校へ赴任するため三津浜港を出発する
四月一三日	漱石、池田停車場に下車。飽託郡黒髪村宇留毛四三〇番地の菅虎雄の家に寄宿する。
四月一四日	第五高等学校英語科教授を嘱託される。報酬一カ月百円。週二四時間の英語の授業を受け持つ。
四月二〇日	大学予科第一部文科二年級監督主任を命じられる。
五月初旬	敗屋（熊本市光琳寺町にあったと推測される）に移るが二週間ほどで転居する。
五月下旬—六月	下通町一〇三番地に移る。
六月九日	貴族院書記官長中根重一の娘キヨ（通称鏡子）と結婚する。
七月九日	第五高等学校教授に任じられ、高等官六等に叙せられる。五級俸下賜される。
七月一一日	夏期休業始まる
九月初旬	妻鏡子を伴い約一週間九州北部を旅行する。博多公園、箱崎八幡宮、香椎宮、太宰府天満宮、天拝山、観世音寺、都府楼跡、二日市温泉、梅林寺、船小屋温泉をまわる。

九月七日　鏡子との婚姻届を提出する。
九月一一日　一学期始業。大学予科第二部二年甲組の監督主任を命じられる。
九月一四日　寺田寅彦、第五高等学校に入学。
九月一九日　この日から二四日までの間に熊本市合羽町二三七番地に転居。しばらくの間長谷川貞一郎が下宿する。
九月中旬　文科二年、三年生徒の発起請願に応え、午前七時から英語の課外授業を始める。
一〇月二四日　「人生」を『龍南会雑誌』第四九号に発表する。
一一月九日　生徒修学旅行につき天草島原地方へ出張を命じられる。
一一月一四日　修学旅行のため、午前七時四五分学校を出発する。三角から天草本渡、富岡を経て雲仙に渡り、一一月一九日島原を出航し、坪井川口に上陸、行軍して帰校。
一二月一〇日　「九州日日新聞」に徳永朧枝の俳句が掲載されたのをはじめとして、一五日以降漱石の俳句は「無名氏」として、菅虎雄や虚子などとともに二七日まで断続的に掲載される。
一二月二五日　冬期休業始まる。

明治三〇（一八九七）年（漱石満三〇歳）

一月六日　この日から二月一八日まで「九州日日新聞」に断続的に新派俳句が掲載され、漱石の句が「失名」で掲載される。
一月八日　第三学期始業。倫理科の「月曜日」の授業に列席するよう命じられる。
一月三〇日　五言絶句五首を『九州教育雑誌』六七号に発表する。

二月九日　田岡嶺雲の依頼で「江湖文学」（明三〇・三）に掲載する「トリストラム・シャンデー」を脱稿する。
二月一〇日　五言絶句（『九州教育雑誌』掲載）を『龍南会雑誌』五三号に掲載する。
二月一四日　第一回三部生連合競漕会が江津湖で開催され、漱石も職員レースに出場し、一等となる。
三月二五日　文部大臣より、山川信次郎の英語科授業嘱託の許可が下りる。
四月一日　春期休業始まる。
四月初旬　春期休みに久留米地方へ旅行。高良山に登り、耳納連山を越えて発心山の桜を見物する。
四月八日　第三学期始業。
四月一〇日　山川信次郎、第五高等学校英語科教授の嘱託を受け、報酬として一カ月金八五円贈与される。合羽町の漱石宅に寄寓する。
四月二〇日　大学予科第二部二年甲組監督を命じられる。
五月二〇日　端艇部拡張の主意書、および寄付を募る書簡を書き、賛同者として名を連ねる。
六月三日　入学試験委員を命じられる。
六月二二日　理科大学入学志望者学力検定試験委員を命じられる。
六月二九日　漱石の実父、夏目直克が死去する。
七月二日　除服出仕を命じられる。
七月七日　合羽町の家を引き払い、鏡子を伴って上京。山川は篭町に転居する。
七月一一日　夏期休業始まる。

七月一八日　五高に東京帝国大学の卒業生赤木通弘を招聘するため、訪問する。
九月七日　漱石一人で熊本に向かう。鏡子は、上京の旅で流産し、療養のため東京に残る。
九月九日　赤木通弘、第五高等学校教授に任じられ、高等官七等に叙せられる。
九月一〇日　午後熊本着。大江村四〇一番地の落合東郭の家を借りて移る。家賃七円五〇銭。
九月一一日　第一学期始業。
九月一六日　大学予科第一部生徒監督を命じられる。
九月頃　菅虎雄の家に寄宿していた五高生、俣野義郎が漱石の家に寄宿する。その後同級生の土屋忠治も同居する。
一〇月一日　英語科主任を命じられる
一〇月　週二〇時間の英語の授業を受け持つ。
一〇月一〇日　第七回開校紀念式で職員総代として祝辞を読む。午後の運動会で審判掛になる。
一〇月二九日　学術研究のため、武藤虎太とともに福岡佐賀両県下へ出張を命じられる。
一一月七日　この日から一一日まで、出張で佐賀県尋常中学校、福岡県尋常中学修猷館、福岡県久留米尋常中学明善校、福岡県尋常中学伝習館を訪問。
一一月二三日　佐賀福岡両県下への出張の復命書を作成する。
一二月七日　赤木通弘の辞職に伴い、狩野亨吉に教頭として赴任することを依頼する。
一二月一七日　「ある無能力の教師放逐」を計画し、津山尋常中学英語教師奥太一郎の五高赴任を打診する。
一二月二五日　冬期休業始まる。
一二月二八日午後　または翌日、山川信次郎と玉名郡天水村の小天温泉に旅行し、前田案山子の別荘に

宿泊し、年越しする。（後の『草枕』の素材となる）

明治三一（一八九八）年（漱石満三一歳）

一月三日　または四日、小天温泉から帰る。
一月七日　第五高等学校赴任のため熊本に到着した狩野亨吉を研屋支店に訪ねる。
一月八日　第二学期始業。
一月二二日　狩野亨吉、第五高等学校教授に任じられる。
一月二六日　狩野亨吉、教頭を命じられる。
三月二九日　家主の落合東郭が帰郷し、元田永孚の家に滞在中であることが「九州日日新聞」に報じられ、この日以降、漱石が熊本市井川淵八番地に転居したことがわかる。
四月一日　春期休業始まる。
五月二一日　この日または前日、鏡子が白川に落ちるが、網打ちをしていた松本直一に救助される。
七月一一日　夏期休業始まる。
七月二五日以降　狩野亨吉が住んでいた家（熊本市内坪井町七八番地　現在の夏目漱石内坪井旧居）に転居。家賃一〇円。
九月一二日　第一学期始業。
九月二六日　大学予科第一部生徒監督主任及び第一部文科二年生徒監督を命じられる。
　週二一時間英語の授業を受け持つ。
九月　寺田寅彦が夏期休暇あけに俳句を三〇句ほど作って漱石の家に持参する。以後一週

一〇月二日　間に二、三度通うようになる。
一〇月一一日　蒲生栄（紫川）、厨川肇（千江）、寺田寅彦ら五高生と漱石の自宅で新俳句結社「紫溟吟社」の第一回運座を催す。
一一月九日　奥太一郎、第五高等学校教授に任じられる。
一一月一〇日　第五高等学校評議員を命じられる。
一一月一一日　「不言之言」を『ほととぎす』に発表。署名は糸瓜先生。
一一月一六日　秋期修学旅行につき山鹿地方へ出張を命じられる。
修学旅行に出発。東軍西軍に分かれ、東軍は隈府（菊池市）、西軍は来民（植木町）まで行軍（漱石は西軍）。発火演習を行い、山鹿を経て一八日熊本に帰る。
一一月二四日　狩野亨吉、第一高等学校長に任じられる。
一二月一〇日　この日から一三日まで第五地方部高等学校及び尋常中学校協議会が開催され、一二日漱石が明治三一年入学試験英語の成績概況を述べる。
一二月二五日　冬期休業始まる。

明治三二（一八九九）年（漱石満三二歳）

一月一日　屠蘇で元旦を祝ったあと、奥太一郎とともに耶馬溪旅行に出発し、六日か七日帰宅。
一月九日　第二学期始業。
二月一一日　紀元節拝賀式でドイツ人教師エルドマン・デルフェルの不敬事件起こる。
三月二七日　「種痘届」を学校に提出する。
四月一日　春期休業始まる。

四月八日　第三学期始業。
四月二〇日　「英国の文人と新聞雑誌」を『ほととぎす』第二巻第七号に発表。
五月三一日　長女筆（通称筆子）誕生。
六月八日　高等官五等に叙せられる。
六月二一日　大学予科英語科主任を命じられる。
六月二七日　「英国の文人と新聞雑誌」を『龍南会雑誌』第七十三号に発表。
六月二八日　文科大学入学志望者学力検定委員を命じられる。
七月一日　寺田寅彦が五高を卒業する。
七月一一日　夏期休業始まる。
七月二七日　評論「小説『エイルヰン』の批評」を脱稿。『ほととぎす』第二巻第一一号（八月一〇日）に発表。
八月三〇日　この日から三泊四日で山川信次郎とともに阿蘇登山に出発するが道に迷い、火口を見ずに下山。（後の『二百十日』の素材となる。）戸下温泉、内牧温泉、立野の馬車宿に宿泊して熊本に帰る。
九月五日　山川信次郎、第一高等学校教授に転任する。
九月一一日　第一学期始業。
九月一八日　大学予科第一部生徒監督主任、並びに大学予科第一部第三学年法科乙組生徒監督を任じられる。
一一月二日　生徒修学旅行につき、御船隈庄地方へ出張を命じられる。
一一月七日　生徒修学旅行についての出張を免じられる。

秋　頃　同僚神谷豊太郎に謡を習い始める。
一二月二五日　冬期休業始まる。

明治三三（一九〇〇）年（漱石満三三歳）

〈冬期休暇中〉　奥太一郎、小島伊佐美教授等と八代の日奈久温泉に出かけ、旅館浜屋の二階に宿泊したか（?）。
一月八日　第二学期始業。
二月二八日　「古別離」を『龍南会雑誌』第七七号に発表する。
四月一日　この日熊本市北千反畑町七八番地に転居したと推測される。
　　　　　春期休業始まる。
四月九日　第三学期始業。
四月一三日　中川元が第二高等学校長に、桜井房記が第五高等学校長に任じられる。
六月一二日　英語研究のため、満二年間英国へ留学することを、文部省より命じられる。
六月一六日　英国留学についての「誓書」を文部大臣宛に記す。
六月二〇日　文部省から英国留学中一カ年一八〇〇円の学資支給の辞令が下る。
六月二七日　東京帝国大学医科大学、法科大学入学志願者学力検定試験委員長および法科大学入学志願者学力検定試験委員を命じられる。
六月二八日　文部省から留守手当として年俸三百円支給の辞令がでる。
七月二日　文部省から、英国留学中英語教授法の取り調べも命じられる。
七月一一日　夏期休業始まる。

七月一五日　住居を引き払い、鏡子、筆子と共に上京する。寄宿していた湯浅廉孫も、五高を卒業し、同道する。
九月六日　九月一〇日神戸から英国へ出発する旨を第五高等学校へ届け出る。
九月八日　プロイセン号で横浜から出航。

明治三五（一九〇二）年

一二月五日　博多丸でロンドン出発。英国留学を終え、帰途につく。

明治三六（一九〇三）年

一月二〇日　長崎港着。（『職員進退通知』『職員出欠調』「英国留学始末書」には「二十一日帰校」と記載されている。）
一月二四日　東京着。
一月二六日　「英国留学始末書」を提出する。
三月一四日　文部大臣に辞職願いを提出する。
三月三一日　依願免本官となる。
四月三〇日　第五高等学校在官六年以上で退官したため、年俸三カ月分下賜の辞令を受ける。

【荒正人『増補改訂漱石研究年表』（昭五九・五、集英社）、村田秀明・谷口絹枝「熊本時代の漱石年譜」（『方位』第十九号）を参照し、新資料を加えて作成した】

〈参考文献〉

「九州日日新聞」
「九州新聞」
『龍南会雑誌』
『熊本県統計書』（明二九〜三三）
『熊本市統計年鑑』（明二九〜三三）
『九州教育雑誌』
細川潤次郎『新撰婚礼式』（明三一・三）
蒲生紫川「九州の新派俳句」（『懸葵』明三七・五）
角田政治編『阿蘇火山』（明四四）
武田桜桃『結婚の枝折』（三立社、明四四・八）
「二六新報」（明三五・一〇・一七〜二五）
『熊本県立中学済々黌創立三十周紀念　多士』（明四五・六）
英語研究会編『諸官立学校最近拾五年間英語試験問題答集』（金利芳流堂、大三・三）
『阿蘇小誌』（熊本県教育会阿蘇郡支会、大四・一一）
英語研究会編『英語書取上之新研究』（光世館書店、大五・五）
下田歌子『結婚要訣』（三育社、大五・一一）
速水滉「熊本時代」（『新小説』臨時号、大六・一）
平野流香「雲片々」（「九州日日新聞」大九・一〇・一三）
黒川修編『満門乃花』（大一四）
島為男『夏目さんの人及思想』（昭二・一〇）

平野流香『肥後史談』(熊本出版印刷部「昭二・一二)
松岡譲編『漱石写真帖』(第一書房、昭四)
高田保馬「千反畑の家」(五高同窓会「会報」、昭五・一一)
濱崎曲汀「熊本時代の夏目漱石(『文藝春秋』昭九・六)
小宮豊隆『夏目漱石』(岩波書店、昭一三・一)
第五高等学校開校五十年記念会編『五高五十年史』(昭一四・三)
茂野吉之助「原栄先生を悼む」(『療苑』新潮社、昭一九・二)
小宮豊隆『夏目漱石　一』(昭二八・八)、『夏目漱石　二』(昭二八・九)
藤村作『ある国文学者の生涯——八恩記』(角川新書、昭三一)
古財運平『漱石あれこれ』(天水町役場、昭三六・二)
寺田寅彦「喫煙四十年」(『寺田寅彦全集』第一三巻、岩波書店、昭三六・六)
寺田寅彦「日記」(『寺田寅彦全集』第一六巻、岩波書店、昭三六・一〇)
蒲池正紀「紫溟吟社・その成立と終焉」(『熊本商大論集』一五、昭三七・一二)
夏目筆子「夏目漱石の『猫』の娘」(『文藝春秋』昭四一・三)
荒木精之「新発見の漱石の手紙」(『日本談義』昭四一・四)
広瀬楚雨「俳壇反魂香」(『日本談義』昭四一・七)
『龍南回顧』(東京五高会編、昭四二・一〇)
松岡譲『ああ漱石山房』(朝日新聞社、昭四二・五)
荒木精之「漱石の熊本旧居を見る」(『随筆くまもと』昭四三・一)
丸谷才一「徴兵忌避者としての漱石」(『展望』、昭四四・六)
江藤淳『漱石とその時代』第一部(新潮社、昭四五・八)
江藤淳『漱石とその時代』第二部(新潮社、昭四五・八)

蒲池正紀『草枕私論』（もぐら書房、昭四八・一）
加藤翠「わが国における乳母車の歴史的考察」（『日本女子大学紀要　家政学部』第二二号、一九七五）
高橋左門「註解　中川元日記」（『旧制高等学校史研究』第七号、昭五一・一）
今井嘉幸『今井嘉幸自伝――五十年の夢』（神戸学術出版、一九七七）
『漱石全集月報』（昭和三年・十年版、岩波書店、昭五四・一）
原武哲「熊本時代漱石の『佐賀福岡尋常中学校参観報告書』」（『国文学』、昭五四・一）
原武哲「五高時代の漱石―五高入試英語成績の概況報告」（『国文学』、昭五四・二）
中川浩一「熊本時代の漱石とその周辺」（『図書』、一九七九・七）
神陵史編集委員会編『神陵史　第三高等学校八十年史』（三高同窓会、一九八〇・一）
石川悌二『夏目漱石―その実像と虚像』（明治書院、一九八〇・一一）
新垣宏一「住田昇の松山日記について」（四国女子大学・四国女子短期大学部『研究紀要』、昭五六・三）
中川浩一「熊本時代の漱石　新考」（『講座　夏目漱石第一巻』（有斐閣、昭五六・一）
『図説漱石大観』（角川書店、昭五六・五）
原井拓士編『厨川千江句集』（非売品、昭五六・一〇）『済々黌百年史』（済々黌百周年記念事業会記念事業会、一九八二）
小室善弘『漱石俳句評釈』（明治書院、昭五八・一）
小田切進編『新潮日本文学アルバム　夏目漱石』（新潮社一九八三・一一）
『向陵史』（一高同窓会、昭五九）
『増補改訂　漱石研究年表』（集英社、昭五九・六）
田中久智「漱石に関する二つの検証　上下」（「熊本日日新聞」昭五九・六・一九、同六・二一付）
『高輪学園百年史』（昭六〇・四）
石崎等・中山繁信『夏目漱石博物館―その生涯と作品の舞台』（彰国社、昭六〇・一一）

浜名志松編著『五足の靴と熊本・天草』(国書刊行会、昭六二・一)
中島国彦「一九〇一年春、異国の夫へ」(『図書』昭六二・九)
青江舜二郎『狩野亨吉の生涯』(中公文庫、昭六二・四)
太田文平『寺田寅彦』(新潮社、平二・六)
三好行雄編『夏目漱石辞典』(別冊国文学、學燈社、平二・七)
三好行雄編『夏目漱石を読むための研究事典』(學燈社、一九九二・四)
徳永春夫『徳永家の歴史』(私家版、平四・一二)
アラン・ローゼン「ハーンの熊本時代―再評価の試み」(『ラフカディオ・ハーン再考』恒文社、平五・一)
岡崎一「夏目漱石と『九州新聞』―新資料の俳句を中心に」(『新編夏目漱石研究叢書Ⅰ』、近代文藝社、一九九三・四)
山崎貞士『新熊本文学散歩』(熊本日日新聞情報文化センター、平六・一〇)
熊本近代文学研究会『熊本の漱石』(『方位』第一九号、一九九六・九)
星永文夫「もう一人の『漱石』」(「熊本日日新聞」夕刊、平八・一〇・一四付)
『百年史』(大成高校、平九・一一)
木村隆之「漱石第二の家『合羽町の家』論考」(『詩と真実』平九・一一)
鹿子木敏範「熊本時代の漱石」(『鹿子木敏範著作集落梅集、一九九九・一〇
許斐慧二「漱石が熊本を去った日」(『英語史研究会会報』第二号、平一一・一二)
宮原賢吾「夏目教授の説演」(『文学』平一二・一)
平岡敏夫・山形・影山恒男編『夏目漱石事典』(勉誠出版、平一二・七)
辻直人「明治三〇年代の文部省留学生選抜と東京帝国大学」(『東京大学大学院教育学研究科紀要第四〇巻、二〇〇〇年』
『新熊本市史』第五巻、第六巻(二〇〇一・三)

飛田良文『明治生まれの日本語』（淡交社、二〇〇二・五）
内閣防災会議『明治三陸地震津波報告書』（平成一七年）
落合秀「山茶花」（『落合秀文集』町塾社、二〇一一・三）
横山俊之『元祖・漱石の犬』（朝日クリエ、平二四・五）
森まゆみ『千駄木の漱石』（筑摩書房、二〇一二・一〇）
原武哲・石田忠彦・海老井英次編『夏目漱石周辺人物事典』（笠間書院、平二六・七）
尾崎敦子「あの家」（『湧水』平二六・一二）
近砂敦『耶馬溪』（二〇一六・八）
森正人「菅虎雄の妹ジュンと尚絅女学校」（『尚絅語文』六号、平二九・二）
小森陽一等編『漱石辞典』（翰林書房、二〇一七・五）
岡敦司「漱石と松山―海南新聞から読み解く」（『愛媛新聞』）

＊なお、本文で使用した『漱石全集』は岩波書店、一九九四〜一九九九年刊である。

著者略歴

村田　由美（むらた　ゆみ）

熊本市生まれ。日本女子大学大学院文学研究科日本文学専攻博士課程前期修了。『五高と漱石』監修・共著（五高記念館、2016・3）、『特集　夏目漱石』（『花美術館』、蒼海出版、2016・10）。現在熊本大学五高記念館客員准教授、玉名市草枕交流館館長。

漱石がいた熊本

二〇一九年五月一五日　初版第一刷発行

著　者　村田由美

発行者　風間敬子

発行所　株式会社　風間書房

101-0051　東京都千代田区神田神保町一―三四

電　話　〇三―三二九一―五七二九

ＦＡＸ　〇三―三二九一―五七五七

振　替　〇〇一一〇―五―一八五三

印刷　堀江制作・平河工業社

製本　井上製本所

NDC 分類：910.26

ISBN978-4-7599-2283-7　Printed in Japan